Le roman des filles

Fous rires, je t'aime
et vive la vie !

Nathalie Somers

Le roman des filles

Fous rires, je t'aime et vive la vie !

FLEURUS

Déjà parus :
Confidences, SMS et prince charmant !
Amour, avalanches et trahisons !
Amitié, Shakespeare et jalousie !
Grandes vacances, peines de cœur et Irish love !
Soupçons, scandale et embrasse-moi !

FLEURUS

Illustration de couverture : Isabelle Maroger

Direction : Guillaume Arnaud

Direction éditoriale : Sarah Malherbe
Édition : Raphaële Glaux, assistée de Marion Faivre d'Arcier

Direction artistique : Élisabeth Hebert

Fabrication : Thierry Dubus, Anne Floutier

Site : www.fleuruseditions.com
ISBN : 978-2-2151-2086-5
Code MDS : 651 732

À l'équipe des éditions Fleurus qui a rendu possible cette belle aventure, et plus particulièrement à Raphaële, dont le soutien fidèle m'a été très précieux.

N. S.

Zoom sur les filles et leurs amis !

Maëlle

Mince et sportive, cette jolie blonde aux yeux verts est dotée d'un tempérament dynamique et frondeur. Spontanée et parfois très critique, elle dit souvent à ses amies des choses qu'elle regrette ensuite. Mais gare à qui toucherait un cheveu de leur tête ! Il le regretterait. Passionnée d'athlétisme, Maëlle est une grande compétitrice. Son père, le colonel Tadier, ne badine pas avec la discipline et pousse sa fille unique vers l'excellence. Elle est en terminale S (sciences et maths), dans la même classe que Florian, son petit ami.

Lily

Petite, les cheveux bruns et bouclés, jolie comme un cœur, Lily, après des années d'amour secret pour Florian, est devenue la petite amie d'Adrien, qui a rejoint son père en Afrique. Poussée par ses amies, qui se méfient du garçon, elle a rompu avec lui croyant, malgré ses affirmations, qu'il ne lui écrivait pas et qu'il l'avait oubliée. Elle vient de découvrir qu'Adrien lui disait la vérité mais que, l'adresse étant mal écrite, les courriers s'étaient perdus. Dotée d'un grand sens de l'écoute, d'une gentillesse incroyable, elle sait apaiser les esprits lorsque le ton monte dans la bande. Musicienne comme ses deux frères (Hugo, de quatre ans son cadet, et Thomas, de quatre ans son aîné), elle joue de la clarinette. Son père est artisan ébéniste, sa mère, de qui elle est très proche, illustratrice d'albums jeunesse. Elle est en terminale ES (économique et sociale).

Chiara

Sa voix rauque est sa marque de fabrique. Cette grande fille aux longs cheveux bruns et raides est passionnée de théâtre. Elle vit seule avec son père depuis que sa mère est morte, quelques mois après sa naissance. Depuis un peu plus d'un an, son père a une relation suivie avec une infirmière, Valérie. Elle a vécu en Irlande une grande histoire d'amour avec Kieran. Histoire qui se poursuit à distance. Elle est en terminale L, a horreur des études et ne rêve que de fuir son père, trop autoritaire et qui l'étouffe.

Mélisande

Grande et belle, cette rousse aux yeux verts a un air distant qui impressionne et fascine à la fois. Ses parents sont riches (sa mère est photographe de mode ; son père, directeur de banque), mais bien trop préoccupés d'eux-mêmes pour s'intéresser à leur fille. Mélisande elle-même n'est pas toujours très agréable, comme ses amies, Pauline, sa sœur cadette de deux ans, et Farouk, un de ses copains, peuvent parfois le constater. Depuis le début de l'année scolaire, la vie de sa famille a été bouleversée : son père, à cause de mauvais placements, les a ruinés puis a abandonné sa famille. Comme Pauline et sa mère, Mélisande doit s'adapter à un changement brutal de niveau de vie. Elle est en terminale ES en compagnie de Farouk.

Adrien

Beau garçon et don juan, Adrien est le meilleur ami de Florian et, grâce à lui, parvient à se faire inviter par les filles lors de leurs sorties en groupe. Partisan du moindre effort, sauf quand il s'agit de sport, il est devenu le petit ami de Lily. Ses parents sont divorcés et il a rejoint son père, qui vit en Afrique où il dirige des chantiers. Blessé par le manque de confiance de Lily, il lui en garde rancune.

Florian

Grâce à Adrien, toujours prêt à prendre sa défense, ce garçon timide et frêle affublé de lunettes a traversé sa scolarité sans encombres. Il lui en est extrêmement reconnaissant et lui a donc permis pendant des années de copier sur lui. Passionné d'informatique et de sciences, peu intéressé par les filles, il ne s'est rendu compte que trop tard qu'il était amoureux de Lily. Pour la séduire, il a totalement changé de look (il porte des lentilles de contact) et s'est mis au sport. Mais c'est de Maëlle qu'il s'est épris et leur histoire n'est pas de tout repos.

Farouk

Avec son humour et son flegme à toute épreuve (ou presque !), il parvient à faire rire même les jeunes filles de la haute société un peu hautaines comme Mélisande. C'est un grand ami de Pauline. Grand et dégingandé, amateur de reggae, il vient d'un milieu défavorisé mais n'en a aucun complexe.

1

C'est reparti...

Samedi 22 décembre, 15 h 30

Lily s'était transformée en statue. Adrien, Adrien, Adrien... Le prénom signé avec assurance au bas des cartes postales semblait, lui, avoir pris vie. Il tournoyait dans sa tête, la rendant sourde et aveugle à l'agitation qui enflait autour d'elle.

– Non, mais c'est pas vrai ! s'exclamait Chiara toutes les deux secondes en regardant sa montre et en soulevant les coussins du canapé à la recherche de ses gants, dites-moi que je rêve ! Kieran ne peut pas être déjà à Lyon !

Bonne âme, Mélisande la renseigna :

– Non, tu ne rêves pas, et si tu veux je peux même te pincer pour te le prouver.

Chiara poussa un cri aigu.

– Ça va pas, non ? Tu m'as fait mal ! Et je te ferais remarquer que je ne t'avais pas répondu !

Mélisande pouffa et, tout en essayant de se protéger de la grande fille brune qui n'entendait pas laisser ce geste impuni, répliqua :

– Calme-toi, on dirait une poule à qui on a coupé la tête ! Je voulais juste t'éviter d'avoir à réfléchir à la question. Il me semblait que tu avais déjà assez de soucis à régler !

Souple comme une anguille, la jolie rousse échappait sans cesse à son amie, qui perdait d'ailleurs en efficacité car elle essayait d'enfiler un gant tout en cherchant à la pincer à son tour. Poussant un autre cri, de rage et de frustration mêlées cette fois, Chiara proclama avec emphase :

– Tu ne perds rien pour attendre : la vengeance est un plat qui se mange froid !

– Ben alors, vivement l'été, ricana encore l'offenseuse.

Abandonnant la partie pour le moment, Chiara, une main gantée et l'autre nue (elle n'avait pu reconstituer la paire), se précipita vers le portemanteau. La tête sens dessus dessous, elle saisit la première veste qui lui tomba sous la main et l'enfila. Elle en extrayait sa longue et soyeuse chevelure brune quand Maëlle s'exclama :

– Eh ! c'est la mienne ! La tienne est quelque part en dessous !

Chiara lui lança un coup d'œil égaré.

Maëlle poussa un soupir et se mit à fouiller dans le tas de vêtements accrochés à la patère. L'instant d'après, elle tendait à Chiara son long manteau noir en disant :

– Si je l'avais mis, il aurait balayé tous les trottoirs de la ville !

– Ah oui, heu... merci !

L'échange se fit rapidement grâce à l'efficacité de Maëlle. Cette dernière poussa même la gentillesse jusqu'à boutonner le manteau à la place de son amie qui, avec sa main gantée, bataillait beaucoup pour peu de résultat.

Chiara posa ses mains de part et d'autre des épaules de la jeune athlète. Le regard intense et suppliant, elle déclara :

– Je compte sur toi ! Ne me laisse pas tomber.

Vaguement mal à l'aise sous le regard brûlant d'attente de Chiara, Maëlle répondit :

– Tu me connais, tu sais que je trouve toujours une solution. D'ailleurs, c'est comme si c'était fait : j'ai déjà longuement réfléchi à la question…

Elle ne rougit même pas en proférant ce mensonge éhonté car elle était bien certaine que personne ne le découvrirait. Après tout, cette machine bien huilée qui lui servait de cerveau ne produisait-elle pas des idées en rafales ?

Rassurée par le sourire confiant de son amie, Chiara se baissa pour enfiler ses bottes. Un nouveau sujet d'inquiétude remplaça bientôt celui dont elle venait de se libérer.

– Lily ! s'écria-t-elle, quel bus je dois prendre depuis chez toi pour attraper la navette qui va à l'aéroport ? Et tu sais à quelle heure elle passe ?

Avant même d'obtenir une réponse, elle gémit :

– Purée ! je suis sûre que je vais devoir attendre des heures…

Puis, comme Lily, qui était restée tout ce temps face à la porte d'entrée, ne réagissait pas, elle rugit :

– *Lily !*

Sa voix puissante de tragédienne aurait réveillé un mort, mais il fallut bien ça pour sortir son amie de la semi-transe dans laquelle elle était plongée. Sursautant légèrement, cette dernière glissa les cartes qu'elle tenait encore dans une main à l'intérieur de leur enveloppe de papier kraft.

Le regard perdu, elle se retourna et bégaya :

– Hein… Qu… quoi ?

– La navette ! hurla Chiara. Quel bus va m'emmener à l'arrêt ?

– Ah ! heu oui, bien sûr ! Le 26, oui, je crois que c'est celui-là. Il faut aller jusqu'au terminus et tu verras un panneau qui indique les horaires de la navette. Si tu ne trouves pas, demande au chauffeur.

Chiara déposa une bise sur sa joue avant d'ouvrir la porte, et sans se retourner s'élança dans le froid hivernal.

– Ouf, soupira bruyamment Mélisande, qui s'était allongée de tout son long sur le canapé. Enfin un peu de calme. Je vous le dis, l'amour rend fou ! Nous venons d'en voir la preuve tangible une fois de plus. Heureusement que notre future star est la seule du quatuor à souffrir de ce mal atroce, parce que je ne crois pas que j'aurais la force d'en supporter davantage.

Lily se mordit la lèvre inférieure pendant que Maëlle se plongeait dans la contemplation des photos de famille des Berry qui couvraient un des murs du salon.

Sans rien remarquer, leur amie relança avec une touche d'ironie :

– Bon, en attendant, ma petite Maëlle, c'est à toi de jouer… Allez, dis-nous un peu quel fabuleux plan tu vas sortir de ton chapeau magique cette fois ?

Lily, qui avait rejoint le salon en compagnie de Maëlle, se tourna vers cette dernière. Il y eut un court moment de silence pendant lequel Maëlle se creusa la cervelle, tel un marteau-piqueur à haute fréquence. Vite, il fallait dégoter une idée, là ! Et une bonne en plus : le public attendait !

– Il y a l'auberge de jeunesse, commença-t-elle sans trop y croire elle-même.

– Tu plaisantes ? Elle se trouve de l'autre côté de Lyon ! Kieran pourrait aussi rentrer tous les soirs en Irlande pendant que tu y es ! Et pourquoi pas…

Maëlle leva les mains pour arrêter le flot d'objections que sa suggestion avait déclenché.

– L'hôtel ? Peut-être qu'on peut trouver des offres spéciales…

– Sans cafards, à moins de dix euros la nuit ? ironisa Mélisande. Si tu en repères une, dis-le-moi, je déménage tout de suite.

– C'est vrai qu'il a dit qu'il ne lui resterait plus grand-chose une fois le billet d'avion payé, renchérit doucement Lily.

Maëlle se crispa.

– Ben dans ce cas-là, fallait pas venir !

– Mais enfin, s'étonna son amie, c'est toi qui as dit à Chiara qu'il n'y aurait pas de problème pour lui trouver un logement.

Oui, elle ne pouvait pas le nier. Mais c'était avant ! Avant que Florian ne l'embrasse à lui en faire perdre le souffle ! Avant qu'elle ait l'impression d'être la pire des renégates en volant à la douce Lily le garçon qui avait pendant tant d'années fait battre son cœur. Plus le temps passait et plus cette semi-trahison l'angoissait. Elle avait beau se répéter que Lily la première avait abandonné ses vues sur Florian au bénéfice d'Adrien, elle restait convaincue que depuis la rupture de sa relation avec ce dernier, seul Florian était capable de lui redonner le sourire. Adrien représentait un coup de folie, une aberration, une erreur de tendresse. Le couple avait été voué à l'échec depuis la première seconde de sa formation. Le rocher de Lily s'appelait Florian. Tôt ou tard, elle ne manquerait pas de le réaliser. Et alors…

– Le camping ?

Mélisande hurla de rire, tandis que Lily la fixait avec des yeux ronds.

– En décembre ? souffla la jeune fille.

– J'ai entendu dire que les Irlandais n'étaient pas du tout frileux…

Un nouvel éclat de rire explosa, mais c'est la grimace incrédule de Lily qui lui fit ajouter rapidement :

– Oh ! les filles, je plaisante !

Un vide intersidéral semblait avoir élu domicile dans sa boîte crânienne. Ou plutôt non : tout tournait au ralenti, comme si l'amour lui avait ramolli les neurones. À moins que…

– Et chez toi, Lily ? Ta famille est super accueillante et je suis sûre que Kieran s'entendrait à merveille avec tes musiciens de frères.

– Heu… Tu oublies qu'on est déjà cinq. Le seul endroit où l'on fait coucher les amis, d'habitude, c'est l'atelier de ma mère, mais depuis qu'une certaine personne y a empilé ses cartons, il ne reste plus beaucoup de place.

Mélisande, dont la tête dépassait du dossier du canapé pour suivre les échanges, se laissa discrètement glisser sur le sol pour disparaître complètement. Sur ce coup-là, elle savait qu'elle devait se faire toute petite. Surtout depuis que Lily avait compris que les cartons, prétendument stockés pour quelques jours (le temps de repeindre un salon), allaient s'incruster beaucoup plus longtemps. Il ne serait pas si facile pour la famille Saint-Sevrin de remonter la pente vertigineuse le long de laquelle elle avait glissé. D'ici à ce que sa situation financière lui permette de prendre un plus grand appartement et de ne plus craindre les visites de l'huissier, de l'eau allait couler sous les ponts.

– Je le prendrais bien chez moi, susurra-t-elle, toujours invisible, mais on est déjà diablement serrées dans notre T3. Bien sûr, en me faisant toute petite, je pourrais lui faire de la place dans mon lit de quatre-vingts centimètres de large, mais je ne suis pas convaincue que Chiara apprécie mon sacrifice à sa juste valeur…

– Mélisande ! s'indigna Lily alors que Maëlle ne pouvait se retenir de pouffer.

– Mais toi Maëlle, dans ta grande maison, glissa perfidement la jolie impertinente, tu n'aurais pas une chambre ou deux de disponibles ?

Le rire de Maëlle s'évanouit brusquement. Elle hoqueta et manqua de s'étrangler.

– Ça va pas, non ? Tu connais mon père ! Il ne laisserait pas un eunuque dormir sous le même toit que moi !

– Mais oui ! reprit Lily sans se préoccuper de ce qui venait d'être dit, chez toi c'est parfait ! Vous avez la chambre d'amis avec salle de bains en suite, il serait super bien !

– Ça va pas, non ? répéta la jeune athlète, horrifiée. Vous voulez ma mort ?

– En plus, ta chambre est juste à côté. Ce serait pratique !

– Pratique ? Pratique pour qui ? pour quoi ? Pour que je me fasse étriper par la Sicilienne de service ?

– Rhâââ, tu exagères, intervint Mélisande, qui reprenait du poil de la bête. Elle n'est qu'à demi-sicilienne, notre Chiara. Et puis franchement, je trouve qu'elle fait des vrais progrès ces derniers temps. On dirait presque qu'elle est civilisée.

Maëlle émit un grognement. Lily se demanda s'il était de colère ou de menace, et chercha à dérider son amie.

– Au moins, dit-elle en souriant, tu ne risques pas d'avoir un petit ami jaloux qui déboulera chez toi pour le provoquer en duel.

La jeune athlète pâlit au lieu de se mettre à rire. Interprétant de travers sa réaction, Lily se reprit :

– Excuse-moi, je ne voulais surtout pas sous-entendre que tu resteras toujours seule. C'est vrai que depuis Maxime, tu n'as rencontré personne, mais ça ne veut rien dire, tu sais. Je suis sûre que tu retomberas très vite amoureuse !

– Non, non, ce n'est pas grave, la rassura son amie.

Cherchant à tout prix à changer de sujet, Maëlle capitula :

– C'est bon, je le logerai dans la chambre d'amis.

2

Un Irlandais parmi nous

Samedi 22 décembre, 17 h 40

Le chauffeur de la navette ralentit pour garer son véhicule le long du trottoir. Dans la nuit de décembre, l'aéroport brillait de mille feux, et à travers les portes vitrées on pouvait voir dans le terminal des gens marcher rapidement en tirant de lourdes valises derrière eux. D'autres piétinaient, attendant l'arrivée d'un proche.

– Terminus, tout le monde descend !

Le chauffeur avait prononcé la phrase à l'intention exclusive de la jeune fille. Il avait eu le temps de descendre du bus, d'ouvrir la soute pour que ses passagers récupèrent leurs bagages et de remonter à bord sans que Chiara bouge d'un pouce. Au fil du trajet, son stress avait lentement augmenté. Rien de pire que de se retrouver assise seule dans un bus, de nuit, sans même un paysage quelconque sur lequel fixer son attention. Fidèle à son habitude, la jeune fille avait donc laissé libre cours à la rêverie et au défilé des souvenirs. Ce mois en Irlande, cette rencontre inespérée avec Kieran et enfin l'éclosion de leur amour passionné (et réciproque !), tout cela semblait appartenir à un roman à l'eau de rose. Pourtant il s'agissait bel et bien de la réalité. Et c'était à elle, Chiara, à elle qui n'était jamais tombée amoureuse, que cela était arrivé !

Elle revit le jeune homme, près d'elle, assis sur un rocher de la plage de sable clair, elle l'entendit lui murmurer toutes ces précieuses phrases qui l'avaient bouleversée et elle se demanda à nouveau quel serait le prix à payer pour tant de bonheur. Car la jeune fille avait appris que rien n'était gratuit dans ce bas monde, que rien ne durait éternellement. L'absence de sa mère, disparue dans un accident de voiture alors qu'elle n'était qu'une toute petite fille, puis la mort de sa grand-mère l'an passé, cette femme qui avait pendant des années incarné la chaleur de l'amour maternel, l'avaient irrémédiablement marquée. Ses craintes, qu'elle avait étouffées tant que Kieran était au loin, ressurgissaient plus fortes que jamais : que se passerait-il si le jeune homme réalisait qu'il n'avait fait que céder à l'attrait de l'exotisme en s'entichant de la *nanny* française de ses neveux ? Et si le piment de la nouveauté disparaissait en la voyant dans son « milieu naturel », dépouillée de tout artifice ? S'il était déçu et décidait de rompre ? L'imagination en ébullition, elle se représentait toutes les façons qu'il pourrait employer pour en finir avec leur relation. Chiara se dit qu'elle n'y survivrait pas.

– Mademoiselle ? C'est le terminus !

Le chauffeur s'était approché d'elle pour lui répéter l'information. Enfin ramenée à la réalité, la jeune fille sursauta.

– Oh ! bien sûr. Excusez-moi.

Elle attrapa son sac à main et descendit du véhicule avec précipitation. La porte coulissante du terminal s'ouvrit devant elle. Il n'était plus question de reculer.

Les lumières vives du terminal d'aéroport achevèrent de la sortir de sa rêverie. Kieran lui avait dit qu'il l'attendrait au point accueil. Restait à découvrir où cela se trouvait dans ce dédale immense. Elle tourna la tête de droite à gauche et finit par repérer des panneaux indicateurs. Comme si elle entrait sur la scène d'un théâtre, elle se força à respirer à fond plusieurs fois lentement et prit la direction indiquée. Quelques secondes plus tard, elle accéléra. Bientôt, elle courait dans le vaste hall.

Il était là, debout, un sac de voyage posé à ses pieds. Son visage était tourné du côté opposé, mais elle l'avait reconnu à la manière bien droite qu'il avait de se tenir et à son épaisse chevelure sombre.

Chiara voulut crier son prénom, mais elle se retint in extremis. Déjà qu'elle ne pouvait se retenir de courir, il ne fallait quand même pas risquer de l'effrayer complètement !

Comme alerté par un sixième sens, Kieran tourna la tête dans sa direction alors qu'elle se trouvait à une vingtaine de mètres de distance. Son visage naturellement grave s'illumina aussitôt. Il enjamba son sac et n'eut que le temps d'écarter les bras avant que Chiara se jette à son cou. Kieran lui fit faire un tour complet avant de la reposer à terre. Pendant un temps indéfini, ils restèrent ainsi, serrés l'un contre l'autre sans échanger une parole. Puis Chiara n'y tint plus. Elle désirait revoir son visage, plonger à nouveau ses yeux dans les siens. Comme par miracle, ses craintes s'étaient envolées en le découvrant sous la lumière crue du terminal, et elle n'avait qu'une envie, l'embrasser et l'embrasser encore. Sans plus attendre, elle s'écarta un peu et redécouvrit avec ardeur tous les traits de son visage. Son grain de barbe qui tranchait sur sa peau claire d'Irlandais, si différente de la sienne. Le bleu marine de ses yeux, si profond qu'il semblait parfois virer au noir. Ses lèvres bien dessinées… qui s'entrouvraient pour articuler avec difficulté :

– Bonjour, mademoiselle, enchanté de vous revoir !

Chiara éclata de rire et se serra de nouveau contre lui pour le faire taire de la façon la plus efficace qui soit. Victime consentante, Kieran céda avec joie à ses exigences.

– Oh, les amoureux !

La petite voix semi-réjouie, semi-moqueuse de l'enfant parvint aux oreilles de la jeune fille. Bien que parfaitement indifférente à ce que les gens pouvaient penser autour d'elle, Chiara s'écarta de son petit ami. La remarque avait brisé l'enchantement du moment.

– *I'm so happy to see you again !* lança-t-elle. *I missed you so much*[1] *!*

– Toi aussi, tu m'as manqué, répondit Kieran en anglais. La preuve, quand j'ai su que je pouvais me libérer deux jours plus tôt, j'ai sauté sur l'occasion et j'ai pris un vol pour Lyon. Je ne t'ai rien dit pour te faire la surprise !

– Ça, pour une surprise, c'est une surprise !

Kieran plissa un œil pour observer la jeune fille.

– Tu n'es pas contente ?

Chiara se sermonna : sa voix avait dû trahir son stress. Or Kieran ne pouvait pas savoir que rien n'avait encore été organisé pour sa venue. Ce qui d'ailleurs n'était certainement plus vrai à cette heure. Maëlle avait sûrement trouvé une solution et elle devait être en train de peaufiner les détails. Se forçant donc à ne voir que le côté positif de cette arrivée précoce, elle corrigea :

– Bien sûr que je suis contente. Je croyais pourtant te l'avoir suffisamment démontré…

Elle lui décocha un regard canaille avant de terminer :

– … à moins que ce soit une manière habile d'en redemander ?

1. Je suis tellement contente de te revoir ! Tu m'as tant manqué !

Kieran, comme beaucoup de ses compatriotes, n'était pas habitué aux effusions en public. Une fois le premier instant des retrouvailles passé, il était devenu très conscient et gêné du manque d'intimité. L'allusion de Chiara lui fit donc monter le rouge aux joues et il répondit :

– Heu, peut-être pas ici.

Chiara rit de nouveau. Elle se fit la remarque qu'elle riait beaucoup depuis quelques minutes...

Saisissant la main du jeune homme, elle l'entraîna vers la sortie de l'aéroport pour rejoindre l'arrêt de la navette.

Samedi 22 décembre, 17 h 40

– *Répète un peu ça, j'ai dû mal comprendre !*

– Mais non, tu as parfaitement compris, rétorqua Maëlle avec une assurance feinte. On a examiné la situation sous tous les angles : c'est de loin la meilleure solution. Demande aux filles si tu ne me crois pas !

– Tu veux que j'avale cette couleuvre ? La meilleure solution que tu aies trouvée, c'est de partager *ta* chambre avec *mon* petit ami ?

– Là ! tu exagères encore ! Ce n'est pas *ma* chambre, c'est celle que l'on utilise pour les invités.

– C'est pareil ! C'est *ta* maison, c'est donc *ta* chambre ! Même si tu ne dors pas dedans. En plus, qu'est-ce qui prouve que tu ne dors pas dedans, hein ? Qu'est-ce qui me le prouve ?

– Ma pauvre fille, t'es complètement dingue, commenta Maëlle.

– Et si je me souviens bien, pour y avoir dormi plusieurs fois avec Lily, poursuivit la furie sans tenir compte de l'intervention, elle se trouve juste à côté de la tienne !

– C'est tout l'avantage, répliqua patiemment son interlocutrice. Comme ça, je pourrai discrètement ouvrir ou fermer la fenêtre quand il escaladera le treillis des rosiers.

Lily et Mélisande, qui avaient également rejoint les amoureux dans un café près du centre-ville, observaient la scène sans oser intervenir. La première parce qu'elle n'avait pas le cœur à ça, la seconde pour ne surtout pas interrompre cette fabuleuse joute verbale dont elle appréciait pleinement tout le piquant.

Chiara frisa l'apoplexie en entendant les dernières paroles de celle qu'elle avait, jusqu'à ce jour, considérée comme une amie.

– Parce qu'en plus tu veux le faire entrer par la fenêtre ! *Et tu oses dire que je suis dingue !*

– Écoute-moi calmement, expliqua posément Maëlle. Tu comprends bien que je ne peux pas arriver devant mon père en lui disant : « Tiens, j'ai invité un garçon, en pleine possession de ses moyens, du moins j'imagine, glissa-t-elle en lançant un regard discret à Kieran qui ne comprenait rien à ce qui se passait, à dormir chez nous pour une petite semaine. » Il le renverrait illico à Dublin à grands coups de pied aux fesses sans même qu'il ait besoin de prendre l'avion. Tu sais comme il est, il ne pourrait s'empêcher d'imaginer des choses…

– Effectivement, j'imagine très bien ce qu'il pourrait imaginer !

Maëlle finit par s'énerver.

– Purée ! tu es pire que mon père, toi ! Côté méfiance, vous pouvez vraiment vous donner la main ! Franchement je trouve hyper blessant que tu me soupçonnes de… ce dont tu me soupçonnes ! C'est pas du tout mon genre, de trahir les amies.

Au moment où elle prononçait ces paroles, elle s'empourpra violemment. Elle venait de penser à ce qu'elle avait fait à Lily… Remarquant son embarras, Chiara s'enflamma :

– On ne me la fait pas, à moi ! Je me souviens de ce qui s'est passé avec Mark l'été dernier[1]. Quand tu veux un garçon, tu ne recules devant rien. Et tu nous as montré que le charme celtique ne te laisse pas de glace. L'amitié, c'est bien beau, mais quand la passion s'en mêle il n'y a plus d'amis qui tiennent. Regarde Lancelot et Arthur : il a suffi que Guenièvre batte des cils et hop ! à la trappe la sacro-sainte amitié !

En voyant les regards atterrés converger vers elle, Chiara se rendit compte qu'elle avait dépassé les limites. Sentant le malaise, Kieran demanda :

– *Is there a problem*[2] ?

À l'unisson, quatre voix féminines lui répondirent :

– *No ! No problem*[3] !

Il y eut un silence gêné pendant lequel les deux principales intéressées fixèrent leur verre avec une attention soutenue. Puis dans un bel ensemble elles prirent toutes deux la parole.

– Tu as…

– C'est vrai…

Relevant les yeux, elles s'interrompirent, commencèrent par sourire et finalement éclatèrent de rire.

– Moi d'abord ! s'exclama Chiara dont la voix, que l'énervement avait fait monter de quelques octaves, était redevenue rauque. Je vous demande de m'excuser. J'ai eu mon lot de surprises pour la journée, je crois, et je me suis un peu laissé emporter. Bien sûr, Maëlle, que je te fais confiance.

---

1. Voir *Le roman des filles : Grandes vacances, peines de cœur et Irish love !*

2. Il y a un problème ?

3. Non, aucun problème.

– Et moi aussi je veux m'excuser. C'est vrai que je m'étais engagée à trouver une solution, et en vérité je ne me suis pas trop penchée sur la question.

– *Everything is OK*[1] ? demanda encore Kieran, qui commençait à en avoir assez d'être sur la touche.

– *Yes, everything is OK*, le rassura Maëlle. Et elle ajouta : *Just dealing with last minute adjustments*[2].

Puis, prenant soin de poursuivre en anglais pour qu'il ne se sente pas exclu, elle s'adressa à Chiara :

– En revanche, je suis désolée pour toi car j'ai encore une autre surprise. Je voulais vous le dire quand on était chez Lily, mais avec tous ces événements je n'ai pas eu le temps.

Elle fit le tour de la table du regard et déclara avec un grand sourire :

– Mes parents partent la veille de Noël au matin pour une cérémonie officielle dans le régiment de mon père. J'aurai donc la maison pour moi toute seule… enfin presque, ajouta-t-elle avec un clin d'œil à l'intention de Kieran que Chiara apprécia modérément. Et je me suis dit que ce serait génial si on se faisait un petit réveillon entre nous !

L'enthousiasme de Mélisande et celui, mêlé de soulagement, de Chiara masquèrent la réaction peu expansive de Lily. Mais cette dernière se reprit très vite et nul n'aurait pu détecter quoi que ce soit lorsque le petit groupe se mit à discuter à bâtons rompus de l'organisation de la fête.

---

1. Tout va bien ?
2. Oui, tout va bien. On réglait les derniers détails.

3

Des hauts et des bas

Dimanche 23 décembre, 15 h 50

En ce dernier week-end avant Noël, la rue de la République scintillait avec presque autant d'éclat que lorsque la fête des Lumières l'habillait de ses feux colorés. Les commerces de la rue piétonne jouaient pleinement le jeu, leurs vitrines parées de paillettes et d'or pour attirer l'œil du passant. Mélisande cédait sans résister à cet appel. Papillonnant d'une boutique à l'autre, elle examinait les articles d'un œil critique et semi-professionnel, jugeant de la qualité de la matière première ou de la finition.

– Pff ! ce n'est même pas du cuir pleine peau, marmonna-t-elle devant un magasin de bagages.

Un peu plus loin, lorgnant des robes de soirée dans une boutique à la mode, elle soupira :

– Travailler une soie rouge pour une ligne pareille ! C'est vraiment n'importe quoi ! Et cette association de tulle et de taffetas, c'est d'un vulgaire !

Mais ses yeux tenaient un tout autre langage. Étudiant avec avidité les coupes et les coloris, ils enregistraient chaque détail. La jeune fille avait beau critiquer, une partie de son cerveau visualisait ce que pourraient donner sur elle tous ces modèles présentés sur des mannequins filiformes. Elle n'avait aucun mal à savoir quelle robe lui irait le mieux et quel effet elle obtiendrait en l'associant avec telle ou telle paire de salomés repérées un peu plus tôt. Bien sûr, il lui faudrait le foulard assorti, et elle demanderait à son coiffeur de relever ses mèches de feu en un chignon souple pour dégager sa nuque et ses oreilles. Ce dernier point était essentiel, car il fallait absolument que tout le monde puisse admirer la dernière de ses créations : une parure collier, boucles d'oreilles, en plumes et cuivre, qu'elle avait passé la semaine à fignoler.

Mélisande était consciente de son double jeu. Dès le départ, lorsqu'elle avait finalement craqué après des jours et des jours de résistance, elle avait su que les choses se passeraient ainsi. Elle s'était pourtant interdit toute balade en ville pendant ses vacances de Noël. Se retrouver devant autant d'incitations à acheter sans avoir le moindre sou à dépenser s'apparentait à de la torture pure et simple. Pourtant, elle s'était soumise volontairement à cette torture, refusant même l'offre de sa sœur Pauline, qui l'invitait à se joindre à elle et à son amie Lola pour une partie d'Anti-Monopoly.

La porte du magasin s'ouvrit et deux clientes, certainement la mère et la fille, sortirent, des sacs griffés plein les mains.

– Vite, dépêche-toi, fit la plus jeune, je dois encore choisir mon parfum !

Dans un froufrou de tissus précieux et de papier de soie, elles s'éloignèrent dans la rue. La douleur de Mélisande augmenta d'un cran. Cette acheteuse décidée, c'était elle l'an passé. Elle se revoyait encore faire la fine bouche devant ce qu'on lui proposait, exigeant toujours plus. Mais cette année il n'y aurait rien de tout cela. Pas de paquets emballés avec goût, pas de voyage sur une plage ensoleillée tous les jours de l'année à l'autre bout du monde. Pas même un petit bon pour une séance de manucure pourtant plus que nécessaire…

Mélisande ôta son gant droit et examina sans complaisance l'extrémité de ses doigts. Plus que d'habitude encore, l'ongle du pouce était en piteux état, tout rongé. Heureusement, elle avait réussi à limiter les dégâts pour les autres. L'ongle de l'annulaire avait même une belle longueur et était joliment incurvé. N'ayant plus les moyens d'aller en institut, elle en prenait grand soin, s'accrochant à l'espoir qu'un jour tous les autres seraient semblables à lui.

Soudain, ne supportant plus le parfum de fête qui l'entourait, elle partit en direction de la station de métro la plus proche en faisant rageusement claquer ses talons sur le sol gelé.

Une demi-heure plus tard, elle arrivait chez elle. Sa mère, qui était sortie réaliser un reportage photo sur Noël afin d'arrondir les fins de mois, ne rentrerait pas avant longtemps. Ça au moins n'avait pas changé. Pauline et Lola étaient assises à la table du salon-salle à manger-cuisine. La partie d'Anti-Monopoly était bien entamée et des maisons en plastique avaient poussé de-ci, de-là.

– Salut, lança Pauline sans lever le nez du plateau de jeu. C'était bien le shopping ?

– Tu parles, faire du shopping sans faire de shopping… je n'appelle pas ça faire du shopping.

– T'aurais dû rester avec nous. Ce jeu est d'enfer. Monopole, antimonopole, tu peux choisir ton camp !

Avec un petit sourire en coin, elle ajouta :

– Ça devrait t'intéresser, toi qui passes le bac économique et social à la fin de l'année…

Le joli nez couvert de taches de son de sa sœur se fronça.

– Oh, je t'en prie ! Tu sais très bien pourquoi j'ai choisi une terminale ES. Je ne voulais pas me taper deux cent quarante heures de philosophie et j'ai horreur des sciences.

– Oh oui ! s'exclama Pauline pleine de feinte compassion, c'est vrai, j'avais oublié ! Quel dommage quand même qu'il n'existe pas de série DS en plus de la ES.

– DS ? Comme la voiture ou comme la console ?

– Ni l'un ni l'autre. Bac DS comme dépense et sophistication.

Mélisande leva les yeux au ciel pendant que Lola et sa sœur se tordaient de rire.

– Oh c'est fin ! La quintessence de l'humour adolescent ! Si tu n'as que ça à me proposer, je préfère aller lire un bouquin.

Reprenant son souffle, Pauline lâcha :

– Attends ! Il y a eu un coup de fil cet après-midi pour nous inviter à aller crapahuter demain sur le mur d'escalade du centre commercial de Confluence. J'ai refusé l'offre parce qu'on doit voir un film chez Lola. Et comme je sais que tu as le vertige dès que tu es perchée sur des talons de plus de trois centimètres…

– Toi, tu cherches la bagarre ! répliqua Mélisande avec une menace à peine voilée dans la voix.

Repliant la jambe en arrière, elle exhiba le dessous de ses bottes.

– À vue d'œil, il y en a au moins six centimètres !

Elle reposa le pied et effectua une pirouette parfaite.

– Et regarde ! Pas une once de vertige !

– Mouais, commenta Pauline, admettons. N'empêche que tu as le vertige.

– Pas faux ! De plus, je ne vois aucun intérêt à s'épuiser à grimper le long d'une paroi quand il y a des ascenseurs tout autour !

– C'est exactement ce que Pauline a dit à Farouk, glissa Lola avec empressement.

Elle fixait Mélisande avec des yeux débordants d'admiration. Cette jeune et jolie rousse toujours si bien vêtue et au charme sophistiqué la fascinait et l'impressionnait à la fois. Si seulement un jour elle pouvait avoir autant de classe...

– Farouk ? C'était Farouk ? Pourquoi tu ne me l'as pas dit plus tôt ?

– Qu'est-ce que ça change ? demanda Pauline en haussant les épaules, ça reste de l'escalade ! En plus, tu as déjà du mal à le supporter en cours, alors...

– Ça, c'est du passé ! s'écria Mélisande en levant les bras au ciel. Faut suivre un peu !

Pauline gonfla les joues et souffla bruyamment en lançant à Lola un regard lourd de sous-entendus, mais sa sœur aînée n'y prêta pas attention. Elle se précipitait déjà sur le récepteur du téléphone pour l'emmener dans sa chambre.

Vraiment, sa cadette ne comprenait rien à rien !

Dimanche 23 décembre, 19 h 35

Florian sortit de la bouche de métro et se dirigea vers l'arrêt de bus le plus proche. Malgré le froid, il avait décidé de rendre une petite visite surprise à Maëlle. Il avait beaucoup réfléchi à leur situation durant l'après-midi, et il en était arrivé à la conclusion qu'il fallait qu'ils aient une franche explication. Depuis qu'ils sortaient ensemble, il avait l'impression de vivre un rêve éveillé. Il avait toujours admiré Maëlle, qui, non contente d'être une athlète de niveau national, était en plus dotée d'un esprit scientifique exceptionnel et d'une volonté de fer. Mais il l'avait admirée et crainte en même temps, comme on le ferait d'une tornade que l'on préfère contempler de loin plutôt que de la voir envahir sa vie. Puis elle s'était mis en tête de l'aider à reconquérir le cœur de Lily et cela avait été le début de la fin de sa petite vie tranquille. Maintenant, il était amoureux comme jamais et avait cru que le sentiment était partagé. Cependant, le comportement de sa petite amie avait commencé à lui paraître suspect quand elle lui avait demandé de cacher leur relation à Mélisande, Chiara et surtout Lily. Ils faisaient partie du même groupe depuis des années, et il ne comprenait pas pourquoi Maëlle exigeait de lui une chose pareille. Lorsqu'elle était sortie avec Maxime, elle s'en était plutôt vantée. Avait-elle honte de lui ? C'était la première fois qu'il sortait avec une fille. Peut-être qu'il s'y prenait mal ? Maëlle était une fille brillante et sûre d'elle. Lui, un garçon introverti et profondément inintéressant. Il avait beau avoir gagné en muscles grâce aux conseils d'Adrien et en allure en troquant ses lunettes pour des lentilles de contact, il se voyait toujours comme le petit garçon gringalet qui était entré terrorisé en sixième, sûr de se faire molester.

Quand il descendit du bus, il tenta de se convaincre qu'il s'inquiétait pour rien, que Maëlle était une fille franche et sincère. Perdu dans ses pensées, il ne prêta pas attention au grand jeune homme brun qui marchait devant lui. Ce n'est que lorsque ce dernier enjamba la barrière autour de la maison des Tadier qu'il le remarqua. Il faillit l'interpeller, mais au dernier moment il changea d'avis. Il le laissa parcourir quelques mètres puis l'imita et se mit à le suivre. Quand il le vit sortir un portable et envoyer un SMS, il se demanda qui cela pouvait être. Puis la fenêtre de la chambre de Maëlle s'ouvrit et la jeune fille apparut.

Elle chuchota quelques mots et le garçon commença à grimper le long du treillis. Quand il fut presque arrivé, Maëlle lui tendit la main et Florian le vit basculer dans la pièce. La fenêtre fut refermée avec soin et quelqu'un tira les rideaux.

Florian resta quelques instants sans bouger pour voir si le jeune homme allait ressortir, mais la lumière s'éteignit et il comprit que ce dernier était là pour un bon bout de temps. Alors il fit demi-tour. Il n'avait plus besoin de voir Maëlle pour mettre les choses au point. Désormais, la situation était claire comme de l'eau de roche.

Dimanche 23 décembre, 23 h 55

Lily se retourna pour la énième fois dans son lit. Elle ne resta pas plus de trente secondes dans cette nouvelle position. Elle bascula sur le ventre, la tête tournée à droite, côté mur, les deux mains glissées sous l'oreiller et le pied gauche sortant juste ce qu'il fallait des couvertures pour assurer son confort thermique. Il n'y avait pas mieux. C'était *la* posture idéale, celle qui en temps normal lui permettait de trouver le sommeil en un clin d'œil. Mais cette tentative ne réussit pas plus que les précédentes. Ses jambes semblaient parcourues par un courant électrique. Elles ne parvenaient pas à rester calmes plus d'un instant et s'agitaient sans arrêt.

N'y tenant plus, Lily repoussa les draps et bondit hors du lit. Elle était assez lucide pour savoir que les mouvements de son corps n'étaient que la manifestation physique des pensées qui s'agitaient dans sa tête. Cela faisait deux nuits qu'elle ne parvenait pas à s'endormir, et elle avait compris que si elle continuait à faire l'autruche les choses n'iraient pas en s'arrangeant. Elle alluma sa lampe de chevet et ouvrit son armoire. Elle plongea la main sous la pile de pulls qui lui faisait face et en sortit l'enveloppe de papier kraft qui depuis deux jours envahissait ses pensées. À plusieurs reprises, elle s'en était saisie, la tournant et la retournant entre ses doigts, mais elle avait été incapable de l'ouvrir à nouveau.

Cette fois, ce fut différent. Sans se laisser le temps de réfléchir, elle vida son contenu sur le couvre-lit en patchwork. Les cartes postales aux couleurs de l'Afrique firent entrer un rayon de soleil dans la chambre. Quel contraste avec le froid qui régnait dehors ! Son regard se posa sur une de celles qui étaient tournées côté verso, et elle se força à lire :

Hi Lily chérie,

Ici on pourrait dire « soleil, un jour, soleil toujours ». Ça tape dur et je ne comprends pas comment les gens peuvent bosser (tu me diras, je me posais la même question en France même sans soleil ! ☺) ! Le safari était top : aventures, paysages de rêve, ne manquait que toi !

Bisous partout,

L'inoubliable (Adrien ☺)

Elle en piocha une autre, puis une autre, ouvrit les rares lettres jusqu'à tomber sur la dernière carte. Le recto représentait un marché aux épices. Les teintes chaudes des produits contenus dans les paniers formaient un camaïeu de bruns et d'oranges. C'était magnifique.

Hello Lily,

Comme je t'ai dit au tél hier, je deviens « africain » pour un an. C'est trop beau ce qui m'arrive. Mon père m'a inscrit aux cours du CNED. Ce sera galère pour bosser sans toi et Florian. Enfin, on verra bien. C'est vraiment génial ici ! Tu voudrais pas venir faire un tour, admirer un coucher de soleil sur la savane serrée dans mes bras ? Peut-être que ce ne serait pas prudent à vrai dire, je me sens un appétit de fauve ! Aimes-tu vivre dangereusement, douce Lily ?

Dis-moi. Je t'embrasse comme tu aimes.

Adrien, le roi lion ☺

La carte glissa de ses doigts et elle s'allongea au milieu des papiers qui jonchaient son lit. Elle n'avait pas versé une larme. Tout était bloqué. Tout était gâché.

Et elle ne pouvait s'en prendre qu'à elle-même.

4

Une journée presque comme les autres

Lundi 24 décembre, 11 h 15

– Bû-che de No-ël, articula lentement Chiara en désignant une des plus belles pâtisseries qui ornaient la vitrine.

Confectionnée à partir de chocolat au lait, blanc et noir, décorée de poudre d'or et de champignons en meringue, c'était une pure merveille. À en faire saliver des moins gourmandes que la belle Sicilienne.

– Bou-che deu No-ël, répéta docilement Kieran.

La jeune fille éclata de rire. Ils venaient de se promener pendant une heure dans le centre-ville de Lyon. Après s'être retrouvés au point de rendez-vous convenu, ils avaient marché, main dans la main. Remontant les quais, ils avaient traversé le Rhône au niveau du pont Wilson, et Chiara avait entraîné son compagnon jusqu'à la place des Célestins. Là, elle lui avait montré le théâtre, sur la scène duquel elle rêvait de monter un jour, puis il lui avait demandé de lui apprendre quelques mots de français. Au mépris de toute logique, elle lui avait enseigné « pigeon », « péniche », « lampadaire » et une flopée d'autres mots qui lui seraient tous aussi inutiles les uns que les autres. Enfin, ils s'étaient arrêtés devant cette magnifique pâtisserie et elle avait repris la leçon.

– Non, pas « bouche », « bû-che », corrigea-t-elle en exagérant encore la prononciation du mot. La bouche, c'est ça, ajouta-t-elle en montrant la sienne.

Kieran sourit.

– Jolie bouche deu Noël, dit-il, mais plous jolie bouche deu Chiara.

Du bout de l'index, il suivit le contour de ses lèvres. La jeune fille frissonna, et pas seulement parce que la température hivernale était descendue en dessous de zéro.

– *May I taste*[1] ? demanda-t-il poliment comme s'il était dans un salon de thé.

– *Please do*[2] ! l'autorisa Chiara sur le même ton, sans rien laisser paraître du trouble qui l'envahissait.

Prenant délibérément son temps, il observa d'abord sa bouche avec attention. Puis il s'approcha lentement et déposa un baiser léger comme un flocon de neige sur sa lèvre supérieure. Un deuxième suivit bientôt sur celle du bas, qui tremblait légèrement. Un troisième fut planté à la commissure, côté droit, et un quatrième bien vite à gauche pour équilibrer. Quand enfin il eut fini de picorer, il chuchota :

– *Delicious*[3]...

Chiara s'apprêtait à répliquer quand il écrasa sa bouche contre la sienne. Ses yeux se fermèrent aussitôt et elle accueillit son baiser avec un soupir de soulagement. Elle se sentit fondre des pieds à la tête.

Comme du chocolat sur une bûche de Noël...

---

1. Puis-je goûter ?
2. Je t'en prie !
3. Délicieux...

Lundi 24 décembre, 11 h 45

Les notes de saxophone s'élevaient avec légèreté dans la maison. Glissant avec aisance des plus aiguës aux plus graves, elles démontraient la virtuosité du musicien, qui semblait s'amuser plus que travailler avec son instrument. L'oreille exercée de Lily apprécia la souplesse et la précision du jeu de son frère. Elle savait mieux que personne les heures de travail nécessaires pour atteindre cette apparente facilité. Comme pour confirmer ses pensées, Thomas joua plusieurs fois de suite la dernière phrase musicale avant d'obtenir la fluidité parfaite. Bien que suivant des études d'histoire à la fac, il avait pour objectif premier de devenir musicien professionnel à plein temps. Il n'était pas loin d'atteindre son but si l'on considérait le succès grandissant qu'il obtenait, en compagnie du groupe qu'il avait créé, les soirs où ils se produisaient au *Blue Note*. Pendant un temps, Lily avait été tentée de suivre son exemple, mais, bien que grande amoureuse de la musique sous toutes ses formes, elle avait finalement compris qu'elle n'était pas faite pour gérer sereinement les hauts et les bas inhérents à toute carrière artistique.

Quand la musique se tut enfin, la jeune fille se décida. Posant sur le canapé le livre dont elle n'avait pas tourné une page, elle gravit l'escalier et alla frapper à la porte de son frère aîné.

– Ouais ! entendit-elle.

Prenant sa réponse pour une invitation à entrer, elle poussa le battant.

– Tiens ! Salut sœurette. Alors, tu es au point pour ta partie clarinette ?

Lily hocha la tête. Le morceau que les enfants Berry offraient traditionnellement à leurs grands-parents pour Noël n'était pas très difficile. Quelques répétitions avaient suffi pour qu'elle le maîtrise.

– Je peux te demander un conseil ? fit-elle en se forçant à prendre un ton détaché.

– Wahou ! Depuis quand les sœurs demandent-elles des conseils à leurs frères ?

– Depuis qu'elles ont besoin d'un avis masculin sur une question.

Thomas leva un sourcil étonné.

– Bon, ben, demande toujours…

Lily enroula une de ses courtes boucles châtaines autour de son index et précisa :

– En fait, c'est pour une copine. Elle a des soucis avec un garçon mais comme elle n'a pas de frère, j'ai pensé à toi…

De plus en plus intrigué, Thomas finit de ranger son saxophone dans son étui et se retourna vers sa cadette.

– Eh bien vas-y, je t'écoute !

Tirant nerveusement sur sa mèche, Lily se lança. En quelques mots maladroits, elle lui fit un résumé de la situation et l'interrogea :

– Alors, qu'est-ce que tu crois qu'elle doit faire ? Tu penses qu'elle devrait contacter son copain pour tout lui expliquer et s'excuser ?

Thomas fit une grimace dédaigneuse et croisa les bras avant de répondre.

– Si elle veut se faire humilier, pourquoi pas ? Perso, je crois qu'elle ferait mieux de l'oublier et de passer à autre chose. Quand un garçon se donne la peine d'écrire une quinzaine de courriers et qu'en retour sa copine ne lui laisse même pas le bénéfice du doute, y a de quoi être dégoûté. Tu sais, le manque de confiance, dans un couple, ça ne pardonne pas…

Lundi 24 décembre, 14 h 15

Maëlle agita la main jusqu'à ce que la voiture disparaisse au coin de la rue. Voilà ! C'était fait ! Ses parents venaient de partir, l'autorisant pour la première fois à rester seule pour le réveillon et le jour de Noël plutôt que de devoir subir des cérémonies officielles plus ennuyeuses les unes que les autres. Enfin, seule, c'était un grand mot. Sa mère, toujours inquiète, n'avait été rassurée que lorsqu'elle avait su que ses amis viendraient passer le réveillon avec elle et que les parents de Lily l'accueilleraient le lendemain. Maëlle ne put réprimer un sourire : si Mme Tadier avait su qu'un beau jeune homme passerait la nuit dans la chambre d'amis, peut-être se serait-elle fait moins de souci ? En tentant d'imaginer la tête qu'aurait faite sa mère si elle avait été au courant de la présence de Kieran dans la pièce d'à côté, elle se dit que non, finalement, cela n'aurait pas vraiment été une bonne idée…

Tournant les talons, la jeune fille se dépêcha de rejoindre la chaleur de la maison. Elle avait encore beaucoup de choses à préparer avant l'arrivée de ses invités, mais surtout elle avait des SMS à envoyer. Sélectionnant la liste d'appel du quatuor, elle tapa le message suivant : « Ce soir, big révélation ! Soyez prêtes à tout ! » Elle le relut plusieurs fois avant de se décider à appuyer sur la touche Envoi. Bien sûr, elle avait encore peur, mais elle avait bien réfléchi et en était arrivée à la conclusion que ce réveillon était le moment idéal pour annoncer à tous la grande nouvelle, à savoir qu'elle filait le parfait amour avec Florian. Qui, lors d'une soirée pareille, pourrait lui en vouloir ? La nuit de Noël n'était-elle pas celle du pardon par excellence ?

Satisfaite de cette démarche stratégique, elle écrivit un nouveau Texto à l'intention de Florian. Elle lui en avait déjà envoyé plusieurs depuis le début de la matinée mais n'avait toujours pas eu de réponse. C'était un peu surprenant, mais surtout très agaçant : elle aurait aimé discuter avec lui de ce qu'elle s'apprêtait à faire. Il était quand même concerné au premier plan par sa révélation !

Une douzaine de toasts beurrés plus tard, exaspérée d'attendre un message qui ne venait pas, elle se décida à l'appeler. Mais quand elle tomba sur son répondeur son agacement augmenta encore. Que faisait-il donc ? Il savait pourtant bien qu'il y avait une soirée et qu'elle aurait certainement besoin de lui parler, ou même de recevoir un petit coup de main pour les préparatifs ? Même un gars pouvait comprendre ça, non ? D'une voix plus sèche qu'elle ne l'aurait souhaité, elle finit par lui demander de la rappeler de toute urgence.

Lundi 24 décembre, 14 h 15

– C'est super sympa d'être venu. J'ai honte de te déranger comme ça la veille de Noël, mais il fallait absolument que je te parle.

Lily tortilla nerveusement l'une de ses boucles. Elle se sentait terriblement mal à l'aise. Si ses amies découvraient un jour ce qu'elle était en train de faire, elles se mettraient à hurler qu'elle était complètement folle, un cas désespéré. Et elles n'auraient pas tort. Lily se sentait prête à tout pour voir briller au bout du tunnel une lueur d'espoir.

– Pas de problème, répondit Florian. Je n'avais rien d'autre à faire, de toute façon.

Son portable indiqua qu'il avait reçu un message mais il ne le consulta pas.

Lily esquissa un sourire. Il était tellement serviable qu'elle n'était pas sûre qu'il dise la vérité, mais en l'occurrence cela l'arrangeait plutôt. Il avait répondu au pied levé à son SMS, lui donnant rendez-vous dans un café qui était à mi-chemin de leurs domiciles respectifs. Mais il était arrivé le premier.

Plongeant le nez dans sa tasse de thé, Lily raconta à nouveau son histoire. Sauf que cette fois-ci elle ne prétendit pas qu'il s'agissait d'une de ses amies. Cela aurait été ridicule, son interlocuteur était bien trop renseigné. Quand elle eut fini, elle n'osa pas relever la tête. Elle fit tourner son sachet de thé, pourtant bien assez infusé. Le cœur battant, elle attendait la sentence. Même si Florian tenta de la présenter avec tact, elle tomba, semblable à ce que Lily redoutait.

– Tu sais, ça arrive à tout le monde de se tromper, tu ne pouvais pas deviner que les lettres s'étaient perdues… Mais Adrien, c'est pas le genre de gars super compréhensif, si tu vois ce que je veux dire…

Oui, Lily voyait parfaitement. C'est d'ailleurs pour ça qu'elle attendait de ses amis une autre perspective sur le problème. Elle aurait tellement aimé qu'on lui dise qu'elle se trompait, que dès qu'il serait au courant Adrien pardonnerait tout et qu'ils en plaisanteraient ensemble.

– Écoute, il serait peut-être temps que tu tournes la page. Tu te fais du mal pour rien.

La jeune fille hocha la tête.

– Tu as certainement raison, mais ce n'est pas facile.

– Il faut que tu sortes, que tu te changes les idées…

Docile, Lily acquiesça encore. Puis, relevant les yeux, elle dit :

– Ça me fait penser au réveillon qui a lieu chez Maëlle ce soir. Franchement, je n'ai pas tellement envie d'y aller. Chiara sera avec Kieran, Mélisande va passer son temps à se disputer avec Farouk, et Maëlle vient de nous envoyer un SMS pour annoncer une grande révélation. Je suis prête à parier qu'il s'agit d'un garçon. Je trouve son comportement plutôt louche ces derniers temps. Je sentais bien qu'il y avait anguille sous roche...

Au fur et à mesure qu'elle parlait, le visage du garçon s'assombrissait. Quand elle le constata, la jeune fille s'empressa d'ajouter avec embarras :

– Oh, excuse-moi, c'est vrai que tu y seras aussi. C'est pas sympa pour toi ce que je viens de dire. Je ne voulais surtout pas prétendre que tu ne comptais pas, au contraire... Tu... tu comptes beaucoup pour moi... tu le sais. Tu... tu as toujours beaucoup compté, Florian.

Ces derniers mots avaient été prononcés tout bas. Mais ils étaient sincères. Le garçon réprima un soupir. Il avait le sentiment qu'il y avait eu un énorme gâchis. Aucun d'eux ne serait assis à cette table en train de souffrir si l'ordre des choses avait été respecté.

– T'inquiète. De toute façon, je ne comptais pas y aller, à ce réveillon.

– Ah bon ? Pourtant Maëlle m'avait dit le contraire !

– J'ai changé d'avis.

– Tu as autre chose de prévu ?

– Non, pas vraiment.

Convaincue d'être responsable de ce revirement par ses paroles inconsidérées, Lily revint à la charge.

– Alors j'ai une idée : tu y viendras avec moi ! Puisqu'ils y vont par deux, nous ferons pareil. Rappelle-toi : on danse plutôt bien ensemble !

– Oui mais...

– Oh, mais je ne te laisse pas le choix : c'est toi qui m'as dit que je devais sortir ! Il me faut donc un chevalier servant, et pour ce soir c'est à toi que je confie ce rôle !

Lily s'étonna de l'autorité avec laquelle elle avait décrété cela. Un an avant, jamais elle n'aurait osé. Et encore moins avec Florian. Pourquoi fallait-il que l'amour complique tout ?

Le garçon l'observait pensivement quand son téléphone se mit à sonner. Il y jeta un coup d'œil pour voir de qui provenait l'appel, mais il l'ignora.

– OK, finit-il par dire, allons-y ensemble.

Après tout, il avait toujours apprécié la compagnie de Lily. Et parfois même un peu plus qu'apprécié… Il pouvait bien faire ça pour elle ce soir.

Et puis, il fallait bien admettre qu'il était curieux de voir la tête de la « révélation » promise par Maëlle…

5

Cliffhanger

Lundi 24 décembre, 15 heures

Bien emmitouflée dans une élégante parka ivoire dont la capuche était bordée de fourrure immaculée, Mélisande contemplait d'un œil méfiant le mur vertigineux qui se dressait derrière l'immense paroi de verre. Prudemment, son regard glissa vers d'autres sujets d'observation. Elle remarqua avec intérêt le « food bar » qui se trouvait sur la gauche et finit par se fixer sur l'affiche qui était placardée à droite de la porte d'entrée.

– Quoi ? Quatorze euros l'entrée ? Mais tu m'avais dit que c'était gratuit ! s'insurgea-t-elle.

Son compagnon resta imperturbable et répondit :

– C'est gratuit ! Pour toi.

– Ah non ! Pas de ça avec moi ! se rebiffa-t-elle. Ce n'est pas parce que je suis ruinée qu'on doit me faire l'aumône !

Farouk la regarda d'un œil mi-admiratif, mi-moqueur. Elle pouvait bien ne plus disposer du moindre euro, elle avait toujours l'allure d'une gravure de mode et le comportement d'une princesse.

– Pas la peine de prendre de grands airs, Duchesse, c'est moi qui invite et c'est pas autrement. Si ça peut te rassurer, j'ai eu les tickets en tarif réduit par un pote.

Mélisande avait froncé ses fins sourcils. Visiblement, elle réfléchissait pour savoir si l'offre était acceptable ou non. Pour finir de la convaincre, Farouk lui décocha un sourire qui découvrait toutes ses dents et ajouta :

– Et puis, d'après ce que m'a confié Pauline, en t'offrant l'entrée je m'assure un spectacle unique !

Les yeux d'émeraude lancèrent des éclairs.

– Ah oui ? Tu penses donc t'amuser à mes dépens ? Et tu crois que je vais accepter ça ?

– Bien sûr, si tu as peur, tu peux toujours refuser. Tout le monde le comprendra parfaitement...

– Comment ça, « tout le monde » ?

– Oh, juste tous ceux à qui je le raconterai... Mais c'est vrai que je ne connais pas tant de gens que ça.

Mélisande sentit la moutarde lui monter au nez. Farouk devait connaître les trois quarts des lycéens de Balzac et l'intégralité de la population d'une ou deux banlieues.

Rejetant sa capuche en arrière pour apparaître dans toute sa splendeur, la jeune fille le cloua d'un regard brillant d'orgueil.

– On voit bien que tu me connais mal, lança-t-elle avec hauteur. Une Saint-Sevrin ne recule jamais devant l'adversité !

Farouk afficha un sourire en coin. Il eut la bonté de ne pas lui faire remarquer que c'était pourtant exactement ce que son père avait fait en allant se cacher dans une île après avoir mis sa famille sur la paille. Mais il était vrai qu'elle avait parlé d'*une* Saint-Sevrin. Peut-être les choses en allaient-elles autrement pour les représentants masculins du nom.

Il poussa la porte vitrée et l'invita à entrer. Quand, tête haute, elle passa devant lui, il commenta cependant :

– Et ce sont tes parents qui sont ruinés, pas toi.

– Mer... credi ! s'écria Mélisande dont le bout du pied venait de riper.

Elle aurait bien aimé se laisser aller davantage, mais les graffitis grossiers qui ornaient la cage d'escalier de l'immeuble dans lequel elle résidait désormais l'en avaient dissuadée. Elle avait réalisé dernièrement que le langage était l'une des dernières barrières qui la séparaient de ce milieu-là. Elle mettait donc un point d'honneur à ne pas utiliser de mots vulgaires et à soigner sa syntaxe. Après tout, c'était l'un des rares luxes qu'elle pouvait encore se permettre !

– À gauche, plus à gauche, tu as une prise à la hauteur de ton genou.

Farouk, qui assurait la jeune fille en tenant fermement la corde attachée à son baudrier, s'était permis de lui donner cette indication d'une voix neutre en la voyant coincée. Un peu plus tôt, il s'était déplacé avec la souplesse et l'habileté d'un homme-araignée pour atteindre le point culminant de la structure. Perché à vingt-deux mètres de hauteur, il s'était retourné, avait lâché une main et écarté un pied pour lui lancer, goguenard :

– Tu vois ? Fastoche !

Le teint ivoire de son amie était devenu livide et elle s'était à grand-peine retenue de crier « Attention ! » pendant qu'il faisait le zouave en ricanant. Mais cela lui aurait fait bien trop plaisir de voir qu'elle s'inquiétait pour lui ! Alors, à la place, elle avait répondu d'un ton un peu hautain :

– Évidemment que c'est « fastoche ». Qui a jamais prétendu le contraire ? Paraîtrait même que l'homme descend du singe !

Farouk avait éclaté de rire tout en continuant à faire le pitre tout là-haut. Ne supportant pas de voir ça, Mélisande avait haussé les épaules et s'était mise à traquer une poussière imaginaire sur les leggings vert sapin et le top noir qu'elle avait enfilés pour l'occasion. Déçu de ne plus avoir de spectatrice,

Farouk était descendu en rappel en deux bonds immenses. Lorsqu'il s'était trouvé tout près d'elle, Mélisande avait relevé son petit nez légèrement retroussé d'un air de défi et le garçon lui avait tendu le baudrier. Sans piper mot, elle avait enfilé une jambe, puis l'autre et s'était tournée vers l'une des parois colorées qui étaient mises à la disposition des grimpeurs. Là, elle avait remercié le ciel que Farouk soit dans son dos, incapable de voir l'effroi qui se lisait dans ses yeux. Faisant appel à tout le courage dont elle était capable, elle s'était avancée d'un pas et avait placé délicatement ses doigts dans une prise jaune moutarde. Elle s'était demandé comment elle allait pouvoir faire un mouvement supplémentaire quand une idée de génie lui avait traversé l'esprit. Le mur, couleur rouge sang (délicieux présage), lui rappelait étrangement le lino qui recouvrait le sol de leur minuscule salle de bains. Il suffisait de se dire qu'elle ne se déplaçait pas verticalement mais horizontalement, et le tour serait joué. L'idée de ramper sur le sol de cette horrible salle de bain était si comique qu'elle s'était mise à sourire.

– Tu as parfaitement raison, avait-elle claironné en progressant avec fluidité, c'est un jeu d'enfant !

La corde glissant entre ses mains, Farouk n'avait pas répondu. Pour une fois, il s'était fait surprendre. D'après les informations livrées par Pauline, Mélisande était censée avoir une peur panique du vide, et voilà qu'elle montait avec la grâce et la facilité d'une experte. Il est vrai qu'elle était en parfaite condition physique. Ses leggings, moulant à la perfection ses formes longilignes et courbes à la fois permettaient de le constater sans doute possible. Il n'était d'ailleurs pas le seul à suivre d'un œil intéressé la progression de la jeune fille, ce qui eut tendance à l'agacer malgré son caractère nonchalant. Il devait bien reconnaître qu'il avait lui-même eu un peu de mal à s'arracher à la vision qui était soudain apparue devant lui quand Mélisande était sortie du vestiaire. Il avait dû se forcer à se souvenir qui elle était vraiment pour réussir à afficher le petit air narquois qu'il arborait habituellement en sa présence. Pour ne pas la voir avancer vers lui de son pas de tigresse, il avait fait mine de vérifier l'attache de son mousqueton.

– Où ça une prise ? Je vois rien ! cria Mélisande en interrompant la rêverie du jeune homme.

Farouk allait la guider plus précisément quand son regard fut happé par les boucles cuivrées qui balayaient les épaules de Mélisande alors qu'elle tournait la tête de droite à gauche. Même s'il n'avait fait aucun commentaire sur le moment, il avait été furieux le jour où elle avait tailladé sa superbe crinière pour la discipliner en un casque sophistiqué, certes, mais manquant terriblement de naturel. Lorsque la nature vous faisait don d'une telle chevelure, c'était criminel de ne pas la laisser s'exprimer librement. Un petit diable lui souffla alors que l'heure de la vengeance avait sonné.

– C'est étrange, commenta-t-il calmement, moi, je vois pourtant très bien.

Puis il ajouta :

– Il faut dire que de là où je suis, je jouis d'une vue superbe...

Mélisande ne comprit pas immédiatement ce qu'il cherchait à insinuer. Toute à son inquiétude, il lui fallut quelques secondes pour apprécier la pointe d'ironie contenue dans sa voix. Mais quand elle en prit conscience elle réalisa soudain que sa position actuelle offrait à Farouk une vue imprenable sur son postérieur. Oubliant que le baudrier cachait une bonne partie de son anatomie, elle s'enflamma aussitôt. Dire qu'elle luttait contre l'angoisse et le vertige tandis que ce malotru en profitait pour lorgner ses fesses à son aise ! Folle de rage, elle se retourna pour lui dire sa façon de pensée. C'est alors qu'elle le vit tout petit, tout en bas, comme à des milliers de kilomètres d'elle. Sa tête se mit à tourner dangereusement, et ses oreilles à bourdonner. Tout ce vide, toute cette hauteur… Ses doigts se crispèrent nerveusement et un minuscule « crac » lui parvint. Oh non ! pas ça ! Pas son ongle fétiche ! Comme dans un rêve, elle desserra sa main droite pour contempler son annulaire. Ce qu'elle redoutait était bien arrivé. À la fois désolée et furieuse, c'est à peine si elle réalisa que sa vision commençait à se brouiller. Elle entendit encore vaguement qu'on l'appelait, puis, avec un soulagement certain, elle se laissa enfin aller à l'appel du vide.

La corde se tendit brutalement et le choc lui fit reprendre faiblement conscience. On finit de lui faire descendre les derniers mètres par petits à-coups, et deux bras la récupérèrent. Quand elle découvrit les yeux noirs qui se penchaient vers elle, elle fronça les sourcils et avec toute l'indignation dont elle était encore capable elle articula avec faiblesse :

– Monsieur, vous êtes un goujat !

6

Ça va être la fête !

Lundi 24 décembre, 19 h 45

Maëlle balaya la salle à manger du regard. La décoration, sobre et traditionnelle, mise en place par sa mère quelques jours plus tôt donnait un air de fête à la pièce. Le sapin, paré de rouge et d'or, ressemblait un peu à un général en grand uniforme, mais il n'en restait pas moins un élément essentiel à l'ambiance. Sur la grande table recouverte d'une nappe rouge, les toasts étaient au garde-à-vous sur des plateaux, prêts à être sacrifiés pour satisfaire l'appétit d'une troupe de jeunes gens affamés. À l'autre extrémité, dans le coin salon, le canapé et les fauteuils promettaient d'assurer le repos au guerrier plus ou moins harassé. Bon, tout était prêt. Lily apporterait les glaces, et les garçons les boissons. Car les garçons devaient venir, bien sûr… Mais qu'en était-il *du* garçon ? Qu'en était-il du dénommé Florian ? N'ayant plus rien à faire pour détourner ses pensées, Maëlle sortit à nouveau son portable. Toujours rien de rien. Elle avait même tenté en désespoir de cause d'appeler chez lui, mais il n'y avait personne. Pendant l'après-midi, elle était passée par toutes sortes de phases émotionnelles. L'énervement avait fait place à l'exaspération, l'exaspération à la colère, la colère à l'inquiétude et l'inquiétude au désespoir. Quelque chose était arrivé.

C'était sûr. Peut-être avait-il été renversé par une voiture ? ou était-il tombé dans le Rhône ? ou dans la Saône ? Quand elle commença à imaginer un kidnapping et fut tentée d'appeler la police, elle se dit que sa mère avait finalement eu plus d'influence sur elle qu'elle en avait conscience.

Il n'empêche, il y avait un truc qui clochait. Et cela la mettait plus que mal à l'aise.

Lorsque la sonnette retentit, elle en fut à la fois soulagée et inquiète : elle savait qu'il s'agissait de Lily. Son amie lui avait proposé d'arriver un peu en avance pour l'aider dans les préparatifs de dernière minute. Et même si son aide était inutile grâce à l'organisation efficace de Maëlle, cette dernière serait heureuse d'avoir quelqu'un à qui parler. Bien sûr, elle ne pourrait partager ce qui la préoccupait vraiment. Elle se voyait mal annoncer à Lily : « Je suis terriblement inquiète parce que je vis une histoire de dingue avec l'ex-grand amour de ta vie, mais, malheureusement, je l'ai égaré tout récemment. » Et elle aurait l'air de quoi lorsque, ses amies toutes réunies, on ne manquerait pas de lui demander quelle était sa « big » révélation ?

L'estomac noué, elle tentait d'imaginer des solutions pour s'en sortir lorsqu'elle ouvrit la porte.

– Joyeux No…

Le sourire de façade et le ton guilleret qu'elle s'était obligée à employer disparurent brutalement.

Devant ses yeux, Florian, en parfaite santé, tenait tendrement Lily par les épaules. Cette dernière, un sac congélation plein de bûches de Noël dans les mains, souriait béatement.

– Attends, fit Florian avec galanterie, donne-le-moi. Ce sera plus facile pour enlever ton manteau.

En entendant le ton chaleureux employé par celui qu'elle croyait être, il y a un instant encore, son petit ami, le sang de la jeune athlète ne fit qu'un tour.

Saisissant le garçon par le bras, elle l'entraîna fermement en sifflant :

– Toi, tu viens avec moi !

Sous le regard effaré de Lily, Florian fit quelques pas puis se dégagea.

– Tu veux parler ? Je te suis ! Tu n'as pas besoin de me tirer.

Maëlle stoppa une seconde, interloquée. Elle n'avait jamais entendu Florian parler sur ce ton-là.

– OK, lâcha-t-elle finalement.

Elle tourna les talons et se dirigea d'une démarche martiale vers l'escalier. Sans hésiter, le garçon lui emboîta le pas. Avant de monter la première marche, il se retourna juste une seconde pour faire une grimace d'excuse à la douce Lily, qui le fixait d'un air hébété.

Un instant plus tard, Maëlle refermait la porte de sa chambre derrière lui.

– Bon, alors c'est quoi ce plan ? Tu disparais la veille de ma soirée, tu ne réponds pas à mes SMS et tu te pointes en serrant une de mes amies de si près qu'on dirait un timbre collé à une enveloppe !

– Attends, je rêve ! Dis-moi que je rêve ! Tu n'es quand même pas en train de me faire une scène de jalousie ?

– Une scène de jalousie ? Elle est bonne celle-là ! Pour être jalouse, il faudrait déjà que je t'aime. Et il faudrait que je sois vraiment désespérée pour être amoureuse d'un pauvre type qui en pince toujours pour la même fille depuis la sixième sans jamais oser se déclarer !

– Tout pareil pour moi ! Jamais je ne pourrais tomber amoureux d'une fille capable de faire croire à un pauvre mec naïf qu'elle est raide dingue de lui et à peine une semaine plus tard d'en inviter un autre dans sa chambre.

– Un pauvre mec naïf ? De qui tu parles exacte…

Maëlle s'interrompit brusquement. Les jambes fermement campées et les poings sur les hanches, elle avait le buste penché en avant et le visage si près de celui de Florian que ce dernier pouvait presque compter les éclairs lancés par ses yeux bleus. Il était donc idéalement placé pour voir la lueur de doute qui s'y alluma.

– Attends, tu peux répéter ce que tu viens de dire ? fit la jeune fille d'une voix moins assurée.

Plus attristé qu'en colère, maintenant que Maëlle s'était un peu calmée, Florian répondit d'une voix blanche :

– Je suis peut-être un pauvre mec naïf, mais ce qui est sûr, c'est que je ne suis plus amou…

Il fut forcé de s'interrompre : une bouche au goût de framboise venait de se plaquer sur la sienne. L'instant suivant, une main agrippait ses cheveux tandis qu'une autre se plaquait dans son dos. La chambre fut plongée dans un silence relatif jusqu'à ce que le garçon se reprenne et s'écarte de la jeune fille en finissant, légèrement essoufflé :

– …reux de toi !

Le regard perdu qu'il posa sur Maëlle fit sourire cette dernière.

– C'est quoi le truc ? demanda-t-il enfin. Tu as oublié de me dire que tu avais une sœur jumelle ? un sosie qui habite chez toi ? un clone peut-être ? Parce que, rassure le pauvre naïf que je suis, tu ne peux pas m'embrasser comme ça et recommencer avec un autre le soir suivant ?

Il avait l'air tellement vulnérable que la jeune athlète se dépêcha de lui répondre.

– Non, je ne pourrais pas. Mais je n'ai ni sœur, ni sosie, ni clone. Je ne sais pas comment tu peux être au courant qu'il y a un gars qui entre par la fenêtre de ma chambre…

– Ah ! Tu ne le nies pas !

– Ben non, je t'explique, c'est différent.

Et elle reprit :

– Mais ce gars, c'est le copain de Chiara. Tu sais, il s'appelle Kieran et il vient d'Irlande. Pour des raisons un peu longues à t'expliquer, j'ai dû l'héberger dans la chambre d'amis, mais comme mes parents ne le savent pas, il entre… « à l'irlandaise ».

Florian fronça les sourcils.

– Alors… il ne fait que passer par ta chambre…

– Comme la brise du matin !

– C'est pas un peu dingue, ça ? voire risqué ?

– Mon cher Florian, tu me connais assez pour savoir que j'ai un goût prononcé pour ces deux adjectifs.

Le garçon soupira.

– Oui, mais quand même…

– C'est comme dans les coffrets cadeau, répliqua-t-elle en penchant la tête de côté, il faut tout prendre ! On ne peut pas choisir deux ou trois trucs et laisser le reste ! Mais tu verras que le risque est inexistant, sauf bien sûr celui de se faire piquer par mon père. Kieran ne voit, n'entend et ne respire que par Chiara. Il est en train de se préparer dans la salle de bains de la chambre d'amis, tu feras sa connaissance très bientôt !

Florian se passa la main dans les cheveux et respira à fond. Il se doutait bien que la vie avec Maëlle comme petite amie n'allait pas être de tout repos, mais il n'avait jamais imaginé être si tôt confronté aux montagnes russes ! La petite amie en question se balança d'avant en arrière en le scrutant avec attention. Comme il restait silencieux, elle lança :

– Alors comme ça, tu étais jaloux ?

– Pas du tout, enfin, pas plus que toi !

– Hou, alors ça veut dire un peu beaucoup !

Un lent sourire vint enfin éclairer le visage du garçon.

– Ah bon ? fit-il, un peu, beaucoup, passionnément ?

– Et peut-être même davantage !

– Tu as les moyens de prouver ce que tu avances ?

Les yeux bleus se plissèrent et la distance qui séparait les deux jeunes gens se rétrécit.

– Je suis une scientifique. Je n'avance jamais rien sans preuve.

Et la bouche au goût framboise s'employa avec ardeur à prouver ce que revendiquait sa propriétaire.

Quand enfin Florian reprit son souffle, il murmura tout contre ses lèvres :

– OK pour le coffret cadeau. Je prends tout...

Lundi 24 décembre, 19 h 55

Chiara était heureuse. Alors qu'elle était sous la douche, elle s'était mise à chanter, ce qu'elle ne faisait jamais. Elle avait alors réalisé que pour la première fois de sa vie elle se sentait comblée. Côté théâtre, elle attendait avec impatience de passer le casting[1] qui lui permettrait peut-être de monter sur les planches en tant que professionnelle. Son père, influencé par l'esprit de Noël (en l'occurrence nommé Valérie), avait

1. Voir *Le roman des filles : Soupçons, scandale et embrasse-moi !*

fini par accepter qu'elle se rende au casting. Et côté cœur, c'était le nirvana ! Aussi inattendu que généreux, l'amour s'était déversé sur elle en une pluie d'étincelles toutes plus enivrantes les unes que les autres. Ce sentiment de bien-être ne l'avait plus quittée depuis, et elle avait pris le bus pour se rendre chez Maëlle avec autant de plaisir qu'une princesse montant dans son carrosse.

Elle flottait donc toujours dans cette douce euphorie en franchissant à pied la courte distance qui séparait le dernier arrêt de bus de la maison de son amie. Elle marchait vite malgré ses hauts talons car le vent froid s'engouffrait par rafales sous son manteau et la frigorifiait. Il faut dire qu'elle avait, pour l'occasion, emprunté une des robes de soirée de Mélisande et qu'elle n'avait guère l'habitude de se promener dans une tenue aussi légère en plein hiver. Mais elle ne regrettait rien. La robe, taillée dans une soie fluide aux reflets dorés et drapée sur les épaules, lui donnait des allures de divinité grecque. Jamais elle ne s'était sentie aussi féminine, et elle commençait à comprendre l'attrait qu'exerçait la mode sur son amie. Elle était impatiente de voir la tête que ferait Kieran en la découvrant dans cette tenue.

Tout naturellement, elle leva la tête vers la fenêtre où résidait son cher et tendre amour lorsqu'elle arriva devant le pavillon de la famille Tadier. La lumière y était éteinte. En revanche, elle brillait dans la pièce d'à côté. Elle brillait même si bien qu'on y voyait comme en plein jour la silhouette d'un couple passionnément enlacé.

Le sang de Chiara, que même la bise de décembre n'avait pu geler, se glaça instantanément dans ses veines. Cette silhouette masculine qui serrait une fille dans ses bras, ce ne pouvait être que Kieran. Et la fille… eh bien, la seule chose dont elle était sûre, c'est qu'il ne s'agissait pas d'elle !

7

Je te fais confiance... moi non plus !

Lundi 24 décembre, 20 heures

Lily s'approcha de la table et, après avoir résisté encore quelques minutes, osa enfin avaler un toast au saumon fumé. Cela faisait près d'un quart d'heure qu'elle attendait que quelqu'un daigne paraître, et elle commençait à trouver le temps long. Tout d'abord, elle avait failli monter à l'étage car les éclats de voix qui lui étaient parvenus l'avaient inquiétée. Jamais auparavant elle n'avait eu l'occasion d'entendre Florian élever la voix. Que lui arrivait-il donc ? Son comportement l'avait déjà surprise lorsqu'ils étaient arrivés chez Maëlle. Sans rien dire, il lui avait nonchalamment passé un bras autour des épaules. C'était la première fois qu'il la touchait. Enfin, qu'il la touchait *ainsi*, sans raison particulière, sans y être obligé par une danse ou un jeu. Y avait-il un message spécifique à comprendre ? Elle essayait encore de répondre à cette question quand les choses s'étaient calmées à l'étage. Renonçant alors à se mêler d'histoires qui ne la concernaient pas, elle avait apporté les glaces à la cuisine et les avait rangées dans le congélateur. Puis elle s'était assise dans un fauteuil du salon et s'était résolue à patienter... jusqu'à ce que le buffet exerce sur elle son pouvoir d'attraction irrésistible.

Hum ! ces petites choses avaient l'air tout à fait délicieuses !

La première bouchée prouva sans aucun doute possible qu'elles l'étaient. Aussitôt, le toast au saumon fumé fut suivi d'un autre à « je-ne-sais-quoi-mais-c'est-vachement-bon ». Lily en avalait un troisième quand la porte d'entrée s'ouvrit à la volée et qu'une tornade brune déboula.

– Bon ! Au moins, ce n'est pas toi ! s'écria la furie.

Lily s'arrêta de mâcher, stupéfaite.

– Mais si ce n'est pas toi, c'est donc Maëlle ! Je vais la massacrer !

– Ble koi du barbe ? demanda Lily en projetant quelques miettes malgré elle.

Ses dons de linguiste visiblement dopés par la rage, Chiara comprit parfaitement ce qu'elle venait de dire et répondit vertement :

– Je parle de Kieran et de Maëlle ! Ils sont où ? J'espère que tu n'es pas dans le coup, toi aussi !

Lily, effarée et à demi paralysée par la crainte de postillonner encore, resta muette. Cela ne calma en rien son amie, qui se dirigea vers l'escalier au pas de course. En quelques enjambées, elle survola les marches et, toujours survoltée, elle ouvrit la première porte qu'elle trouva devant elle.

Le bruit qu'elle fit en entrant tout autant que le cri qu'elle poussa firent sursauter le couple qui se tenait serré dans la pièce. Maëlle était de dos, et son compagnon penché vers elle dans une attitude sans équivoque.

– Comment oses-t… commença Chiara, avant de s'interrompre.

Le garçon venait de relever la tête et ses yeux bruns, ébahis, étaient fixés sur elle.

– Fl… Flo… Florian ?!

Embarrassé d'être surpris dans une situation aussi intime, ce dernier ne répondit pas et se contenta de rougir. Sa blonde compagne fit preuve de beaucoup moins de retenue.

– Non mais ça va pas la tête ? Tu veux qu'on meure d'une crise cardiaque ou quoi ?

– Je… je croyais…

– Ben quoi ? Qu'est-ce que tu croyais ? Qu'il y avait le feu au lac ? Et puis c'est quoi ces manières d'entrer dans ma chambre sans même frapper ?!

Maëlle s'était retournée pour faire face à Chiara. Elle était furieuse de la façon dont son amie avait déboulé sans prévenir, et encore plus d'avoir été surprise en flagrant délit d'« embrassade » avant d'avoir pu expliquer la situation.

– Heu, je… je… m'excuse… je croyais… répéta la brunette en bafouillant.

Plissant les yeux, Maëlle lui lança un regard scrutateur. À force de l'entendre répéter qu'elle « croyait… » sans qu'elle puisse aller au bout de sa phrase, un doute affreux s'infiltrait dans son esprit.

– Attends, ne me dis pas que tu croyais…

– Je vous ai vus à travers la vitre ! l'interrompit Chiara avec précipitation.

– Attends, tu n'es pas en train de me dire que…

– Il faut me comprendre ! plaida la jeune fille, tu ne sortais avec personne !

– Mais si ! Tu es bien en train de me dire que…

– Il n'y avait que *lui* qui pouvait être là, dans ta chambre ! tenta de se justifier la jeune actrice en battant l'air de ses bras façon albatros au décollage.

– Alors là ! J'hallucine !

– Mais vous ne pouvez pas éteindre la lumière ou fermer les volets avant de vous embrasser ? Franchement, question discrétion, y a mieux ! Tout le quartier pouvait en profiter !

– Eh ! oh ! J'embrasse Florian où je veux et comme je veux ! Je te rappelle que je suis chez moi quand même !

– Oui... gémit Chiara en baissant la tête, mais avec Kieran juste à côté...

– Ah ! fit soudain Florian en se tapant le front, ça y est, j'ai compris...

Les deux filles lui décochèrent un regard plein de commisération avant que Chiara reprenne :

– Eh, attendez un peu là... vous... vous étiez en train de vous embrasser !

Fixant tour à tour les deux amoureux d'un air incrédule, elle s'exclama d'une voix forte :

– Maëlle, tu... tu embrassais Florian !

Et elle éclata de rire.

Déroutée, la jeune athlète ne sut comment réagir. Elle s'était attendue à des cris d'indignation et à des accusations de haute trahison, mais pas à... ça !

– Excusez-moi, reprit Chiara en essayant de se contrôler, c'est nerveux. Vous comprenez, avec toutes ces émotions...

Et elle repartit de plus belle dès qu'elle tenta de les regarder à nouveau.

– Oh, c'est bon là, hein ! C'est quand même pas la blague du siècle ! s'écria Maëlle, irritée. Je ne vois vraiment pas ce qu'il y a de drôle.

– Je crois qu'elle ne s'attendait pas trop à nous voir sortir ensemble, marmonna Florian, qui virait maintenant à l'écarlate.

– Eh bien, il faudra qu'elle s'y fasse, lui répondit sa petite amie en foudroyant la brunette du regard.

Cette dernière, consciente de sa maladresse, se demandait comment elle allait s'en sortir, quand une voix résonna derrière elle.

– *Hey, cutie ! What's so funny*[1] ?

Soulagée de pouvoir détourner la conversation, elle pivota et dit précipitamment en anglais :

– Rien, rien du tout.

Puis, totalement sous le charme de Kieran, qui avait encore les cheveux humides de la douche qu'il venait de prendre, elle lui sauta au cou. Il sentait bon, s'était rasé de près et avait la peau presque aussi douce que celle d'un bébé. Quand il plongea ses yeux bleu marine dans les siens, elle s'émerveilla encore qu'un beau garçon comme lui ait pu s'intéresser à une fille comme elle. Dans son jean noir et sa chemise blanche toute simple, il était craquant à en tomber par terre !

Des petits coups timides contre le battant de la porte ouverte annoncèrent l'arrivée de Lily.

– Heu… excusez-moi, mais j'ai l'impression qu'il se passe des choses bizarres par ici et je m'inquiète un peu.

– « Bizarres », c'est rien de le dire, marmonna Chiara avant de se tourner vers Florian et Maëlle.

Cette dernière, en entendant la voix de Lily, s'était instinctivement écartée de son petit ami. Elle resta silencieuse malgré les regards qui convergeaient vers elle.

– Heu, j'espère que je ne dérange pas, souffla encore Lily d'une petite voix.

– Déranger ? reprit Chiara, quelle drôle d'idée ! Ne sommes-nous pas entre amis ? On n'a pas de secrets les uns pour les autres, n'est-ce pas Maëlle ?

1. Salut, beauté, qu'est-ce qui te fait rire comme ça ?

Mais la jeune athlète restait muette, comme si son don de la répartie l'avait soudain abandonnée. Alors Florian, conscient que la pauvre Lily devait se sentir mise à l'écart, se lança :

– Maëlle et moi, on sort ensemble. Mais j'ai cru que... qu'elle sortait avec quelqu'un d'autre.

Sans lui laisser le temps d'absorber l'information, il poursuivit :

– Et elle, elle croyait que j'avais un peu rompu. C'est pour ça que lorsqu'on est arrivés ensemble elle s'est fait des idées et a voulu qu'on s'explique. Et puis on s'est expliqués et quand Chiara nous a vus en train de... heu, enfin, par la fenêtre, il semblerait qu'elle ait cru, qu'elle m'ait confondu...

– Avec quelqu'un d'autre, l'interrompit la jeune fille qui ne tenait pas à ce que Kieran entende son prénom et cherche à en savoir davantage. (Quelle honte ce serait de devoir lui parler des soupçons qui l'avaient embrasée !)

Hébétée, Lily essayait de suivre les explications en se demandant comment autant de choses avaient pu se passer en si peu de temps. Elle était en train d'essayer de digérer ce flot de nouvelles peu banales quand la sonnerie de l'entrée retentit et que, presque aussitôt, une voix haut perchée résonna :

– Coucou ! Il y a quelqu'un ? Je croyais qu'on devait faire la fête par ici !

Tout le monde fut soulagé de cette interruption, et d'un même mouvement garçons et filles se dirigèrent vers l'escalier. En les voyant arriver, Farouk, qui était accompagné de Mélisande, leva les deux bouteilles de mousseux qu'il tenait dans les mains.

– Désolé pour le champagne, annonça-t-il, mais c'est la crise ! Et puis, dans les deux cas, ça pétille, alors...

– Non mais dites donc ! Vous en faites une tête ! s'exclama Mélisande. Qu'est-ce qui se passe ? Vous avez vu le Père Noël ?

Il y eut un petit rire gêné. Lily comprit alors que la soirée allait être gâchée s'ils ne parvenaient pas à se débarrasser du malaise qui s'était installé entre eux. Prenant sur elle, elle se lança d'un ton joyeux :

– En fait, c'est pas tout à fait ça. Je vous explique : pendant que nous vaquions à nos occupations, une belle histoire d'amour a fleuri entre deux cœurs esseulés... Traduction : Maëlle et Florian sortent ensemble. Mais comme en amour rien n'est simple, Florian a cru que Maëlle la Perfide le trompait déjà avec... quelqu'un d'autre. Et elle, de son côté, s'est imaginé que, peut-être, il en pinçait pour... quelqu'un d'autre, ce qui bien sûr n'était pas vrai. Après moultes péripéties, ils finirent par se réconcilier. C'est alors que Chiara la Flamboyante les vit et, aveuglée par les rideaux de la chambre de Maëlle, crut que cette dernière était en fait en train d'embrasser... quelqu'un d'autre ! « Enfer et damnation ! » s'est-elle écriée, et, sans même prendre le temps d'avaler un toast (ce qui, pour ceux qui la connaissent, donne un aperçu de sa colère), elle se précipita à l'étage, où elle surprit les amoureux qui l'engueulèrent (enfin, surtout l'amoureuse) copieusement. Sur ces entrefaites, Kieran est arrivé... et moi aussi.

– Eh bien ! s'exclama Farouk qui ouvrait de grands yeux, je crois que j'aurais préféré que vous ayez vu le Père Noël !

Tout le monde éclata de rire en entendant cette déclaration. Même Kieran put se joindre aux autres car Chiara lui avait traduit (en se débrouillant pour laisser de côté les passages embarrassants) ce que racontait Lily.

– Quand même ! s'exclama Mélisande qui était merveilleusement belle dans une minuscule robe noire brodée d'or, quels petits cachottiers ! Peut-on savoir depuis quand les tourtereaux roucoulent en secret ?

Maëlle, qui avait recouvré un peu de son aplomb, répliqua :

– Depuis un certain temps, Miss Curieuse ! En fait, j'avais prévu de vous mettre au courant ce soir, mais Miss Folie Furieuse a un peu gâché mon effet d'annonce !

L'air exagérément penaud de Chiara relança quelques rires. Farouk en profita pour déboucher une bouteille et offrir à la ronde :

– Alors, qui veut le premier verre, qui ? Je vous conseille de vous dépêcher ! Attention, celui qui finira la bouteille se mariera avant la fin de l'année !

– C'est dans moins d'une semaine, nigaud ! fit remarquer Mélisande.

– Raison de plus pour ne pas traîner, rétorqua-t-il avec un grand sourire, sinon, tu pourrais te voir obligée d'épouser l'un des rares célibataires que tu connais, et d'après ce qu'on vient d'apprendre ce soir le choix devient vraiment restreint.

La jolie rousse émit un « pff ! » méprisant, mais elle se hâta cependant d'aller chercher un verre.

L'ambiance était désormais à l'amusement et à la fête. Lily, cependant, qui s'était retirée près de la table, se dit qu'ils n'étaient pas passés loin de la catastrophe. Qu'il était difficile de faire aveuglément confiance, même aux gens qu'on aimait, quand tout prêtait au doute. Et les soupçons malsains menaient tout droit aux blessures et à la souffrance.

Elle connaissait cette leçon. Elle avait payé cher pour l'apprendre...

8

Discrétion et confessions

Mardi 25 décembre, 11 h 30

Chiara ouvrit la porte du petit appartement et fit mine de sauter dans les bras du vieil homme qui attendait sur le seuil.

– Doucement, ma girelle ! se plaignit-il en souriant, tu n'as plus cinq ans depuis longtemps !

La jeune fille éclata de rire et entoura délicatement les épaules de son grand-père pour le serrer contre elle. Elle le dépassait en taille depuis bien des années, mais auprès de lui elle retrouvait instinctivement son âme d'enfant.

– C'est trop cool que tu aies pu venir, Papé ! Tu as fait bonne route ?

– Couci-couça... J'ai la drôle d'impression que Lyon s'éloigne chaque année du *Mas Tranquillou* !

– Bon, maintenant que tu es là, tu n'as plus à te soucier de rien ! Viens vite t'asseoir, papa va préparer l'apéritif, je vais apporter ta valise.

– Manquerait plus que ça ! protesta le vieil homme. Je ne suis peut-être plus très jeune, mais je n'en suis quand même pas à me faire porter mes bagages par une donzelle qui s'envolerait au premier coup de mistral...

Chiara leva les yeux au ciel et s'effaça pour le laisser passer. Elle le connaissait assez pour savoir qu'il ne servirait à rien d'insister. Son grand-père passa devant elle, sa lourde valise à la main et droit comme un I. Comme sa petite-fille refermait la porte, il lança :

– J'espère qu'il n'y a pas de champagne pour l'apéro ?

– Bien sûr que non, Papé ! Comment pourrait-on te faire pareil affront ? C'est du pastis bien frais, juste comme tu l'aimes.

Le vieil homme eut une moue satisfaite et Chiara en profita pour le guider jusqu'au salon.

Là, il salua son gendre, Valérie et Nolan, le fils de celle-ci.

– Ils sont où, les cadeaux ? demanda ce dernier avant même que le grand-père ait eu le temps de s'asseoir.

– Nolan ! le reprit sa mère sur un ton de léger reproche pendant que trois regards choqués se posaient sur le jeune garçon.

– Ben quoi ? rétorqua-t-il, c'est Noël, non ? Et j'ai ouvert tous les autres.

Le désordre créé par les papiers déchirés et froissés l'attestait. Depuis que sa mère était allée le récupérer à la gare ce matin-là, il n'avait eu de cesse de chercher des paquets libellés à son nom et d'en arracher l'emballage cadeau avant de passer au suivant.

Valérie eut un petit rire gêné avant de déclarer :

– Ah ! c'est beau la jeunesse !

Personne ne lui fit écho, mais M. Palermo fit diversion en proposant de servir l'apéritif.

– Mais… commença à protester Nolan.

Chiara, qui s'était furtivement approchée de lui, le saisit par le bras et l'entraîna vers la cuisine en chantonnant de sa voix rauque :

– Et nous, on va chercher les gâteaux salés…

Nolan la fusilla du regard, mais il n'eut pas le temps de vitupérer car la jeune fille lui siffla tout bas entre ses dents :

– Toi, tu fermes ton clapet ou tu vas faire connaissance avec la Mère Fouettard !

Nolan se débattit vaguement mais n'osa pas faire d'esclandre : malgré ses airs bravaches, il ne pouvait s'empêcher de craindre un peu cette grande fille brune qui pouvait par moments se transformer en véritable furie. Il marqua cependant son mécontentement en faisant exploser un paquet de chips au lieu de l'ouvrir normalement. Chiara allait le menacer de disséquer sa dernière console s'il ne cessait pas de se comporter en gamin insupportable quand son portable lui annonça qu'elle avait reçu un message. Aussitôt, son attention se porta sur le SMS. Bien sûr, il s'agissait de Kieran. Le pauvre, il était condamné à passer ce Noël tout seul… La jeune fille avait eu beau chercher, elle n'avait pas trouvé le moyen de manquer le repas familial. Sans compter qu'elle n'aurait pas voulu blesser son grand-père en n'étant pas présente lors du premier Noël qu'il passait sans sa femme. D'autre part, il avait été convenu entre leurs parents respectifs que Maëlle passerait ce jour de fête en compagnie de la famille de Lily. Alors, depuis qu'il s'était réveillé après leur super soirée de la veille, il lui envoyait message sur message et elle lui répondait tout aussi souvent.

– Tu en reçois beaucoup, des SMS, commenta Nolan en la fixant d'un air curieux. C'est au moins le centième de la matinée !

– T'occupe, le nain ! lança Chiara à l'insupportable garçon qui avait depuis longtemps déjà épuisé sa patience.

Elle sourit en lisant les quelques mots écrits par Kieran et répondit aussitôt. Concentrée sur sa conversation avec son petit ami, elle oublia le jeune garçon. La réciproque n'était cependant pas vraie. Les yeux fixés sur Chiara, Nolan ne perdit rien de ses expressions et du bonheur qui se peignait sur son visage. Son attention était telle qu'il ne pensa même pas à secouer la bouteille de Coca comme il en avait eu l'intention. Ce qui était en train de mijoter dans sa tête, il en était sûr, exploserait avec beaucoup plus d'intensité au visage de cette maudite peste lorsque le moment serait venu…

Mardi 25 décembre, 15 h 40

– Maëlle, c'est pour toi : tes parents ! appela Mme Berry.

La jeune fille quitta la table encore chargée des restes de dinde farcie aux marrons et aux cèpes. Restait encore à venir le plateau de fromages et une salade de fruits, avant que les convives ne se régalent de la traditionnelle bûche de Noël. La jeune athlète en salivait à l'avance car la mère de Lily était une excellente cuisinière, mais elle n'était pas mécontente de faire une pause car son estomac était plein à craquer. À défaut de pouvoir s'échapper pour aller courir quelques kilomètres, une petite conversation avec ses parents serait toujours bonne à prendre (les discussions avec le colonel Tadier pouvant parfois se révéler très « sportives » !).

– Allô ?

– Bonjour, ma chérie, répondit sa mère, joyeux Noël ! Est-ce que tout se passe bien ? Tu nous manques beaucoup, tu sais. Et je ne peux pas m'empêcher de m'inquiéter en te sachant toute seule à Lyon. Quelle idée tu as eue de ne pas vouloir venir avec nous ! On est pourtant très bien, ici…

Maëlle souffla et interrompit Mme Tadier :

– Maman, je ne suis pas seule, tu le sais très bien puisque tu viens de parler à la mère de Lily. Et puis on a déjà discuté des heures de l'organisation de ce Noël, je ne vois vraiment pas pourquoi tu t'inquiètes !

– Oui, mais quand même, on ne sait jamais…

Avant que sa mère ne puisse poursuivre, Maëlle entendit la voix de son père en fond sonore, qui disait : « Enfin, tu vois bien qu'elle n'a pas de problème ! »

Les protestations discrètes de Mme Tadier furent vite étouffées par les bruits caractéristiques d'un récepteur téléphonique qui changeait de main, et la voix du colonel résonna clairement.

– Joyeux Noël, ma fille. J'espère que tu es prête à recevoir ton cadeau !

– Joyeux Noël, papa ! Et merci pour le cadeau, mais vous me l'avez déjà donné avant de partir. Est-ce que tu es en train de perdre la mémoire ?

– Absolument pas ! Il s'agit juste d'un bonus.

– D'un bonus ?

– Exact ! Tu te souviens du général Marchand ? Nous avons servi ensemble…

– Oui, oui, je sais papa ! coupa Maëlle avec impatience. Elle n'avait pas envie d'écouter pour la énième fois les souvenirs d'ancien combattant de son père. Viens-en au fait, tu veux ?

Le colonel émit quelques sons qui exprimèrent sa contrariété d'être traité aussi légèrement, mais comme il était lui aussi impatient d'entendre la réaction de sa fille il céda.

– Je t'ai obtenu un stage d'observation de deux semaines à Kourou pendant les vacances de Pâques !

Il y eut un court silence, puis Maëlle demanda :

– Kourou en Guyane ? *The* Kourou ?

– Bien sûr, bêtasse ! Il n'y en a pas d'autre ! Et tu auras même accès à la base de lancement des fusées Ariane !

Le cri de joie et d'incrédulité de leur invitée parvint jusqu'aux oreilles de la famille Berry, qui du coup en cessa toute conversation. Aussi, quand la jeune athlète regagna la salle à manger après avoir bavardé quelques minutes supplémentaires avec ses parents, elle se trouva confrontée à plusieurs paires d'yeux curieux.

En guise d'explication, elle déclara :

– Je pars à Kourou à Pâques ! Je vais voir des fusées !

Aussitôt, les questions fusèrent de toutes parts, et la jeune fille y répondit avec enthousiasme du mieux qu'elle pouvait.

Quelques heures plus tard, quand enfin elles purent sortir de table, Maëlle et Lily montèrent dans la chambre de cette dernière. C'était le premier moment qu'elles partageaient en tête à tête depuis les dernières vingt-quatre heures, et la blondinette, malgré son tempérament fonceur qui lui avait valu plus jeune le surnom de « Bulldozer », fut envahie par un sentiment de malaise qui la fit hésiter. De quoi pouvait-elle parler avec son amie sans risquer de se retrouver sur un terrain risqué ? Lily lui épargna de chercher trop longtemps un sujet de conversation en prenant la parole la première.

– Eh bien ! les choses vont plutôt bien pour toi, en ce moment…

– Oui, c'est vrai ! Pour quelqu'un qui veut devenir spationaute, c'est une chance pas possible d'avoir accès au centre spatial de Kourou, babilla Maëlle. Je râle souvent après mon père, mais je dois admettre que sur ce coup-là, je lui en dois une !

– Je ne parlais pas que de ça, glissa doucement Lily.

Faisant mine de ne pas comprendre, la blondinette reprit :

– En ce qui concerne la course, je dois aussi admettre que je m'en sors plutôt pas mal. Même si j'ai choisi de ne pas faire de compétition cette année pour me concentrer sur le bac et les études, mon entraîneur m'a dit que mes chronos étaient excellents…

– Je ne parlais pas de ça non plus, commenta Lily.

Le silence s'installa dans la chambre. Bien sûr, Maëlle aurait pu faire semblant de ne toujours pas comprendre et parler de ses résultats scolaires, mais cela aurait été faire offense à leur amitié. Elle soupira bruyamment.

– Je suis désolée. Tu dois penser que je suis une horrible traîtresse qui t'a lâchement poignardée dans le dos, une descendante de Judas…

Lily sourit.

– Je ne savais pas que tu voulais faire concurrence à Chiara, lui dit-elle. J'ignorais tout de ton goût pour le mélodrame !

Maëlle lui rendit son sourire.

– Si tu savais comme je me sens mal depuis que je sors avec Florian. J'en fais des cauchemars la nuit !

– Eh bien, j'espère que tu te sens aussi un peu heureuse, sinon, ça n'en vaut pas la peine.

– Oh oui ! Évidemment que je me sens heureuse ! Comment te dire ? C'est comme si tu découvrais soudain que ton pote, celui avec lequel tu as toujours été à l'aise et avec lequel tu es sur la même longueur d'onde intellectuelle, s'était soudain transformé en super BG[1] ! Je te jure, même quand tu essayes vraiment, lorsqu'il se met à te draguer, c'est trop dur de résister…

– Et pourquoi faudrait-il résister ?

---

1. Beau gosse (voir *Le roman des filles : Soupçons, scandale et embrasse-moi !*).

Il y eut quelques instants de flottement avant que Maëlle ne reprenne :

– Ben, c'est évident, non ?

– Pas tant que ça…

– Mais à cause de toi bien sûr !

– De moi ?

– Oh, je t'en prie Lily ! Ne me dis pas que toi qui as la fidélité chevillée au corps, tu ne gardes pas une certaine tendresse pour le garçon qui a occupé ton cœur et toutes tes pensées pendant des années ? Surtout maintenant que ce cochon d'Adrien t'a plaquée !

– Ce n'est pas lui qui m'a plaquée, c'est moi. Et c'était la plus grosse erreur de ma vie. Quant à Florian, c'est sûr que je l'aime beaucoup, c'est un gars super, mais cela ne veut pas dire que je suis encore amoureuse de lui. Ni qu'aucune autre fille n'a le droit de s'en approcher !

– Ah ! fit Maëlle bêtement.

– Et puis, je ne peux pas exiger qu'il entre dans un monastère ! Alors, s'il doit sortir avec une fille, autant que ce soit toi !

Lily mit autant de conviction que possible dans le regard qu'elle lança à son amie. Certes, elle pensait chaque mot qu'elle avait prononcé, mais une partie d'elle-même ne pouvait s'empêcher d'être affectée par la nouvelle qu'elle avait apprise la veille au soir. Voir Maëlle si heureuse avec celui qu'elle avait aimé pendant si longtemps lui avait fait ressentir sa solitude avec plus de cruauté encore. Florian, l'ami d'Adrien… maintenant le petit ami de Maëlle.

– Merci, Lily, dit Maëlle. Si tu savais comme j'avais peur que tu le prennes mal. Tu as déjà assez souffert à cause de l'indifférence d'Adrien. Quand je pense qu'il t'a si honteusement menti !

Lily bondit sur ses pieds.

– Non ! Ce n'est pas vrai ! Tu ne m'as pas écoutée ! Il ne m'a pas menti ! J'ai fait une grosse erreur en rompant avec lui…

Devant tant de passion, Maëlle resta ébahie. Lily se rassit lentement sur son lit, comprenant que le temps de se confier était venu.

– Il faut que je te dise quelque chose. Le jour où Kieran est arrivé, j'ai reçu un paquet…

9

La vengeance est un plat qui se mange froid (et dans une pizzeria)

Vendredi 28 décembre, 19 heures

Nolan s'ennuyait à périr. Il détestait cet appartement qui n'était pour lui qu'un toit de plus au-dessus de sa tête. Il lui fallait déjà naviguer entre le logement de son père et celui de sa mère, et voilà que maintenant il devait en plus se coltiner des séjours fréquents chez les Palermo. Heureusement, la grande perche n'était pas là et il avait pu jouer tranquillement avec son nouveau jeu vidéo sans qu'elle lui hurle de baisser le son. Il n'empêche, cela faisait trois heures qu'ils étaient arrivés, et même la compagnie de droïdes et de vaisseaux spatiaux virtuels commençait à lui peser. Il voulait rentrer chez lui. Enfin, chez sa mère au moins. Mais cette dernière, malgré ses plaintes incessantes, ne voulait rien entendre. Elle s'était mis en tête qu'ils formaient une nouvelle famille et que son rôle, en cette période de fête, était de concocter de bons petits plats pendant que son chéri était au travail. Pff ! Si au moins elle avait été bonne cuisinière, cela aurait pu être supportable, mais les odeurs de brûlé qui s'échappaient de la cuisine n'auguraient rien de bon.

Lorsque M. Palermo rentra, Nolan tourna la tête vers la télé pour ne pas avoir à regarder les embrassades entre sa mère et le père de Chiara. Ça non plus, il ne le supportait pas. Les deux adultes n'avaient pas fini de se bécoter que son ennemie personnelle n° 1 poussa la porte à son tour. Chouette ! comme ça, c'était la totale !

Le moral du garçon remonta quand M. Palermo prit la parole :

– Ce n'est que maintenant que tu rentres ? reprocha-t-il à sa fille. Où donc étais-tu ? Tu sais que je n'aime pas que tu traînes dans les rues la nuit.

Chiara marmonna quelque chose d'incompréhensible et son père réattaqua :

– Articule, je ne comprends rien à ce que tu dis.

Sans paraître affectée, la jeune fille répondit :

– Je disais qu'il fait nuit à 5 heures en hiver, alors...

– Et où étais-tu ? Tu sais que je veux au moins que tu m'envoies un message dans ces cas-là !

Chiara eut un geste vague de la main et fit un petit sourire.

– Plus de batterie ! Faut que je recharge.

Son père s'apprêtait à dire quelque chose lorsque Valérie posa une main apaisante sur son bras pour le retenir. Indifférente à l'irritation de M. Palermo, sa fille se dirigea vers sa chambre en chantonnant.

Nolan ne l'avait pas quittée des yeux. C'était bizarre, tout ça. Elle n'avait même pas essayé de lui envoyer une pique. Ses doutes revinrent au grand galop. Il sentit qu'il était temps d'avancer un pion. En bon joueur d'échecs, patiemment, il attendit son heure. Et quand, un peu plus tard, Chiara sortit de sa chambre pour se rendre dans la salle de bains, il entra à pas de loup dans la pièce qu'elle venait de quitter. Lorsqu'il vit son portable posé sur le bureau, en train de se recharger, il sut qu'il avait gagné. C'était le seul moment où l'appareil n'était pas dans les mains ou les poches de la jeune fille. Le seul moment où il allait enfin pouvoir obtenir des informations compromettantes. Il sourit. « Le nain » allait mettre la « reine » en échec. Et bientôt, ce serait « mat ».

Samedi 29 décembre, 12 h 30

Chiara accéléra le pas. Elle était en retard. Cela n'avait pas été une sinécure de s'échapper de l'appartement. Comme pour la première fois Noël n'avait pu être fêté au *Mas Tranquillou*, chez les grands-parents de la jeune fille, Valérie avait essayé de compenser en faisant tout son possible pour qu'ils aient l'air d'une famille normale, heureuse de passer du temps ensemble. Sauf qu'on était bien loin de la réalité et qu'elle se berçait d'illusions. Chiara avait dû faire preuve d'inventivité et de subtilité pour échapper au repas cuisiné par la jeune femme et retrouver Kieran, comme cela était prévu, dans une pizzeria. L'apprentie actrice espérait que ses amies lui pardonneraient de les avoir utilisées comme prétexte pour s'éclipser en toute légitimité. L'amitié, c'était sacré, non ?

Dès qu'elle eut franchi le seuil du restaurant, Chiara repéra Kieran. Assis sur un tabouret de bar, il l'attendait patiemment. Sa bouche s'incurva en un sourire discret lorsqu'il l'aperçut. Elle aimait sa retenue. Cela faisait un bon équilibre avec son propre tempérament explosif et ne rendait sa passion que plus précieuse.

Elle s'approcha de lui et sans un mot lui passa les bras autour du cou pour l'embrasser.

– Désolée pour le retard, murmura-t-elle tout contre sa bouche, en anglais.

– Ça valait la peine d'attendre, répondit-il sur le même ton.

Elle sourit et, prenant sa main, le fit lever de son tabouret pour l'entraîner vers une table.

– J'ai faim ! dit-elle. On commande ?

Ce fut au tour de Kieran de sourire.

– Tu as toujours faim, commenta-t-il. Moi aussi j'ai faim, mais j'aurais bien continué avec le même type de nourriture que l'apéritif !

Chiara s'apprêtait à poursuivre leur badinage quand soudain son visage se figea : Valérie, Nolan et M. Palermo venaient de pousser la porte vitrée du restaurant. Ce dernier avait le visage fermé, et même de là où elle se trouvait sa fille pouvait l'entendre râler :

– C'est quand même un comble : on a un repas tout prêt à la maison et il faut qu'on aille dépenser de l'argent au restaurant !

– Comprends-le, plaidait Valérie, il sait que Chiara et ses amies vont manger des pizzas, c'est normal qu'il en ait envie aussi ! On peut bien lui accorder ce petit…

Elle s'interrompit car le M. Palermo venait de stopper brutalement. À son tour, il venait d'apercevoir sa fille et, en lieu et place de sa bande de copines, un garçon inconnu qui lui enlaçait la taille. Comme son nom l'indiquait, le père de Chiara était un Sicilien pure souche. En cet instant, le sang de ses ancêtres se mit à bouillonner dans ses veines et une colère rouge s'empara de lui. En quelques pas, il franchit la distance qui le séparait du couple et, saisissant sa fille par le bras, l'arracha à l'étreinte du jeune Irlandais en sifflant :

– Bien sûr, tu peux tout m'expliquer ?

Chiara resta muette, autant de crainte que de surprise. Comment son père avait-il pu la retrouver ? Il y avait des dizaines de pizzerias à Lyon, et celle-ci n'était pas située le plus près de chez elle ! Elle obtint une réponse à sa question sans même avoir à la poser.

– Finalement, c'est une bonne chose que Nolan ait tenu à venir ici ! Sinon, combien de temps encore aurais-tu continué à te moquer de moi ?

Chiara tourna la tête vers le jeune garçon et fut frappée de voir une satisfaction intense peinte sur son visage. Alors elle comprit.

– Sale petit rat ! s'emporta-t-elle, c'est à cause de toi ! Tu passes ton temps à m'espionner... Comment tu as fait pour...

Le visage de Nolan se métamorphosa. Ses lèvres commencèrent à trembler et il se mit à geindre :

– Maman, tu entends comment elle me parle ? J'ai peur, maman...

Alors qu'il prononçait ces derniers mots, des larmes coulèrent sur ses joues. Convaincue à juste titre qu'elle assistait là à un fantastique numéro d'acteur, Chiara s'emporta.

– Non, mais...

Comme elle s'approchait pour le secouer, il se cacha derrière sa mère en hurlant. Valérie prit la parole pour essayer de calmer le jeu.

– Allons, du calme. Chiara, je trouve tes propos vraiment injustes et déplacés. Nolan n'est pour rien dans cette histoire. Explique-nous plutôt qui est ce jeune homme.

La colère de la jeune fille augmenta quand elle vit comment le fils manipulait la mère, mais, consciente que cette dernière était sa meilleure alliée, elle ravala ses insultes.

– OK, dit-elle.

Elle se tourna alors vers Kieran, qui l'observait d'un air mi-inquiet, mi-confus, et le présenta.

– *His name is Kieran, he's Irish and he's my boyfriend*[1].

Même si M. Palermo était loin d'être bilingue, la phrase était assez simple pour qu'il la comprenne.

– Quoi ? c'est l'Irlandais avec lequel tu ne devais discuter que par e-mails ? Heureusement que c'était censé être rassurant et sans risque ! s'écria-t-il en s'adressant autant à sa fille qu'à Valérie.

Se sentant mise en cause, la jeune femme chercha à se défendre.

– Enfin, Antonio, je ne pouvais pas savoir ! Et puis avant de te mettre à crier, laisse-la donc s'expliquer.

– Mais bien sûr ! Je retrouve ma fille dans les bras d'un homme que je ne connais ni d'Ève ni d'Adam, et je dois rester calme ! Tu ferais mieux de remettre en question tes théories fumeuses sur l'éducation des enfants et la tolérance à tous crins ! Regarde donc où ça t'a menée avec ton fils !

– Laisse mon fils en dehors de ça, veux-tu ? J'ai juste essayé de vous aider, Chiara et toi.

– Ah, mais oui ! Et en plus j'imagine que je dois te remercier ? Si je ne t'avais pas écoutée, on n'en serait certainement pas là. À l'heure actuelle, elle bosserait son bac et n'enchaînerait pas les notes catastrophiques en se comportant de manière complètement irresponsable !

– Et comment peux-tu en être si sûr ? s'écria Valérie, qui commençait à perdre son sang-froid. Elle pourrait tout aussi bien être partie à Katmandou ! Il me semble qu'elle ne m'a pas attendue pour fuguer une première fois !

1. Il s'appelle Kieran, il est irlandais et c'est mon petit ami.

En voyant le visage de son père se durcir encore davantage, Chiara sentit la peur l'envahir. La dispute prenait des proportions énormes, et elle ne voulait pas être responsable de ça !

– C'est bon, c'est bon, c'est moi qui ai dérapé ! Je n'ai pas eu besoin que quelqu'un m'y pousse. Kieran et moi n'avons rien fait de mal, enfin, surtout pas lui. Et moi, je n'ai menti qu'un peu...

– « Menti *qu'un peu* » ? rugit son père, hors de lui. Tu entends comme elle me parle ? s'écria-t-il à l'intention de Valérie.

– Eh ! Y a pas mort d'homme ! On a fait une bêtise, on s'est fait prendre et puis voilà ! Il va repartir et on ne se reverra pas pendant longtemps !

– Pendant *très* longtemps, tu peux en être sûre ! Crois-moi, on ne va pas en rester là !

– Antonio ! Tous les gens nous regardent...

– Et qu'est-ce que tu veux que ça me fasse ? Ne te mêle plus de nos affaires, s'il te plaît, tu as fait assez de dégâts !

Valérie accusa le coup et se raidit. Une nouvelle fois, Chiara tenta de reprendre le contrôle. Il ne fallait pas que les choses dérapent davantage.

– Je te demande pardon, papa, dit-elle d'une voix blanche. Sortons d'ici et rentrons à la maison, on pourra discuter.

Un peu apaisé par ces paroles, M. Palermo accepta la proposition de sa fille. Ils sortirent donc de la pizzeria ensemble. Tous avaient le visage bien plus sombre que lorsqu'ils étaient arrivés. Tous, à l'exception de Nolan. Il avait beau vouloir cacher sa jubilation, il ne réussissait pas à afficher une tête d'enterrement. Il avait eu raison : cette bombe avait été plus dévastatrice que quelques gouttes de Coca sur un corsage. Et, comble de satisfaction, le sort lui avait permis de faire coup double : non seulement Chiara était en très mauvaise posture, mais M. Palermo et sa propre mère avaient eu une dispute comme jamais auparavant.

Que du bonheur, quoi !

10

Le bac… le bac… Le bac !

Dimanche 30 décembre, 11 heures

Kieran relut les quelques phrases qu'il avait écrites sur une feuille de papier et redressa les épaules. Ce qu'il s'apprêtait à faire le terrorisait, mais rien ne l'aurait empêché d'aller au bout de son projet. La veille au soir, avec l'aide de Maëlle, il avait traduit en français ce qu'il voulait dire au père de Chiara et qu'il n'avait pu exprimer lors de la discussion qui avait suivi la rencontre malheureuse à la pizzeria. Frustré, sous les supplications de sa *girlfriend*, il avait dû partir et promettre de reprendre l'avion sans chercher à la recontacter. Il n'en voulait pas à Chiara car il avait bien compris qu'elle ne cédait pas par lâcheté mais qu'elle s'inquiétait à cause de la dispute qui avait éclaté entre son père et Valérie. Cependant, le jeune homme ne pouvait se résoudre à tourner les talons juste comme ça, en laissant derrière lui une image de « mauvais garçon ». Après avoir erré pendant des heures dans un Lyon prêt à fêter la fin de l'année, il avait pris sa décision. Malgré sa nature réservée, son horreur du conflit et son français quasi inexistant, il irait voir M. Palermo et lui dirait ce qu'il avait à dire. Après, advienne que pourra. Il n'avait pas touché mot de cette décision à Chiara car ils n'avaient plus été en contact depuis leur séparation, et il espérait qu'elle ne verrait pas cette intrusion d'un mauvais œil. Maëlle lui avait assuré que non. Au contraire, elle était convaincue que son amie apprécierait au plus haut point ce comportement chevaleresque et courageux. La dynamique blondinette avait même été tellement séduite par cette idée qu'il avait dû modérer son enthousiasme et insister à plusieurs reprises pour qu'elle rende un peu plus sobre le texte lyrique qu'elle lui avait proposé. Sa belle avait beau raffoler des tragédies grecques, il ne se sentait pas du tout prêt à endosser le rôle d'un héros antique.

Et voilà que le moment redouté était arrivé. Respirant à fond, il appuya sur le petit bouton blanc de la sonnette. Il pria que ce ne soit pas Chiara qui vienne ouvrir car cela mettrait en doute la sincérité de sa démarche. Quand il entendit le bruit de grands pas nerveux s'approcher de la porte, il comprit avec soulagement qu'il avait été exaucé.

– Vous ici ! Vous ne manquez pas de culot, jeune homme ! s'écria M. Palermo quelques secondes plus tard.

– Je veux seulement vous parler un peu, articula Kieran avec difficulté et un fort accent.

– Je vous ai dit tout ce que j'avais à vous dire, répliqua le père de Chiara en croisant les bras. Je n'ai rien à ajouter.

Bien loin de tout comprendre, Kieran se concentra sur la suite de son discours.

– Je suis sérieux. J'aime Chiara et je ne veux pas créer de problème.

– Peut-être bien, jeune homme, fit M. Palermo amèrement, mais j'ai déjà fait preuve de faiblesse en écoutant de mauvais conseillers une première fois et voyez où cela a mené ! Je ne me ferai pas avoir deux fois. Je suis le père de Chiara et nul ne sait mieux que moi ce qu'il lui faut. Ma fille doit passer son bac à la fin de l'année et il n'est pas question qu'elle le rate. Or ce n'est pas en folâtrant que ses résultats, déjà très insuffisants, s'amélioreront. Les amours de jeunesse, je connais, et je sais très bien à quoi cela aboutit : rêves brisés, ambitions revues à la baisse, disputes et amertume. J'ai assez d'expérience de la vie pour connaître maintenant l'ordre des priorités. Pour l'instant, Chiara est mineure et elle fera ce que je lui dis. Quand elle aura son bac, on verra.

Incapable de suivre cette longue tirade, mais saisissant bien au ton et à l'attitude de M. Palermo qu'elle n'allait pas du tout dans son sens, Kieran tenta de protester :

– Mais, monsieur…

– Ce sera tout, jeune homme, au revoir et bon retour en Irlande.

Et sur ses mots la porte se referma.

Découragé et désemparé, Kieran n'osa pas insister. Comment aurait-il pu argumenter avec les quelques mots qu'il savait prononcer ? Terriblement frustré, il prit une ferme décision : il allait se mettre sérieusement au français, et plus personne ne le traiterait ainsi sans qu'il puisse se défendre, dans ce fichu pays !

Dimanche 30 décembre, 11 heures

Roulée en boule sur son lit, Chiara écoutait les accords de guitare de Matthew Bellamy, le chanteur et musicien emblématique de Muse, déchirer le silence qui régnait dans l'appartement. Tant pis pour les voisins ! Elle avait monté le son bien plus haut que d'habitude, poussée par un besoin intense de se fondre dans un autre univers que celui qui était le sien à ce moment-là. Depuis qu'elle avait écouté *Starlight*, un de leurs nombreux singles à succès, elle était devenue accro à cette musique rythmée, envoûtante et en même temps classique.

Valérie lui avait offert leur dernier CD à Noël, et elle l'écoutait en boucle dès qu'elle était seule dans sa chambre. Valérie… Comment allait-elle ce matin ? Elle était retournée chez elle hier en début d'après-midi sans même repasser par l'appartement. Le seul bon point étant que, bien sûr, elle avait embarqué cette sale petite fouine de Nolan dans ses bagages. Une nouvelle mélodie tout en délicatesse succéda à la violence du rock. Voilà, c'est cette diversité qui plaisait à Chiara. Et cela lui plaisait car cela lui ressemblait. Par moments, elle aussi aurait aimé hurler sa colère dans un micro, et c'était d'ailleurs ce qu'elle faisait, à sa manière, en devenant tel et tel personnage sur une scène de théâtre (sauf qu'avec ce qui venait de se passer elle risquait de devoir attendre très longtemps avant que ce soit de nouveau le cas !). Mais là, elle avait juste envie de se recroqueviller et qu'on prenne soin d'elle comme sa mamée savait si bien le faire quand elle était enfant. Un voile de douceur l'aurait enveloppée et un bien-être délicieux se serait emparé d'elle. Elle remercia encore une fois le ciel d'avoir rencontré Kieran. Lui au moins comprenait tout ça…

Soudain, le petit air qui annonçait un appel sur son portable vint perturber la ligne mélodique de la chanson qu'elle écoutait. Elle saisit aussitôt l'appareil et vit qu'il s'agissait d'un appel de Lily. Elle appuya sans tarder sur la touche verte.

– Allô ?

– Chiara ! Oh, je suis contente que tu répondes. J'avais peur que tu aies trop le moral dans les chaussettes pour le faire ou encore que ton père t'ait confisqué ton téléphone.

– Ben, tu vois, ni l'un ni l'autre. Mais j'ai dû donner ma parole de ne pas recontacter Kieran avant son départ.

– Pff ! c'est ridicule ! Qu'est-ce que ça peut bien faire que vous vous parliez ?

– J' sais pas… Faudrait le demander à mon père. J'imagine que c'est le châtiment pour avoir « trahi » sa confiance !

– Ouais, c'est vrai, mais c'est nul quand même ! Et Valérie, elle n'a pas réussi à le faire changer d'avis ?

– Oh ! n'en parle pas ! C'est le pire de tout. Mon père lui en veut à elle aussi et est convaincu que c'est de sa faute, que s'il ne l'avait pas écoutée, on n'en serait pas là ! Il développe un peu la théorie du complot, tu vois le genre…

– Mince ! C'est mal barré…

– Ouais, ils ont eu une super dispute à cause de ça. J'étais dégoûtée pour Valérie, parce que, quand même, elle m'a plusieurs fois évité le pire.

– Oui, je comprends… C'est vraiment pas de chance qu'ils vous soient tombés dessus ! Choisir la même pizzeria que vous alors qu'il y en a tant d'autres !

Chiara émit un son rauque.

– Tu n'y es pas du tout là ! Ce n'est absolument pas la faute à « pas de chance » ! C'est ce sale petit rat de Nolan qui nous a balancés ! Pendant que nos parents s'engueulaient, il est venu se vanter d'être à l'origine de tout. Figure-toi qu'il parle très bien anglais car il a eu pendant des années une jeune fille au pair écossaise. Il m'avait déjà espionnée un jour que je parlais au téléphone avec Kieran et il avait compris qu'il devait venir en cachette à Noël[1]. Il y a deux ou trois jours, il a profité que mon téléphone soit en charge pour consulter mes messages. Quand il a lu qu'on devait se retrouver pour déjeuner à cette pizzeria, il s'est débrouillé pour y tirer mon père et sa mère. Je te jure que si je n'avais pas été autant sous le choc, je l'aurais balancé dans le Rhône après lui avoir fait avaler un ou deux boulets de canon !

---

1. Voir *Le roman des filles : Soupçons, scandale et embrasse-moi !*

– Oh non ! Je n'arrive pas à y croire…

– Tu devrais, pourtant. J'ai des instincts meurtriers très puissants.

– Je ne parle pas de ça ! Ce que je n'arrive pas à croire c'est que si jeune il puisse déjà avoir un esprit aussi tordu !

– Que veux-tu, la méchanceté n'attend pas le nombre des années ! Au fait, comment tu as su ?

– Maëlle m'a téléphoné pour me prévenir. Elle venait juste d'apprendre la nouvelle par Kieran. Pourquoi ne nous as-tu pas appelées ?

Chiara eut un profond soupir.

– État de choc ? Léthargie ? Désespoir ? Pas envie de gaver tout le monde avec « les malheurs de Chiara », vingtième édition ?

– Raconte-moi tout au lieu de dire des bêtises.

La brunette roula sur le ventre et ramena son abondante chevelure sur sa tête.

– Bon, j' t'ai déjà expliqué le principal, je crois. J'ai l'interdiction de revoir Kieran avant qu'il parte ; je ne dois plus le contacter, mais évidemment je ne respecterai pas cette promesse car elle était faite sous la contrainte ; je dois bosser pour le sacro-saint bac ; et, comble du bonheur, mon père a déchiré l'autorisation de participer au casting qu'il venait de signer.

Il y eut un silence à l'autre bout du fil. Lily finit par dire tout doucement :

– Tu as l'air de plutôt bien prendre cette succession de catastrophes… Je dois avouer que cela m'inquiète un peu.

– Non, ne t'en fais pas, la rassura Chiara, pour l'instant je fais profil bas pour que toute cette histoire ne retombe pas sur le dos de Valérie. Mais j'ai calculé que dans cent quarante-trois jours et bientôt trois heures je serai majeure. Ensuite, mon père pourra dire ce qu'il voudra, je reverrai Kieran dès que je le pourrai. Il m'a dit qu'il m'attendrait, et je lui fais confiance. Tu sais, avec lui, je sens que les choses ne se calculent pas en jours ou en semaines. Même s'il me manque terriblement, j'ai tous nos fabuleux souvenirs pour m'évader. Et puis, de toute façon, il devait partir demain, alors…

– Et le théâtre ?

– Heu… Ne parlons pas des choses qui fâchent, veux-tu ?

– Désolée…

Chiara relâcha ses cheveux et roula sur le dos. De sa main libre, elle dessina le nom de Kieran dans les airs.

– En fait, reprit-elle, quand mon père a déchiré le papier, je me sentais tellement mal que je crois que ça ne pouvait pas être pire. Tu sais, c'est un peu comme quand on te file une gifle pour que tu ne sentes pas la douleur lorsqu'on te réduit une fracture…

– Je vois… enfin je crois…

– Et maintenant quand j'y repense, je crois que moi qui ai l'habitude d'exploser, j'ai découvert ce que voulait dire l'expression « colère froide ». C'est une chance, ajouta-t-elle avec une pointe d'ironie, ça enrichit ma panoplie d'émotions. Je me dis que toute cette rage que j'ai accumulée depuis hier, je vais la garder bien précieusement au frais, puisque c'est de la colère froide, et qu'un jour, quand j'en aurai besoin, j'y repenserai, et là, ça explosera. Ce jour-là, mon père comprendra peut-être ce qu'il m'a fait subir… Mais je ne suis pas sûre que je lui pardonnerai.

À nouveau, un court silence interrompit la conversation.

– Je crois que je préférais quand tu explosais tout de suite, dit enfin Lily.

– On change, ma belle, on grandit et on change. L'école de la vie nous donne quelques leçons…

Son amie repensa à ce qu'elle-même avait vécu et mesura toute la vérité des propos de Chiara.

– C'est vrai, tu as raison. N'empêche, il y a des choses qui ne changeront jamais : je serai toujours là pour toi.

– Je sais, ma Lily, et c'est bien pour ça que tu m'es si précieuse ! J'espère juste que moi aussi je saurai être fidèle.

Son amie, à quelques kilomètres d'elle, sourit. Et cela s'entendit dans sa voix quand elle déclara :

– Moi, je n'en doute pas un instant.

Chiara pensait que la conversation était terminée quand Lily reprit :

– Une dernière chose : ne sois pas trop dure avec ce pauvre Nolan, il doit vraiment être malheureux pour être aussi méchant. C'est vrai que ça ne doit pas être facile pour lui, avec ses parents divorcés et les familles recomposées…

– … et les DS et autres consoles qu'il extorque à chaque occasion, sans parler des mille et une fois où il manipule sa mère allègrement…

– Mère qu'il ne voit pas si souvent que ça. Et en plus, la plupart du temps, en compagnie d'étrangers.

Chiara éclata de rire.

– Lily ! Tu es incorrigible ! Ce gamin est pourri jusqu'à la moelle et tu trouves encore le moyen de prendre sa défense !

– Parce que tout le monde a droit à une deuxième chance, Chiara. Surtout quand on a onze ans.

– La vie a encore quelques leçons à t'enseigner, je crois.

– Certainement, mais à toi aussi.

Avec douceur, Chiara commenta :

– Tu sais, si tu n'existais pas, il faudrait t'inventer. Tu as gagné. Enfin, provisoirement. Je vais retenir mes pulsions meurtrières encore quelques jours…

11

Boulot, boulot !

Lundi 7 janvier (jour de la rentrée), 8 h 05

– Je pense que si on pose comme changement de variable $X = x/2$, on voit clairement que la limite de la fonction, quand x tend vers 0, est $+\infty$.

Les élèves de la terminale S1 tournèrent des yeux impressionnés vers leur camarade. Le professeur de mathématiques venait juste de finir de leur distribuer une feuille d'exercices en leur demandant de réfléchir au problème n° 1.

– Oui, c'est bien vu, Maëlle, mais ce ne serait pas mal de laisser une chance aux autres de se creuser un peu les méninges avant de leur apporter la réponse sur un plateau.

– Désolée, répondit la jeune fille avec un sourire qui dissimulait mal sa satisfaction.

Florian, qui était assis à côté d'elle, se pencha discrètement et lui demanda :

– Tu as gobé le manuel de maths au petit déj' ou quoi ?

– Presque, répondit-elle. En fait, j'ai bouffé des maths tous les jours la semaine dernière, pendant ton séjour chez tes cousins.

– Oh ! J'espérais bien te manquer un peu, mais pas au point que tu noies ton chagrin dans l'algèbre…

Maëlle étouffa un rire et donna un léger coup de pied à son voisin pour le punir de la mettre en situation délicate en plein cours de maths.

– Désolée de te décevoir, souffla-t-elle en se penchant sur sa copie, ton absence n'a été un facteur que très secondaire. En fait, quand mon père est revenu et m'a reparlé de ce stage à Kourou, j'ai réalisé que ces derniers temps, j'avais un peu perdu de vue mes objectifs à cause d'un certain jeune homme...

Elle le regarda avec un faux air de reproche et poursuivit :

– Cependant je me suis reprise : si je veux un jour voir les étoiles de près, il faut que je me mette à « briller » dès maintenant.

Florian eut une moue admirative.

– Respect ! lâcha-t-il.

Il griffonna quelques lignes de calculs sur sa feuille en silence, puis il murmura en continuant d'écrire :

– Mais pour moi, tu n'as pas besoin d'être la fille d'Albert Einstein pour « briller ». Chaque fois que je te retrouve, j'ai l'impression que ma vie s'illumine.

Le stylo de Maëlle stoppa net et la future voyageuse de l'espace lança un coup d'œil au garçon qui se tenait à côté d'elle. Il poursuivait son exercice avec application et elle commença à douter d'avoir bien entendu. Elle se réprimanda : elle devait être folle de croire qu'on pourrait dire d'elle de telles choses. Depuis la primaire, son surnom avait été Bulldozer, pas Princesse des Îles. C'est alors que Florian se tourna vers elle et lui fit un rapide clin d'œil. Comme il tapotait son stylo sur sa feuille, elle prêta davantage attention à ce qu'il y avait tracé. Elle reconnut avec étonnement son prénom et, tout autour, des rayons de soleil qui s'en échappaient. Elle n'avait pas rêvé. Ses battements de cœur s'accélérèrent et, discrètement, elle alla chercher la main de Florian. Quand elle l'effleura, leurs regards se croisèrent et ils se sourirent.

C'était bon, d'être aimée d'un poète…

Jeudi 17 janvier, 17 h 42

Farouk dut une fois de plus faire appel à son flegme légendaire pour ne pas perdre son sang-froid. Cette fille avait véritablement le don de le faire réagir de manière nerveuse, impulsive, bizarre ou (en résumé et pour faire plus court), assez bêtement. Tout le contraire de ce qu'il était d'habitude, quoi !

– J'apprécie énormément ton commentaire, articula-t-il d'un air excessivement sérieux. Que la couleur indéfinissable de mon tee-shirt puisse retenir l'attention d'une professionnelle de la mode comme toi dépasse mes rêves les plus fous. Cela dit, si votre grandeur voulait bien se pencher sur les raisons qui provoquent une balance négative des échanges commerciaux de la France, je suis sûr que M. Grospierre, notre éminent professeur de SES, en serait grandement honoré.

Les deux jeunes gens se trouvaient dans la bibliothèque de la Part-Dieu, la plus grande de Lyon, où ils s'étaient rendus après les cours afin de travailler sur un exposé qu'ils devaient faire ensemble.

– Inutile de monter sur tes grands chevaux ! répliqua Mélisande d'un ton pincé. Je disais ça pour te rendre service.

– Évidemment, cela va de soi. Tout comme lorsque tu as déclaré que faire des revers à un pantalon baggy relevait de l'iclonoclastie.

– Iconoclasme ! corrigea la jolie rousse en fronçant les sourcils.

Farouk ricana.

– Je sais. Je voulais juste voir si tu avais retenu ta leçon.

Mélisande s'empourpra. Elle n'aimait pas que Farouk lui rappelle qu'elle s'était elle-même trompée lorsqu'elle avait employé ce terme. Comme il ne semblait pas le comprendre, elle était allée chercher un dictionnaire et, en en lisant la définition (« Iconoclasme (nom commun masculin) : refus et rejet des traditions établies »), elle avait dû reconnaître son erreur.

– C'était juste pour t'aider ! Tu sais combien on te prend pour une séance de relooking ?

– Wouha ! Toi, il faut que tu fasses carrière dans l'humanitaire ! Parce que depuis ce matin tu as aussi voulu aider Justine, Kévin, Nora, la prof d'anglais, le CPE et cette pauvre bibliothécaire qui nous regarde actuellement d'un sale œil parce qu'on parle trop fort.

Mélisande haussa les épaules.

– Je ne leur en ai *rien* dit !

– C'est vrai, j'ai été le seul bénéficiaire de tous tes commentaires. Et le seul à qui tu daignes les adresser directement. Je dois vraiment être un cas lourd.

– Pas plus que les autres, rétorqua la jeune fille avec une franchise désarmante, mais eux, je m'en fiche.

Farouk la regarda avec une attention redoublée.

– Et de moi, tu ne t'en fiches pas ?

Mélisande ne bougea pas d'un cil. Il y eut un court silence, puis elle dit du bout des lèvres :

– Bien sûr que non, je ne m'en fiche pas. Nous allons passer ensemble sur cet exposé, et il faudrait être très ignorant pour prétendre que le look ne joue pas un rôle dans la notation. Nos sorts sont liés. J'ai tout intérêt à ce que tu sois à la hauteur.

Farouk se pencha sur le livre ouvert devant lui.

– Ouais, bien sûr. Il n'empêche, je ne sais pas ce que tu as, en ce moment tu ne parles que chiffons. C'est un peu saoulant.

Mélisande se tortilla sur sa chaise.

– C'est de ta faute, aussi. C'est toi qui as insisté pour qu'on vienne travailler ici.

Le garçon releva la tête, perplexe.

– Alors là, j' suis largué…

N'y tenant plus, son amie laissa fuser l'explication.

– Part-Dieu, pour moi, égale centre commercial, pas bibliothèque. C'est le genre de lieu que j'ai décidé d'éviter depuis quelque temps. Et toi, qu'est-ce que tu fais ? Tu m'obliges à le traverser de part en part en pleine période de soldes ! Juste quand ils viennent de passer à la deuxième démarque en plus ! Remarque, ils pourraient en être à la centième, ce serait pareil pour moi. Je n'ai plus un centime à dépenser. Alors tu imagines, quand je vois tous ces gens à moitié hystériques se précipiter dans les magasins et ressortir des sacs plein les bras !

Farouk se mit à rire tout bas.

– Ah ouais, je n'y avais pas pensé ! C'est un peu comme si j'avais proposé de faire la tournée des caves à un ancien alcoolique…

– C'est ça, fous-toi de moi ! siffla Mélisande entre ses dents.

Flûte à la fin ! Elle était trop énervée pour contrôler son langage.

– Non mais sérieux, Mél, tu en jettes dans cette tenue. Comme tous les jours d'ailleurs. Je te jure qu'on a du mal à te plaindre !

Le visage de la jeune fille se contracta bizarrement. En voyant son expression, Farouk pensa immédiatement à celle de sa petite sœur une seconde avant qu'elle ne se mette à pleurer. Mais Mélisande de Saint-Sevrin n'était pas sa petite sœur. Reprenant en partie le contrôle d'elle-même, la jeune fille marmonna :

– Tu ne comprends rien. Personne ne comprend. Le shopping, c'était ma thérapie. Quand je savais qu'il n'y aurait personne à la maison, au lieu de rentrer, j'allais acheter un nouveau manteau. Quand j'avais une mauvaise note, j'allais acheter un nouveau sac. Quand ma mère m'ignorait, j'allais acheter un nouveau pantalon. Quand je vivais une rupture, j'allais acheter un nouveau parfum. Tu ne te rends pas compte, mais dans les magasins de luxe, tout le monde s'intéresse à toi. On t'écoute, on te dit combien cette robe te met en valeur, on te conseille...

– On s'intéresse surtout à ton porte-monnaie, grommela Farouk.

Mais son amie, toute à son évocation, ne l'entendit pas.

– ... et puis, tout est beau, élégant, classe.

Sous l'effort pour retenir ses larmes, ses paupières se mirent à cligner très vite.

– J'en peux plus de cet appartement miteux. J'en peux plus de ces couleurs criardes qui m'agressent dès que j'ouvre les yeux le matin. J'en peux plus de cette cage d'escalier qui sent... Ça me dégoûte même d'en parler.

Farouk la regardait en éprouvant des sentiments mitigés. Il avait envie de lui dire que c'était elle qui n'avait rien compris. Que la vie, ce n'était pas compenser son manque affectif en faisant des achats compulsifs. Que ce n'était pas là où on habitait ni ce que l'on portait qui définissait ce que l'on était. Mais il voyait bien que ces paroles ne l'atteindraient pas. Elle était encore trop loin. Il fallait qu'elle avance, petit à petit, à son rythme.

Mais un bon coup de pied dans le derrière pourrait quand même lui faire gagner du temps !

– Tu sais quoi ? Je me suis trompé.

Mélisande, surprise d'entendre ces mots assez inhabituels dans la bouche de Farouk, braqua ses yeux verts et un peu trop brillants sur lui.

– Ah oui ?

– Oui, c'est pas un job dans l'humanitaire qu'il te faut. C'est un job de pleureuse.

– Oh ! Co…

– Non, mais sérieux, coupa Farouk avec autorité, à t'entendre on dirait que tu es une pauvre petite fille qui ne fait que subir les choses. Tu en as marre de ne pas avoir de fric ? Eh bien, travaille ! Tu as une tête, deux mains et deux pieds, non ? Que crois-tu que font les gens « normaux » ? Que crois-tu que j'ai fait cet été ? J'ai bossé ! Arrête donc de pleurnicher et fais pareil ! Tu n'aimes pas la couleur des murs de ton appart ? Repeins-les !

– Mais… mais je ne sais pas faire… Je ne sais *rien* faire !

Farouk éclata de rire. La bibliothécaire, qui s'était déjà rapprochée d'eux, franchit les derniers mètres qui les séparaient et intervint.

– Bien, cela suffit. Cela fait un moment que vous faites beaucoup trop de bruit. Je vais vous demander de partir.

Farouk lui fit un sourire indolent.

– Pas de problème, m'dame ! C'est exactement ce qu'on s'apprêtait à faire. Vous comprenez, il faut que j'apprenne à ma copine à bosser.

Mélisande ouvrit la bouche, puis la referma sans émettre un son. Elle réglerait ses comptes plus tard. Et puis la curiosité l'emportait. Pour la première fois depuis bien longtemps, elle sentait une certaine excitation la gagner.

Et cela était plutôt agréable !

12

Savoir tomber... et rebondir

Jeudi 17 janvier, 18 h 25

Farouk regarda le rose criard qui s'étalait sur les murs de la chambre et effleura du bout des doigts un endroit où la peinture écaillée laissait voir le vert olive qui l'avait précédée.

– OK, c'est un peu violent, reconnut-il. Mais si tu avais plus de photos de moi sur les murs, cette couleur te choquerait moins.

Pauline se mit à pouffer pendant que son aînée levait les yeux au ciel. Sans lui demander son avis, le garçon l'avait raccompagnée jusque chez elle pour faire un état des lieux. Pauline, qui était déjà rentrée, avait été ravie de le revoir, et, apprenant la raison de sa présence, elle s'était portée volontaire pour participer à tout ce qu'il proposerait.

– Bon, ben puisque cette solution, bien qu'idéale, ne te convient pas, tu n'as plus qu'à prendre un pinceau et à aller acheter un pot de peinture de la couleur de ton choix.

– Je répète pour ceux qui ont le cerveau lent : 1) je ne sais pas peindre ; 2) je n'ai pas un centime.

– Tout le monde sait peindre ! s'exclama Pauline. On commence même à la maternelle.

– La vérité sort de la bouche des enfants, commenta Farouk en faisant un petit salut à l'intention de la benjamine des filles Saint-Sevrin. En retour, elle lui tira une belle langue toute rose, ce qui le ravit au plus haut point.

– Et pour les sous, il suffit de bosser, continua-t-il.

– Tu crois que c'est facile ?

– Baby-sitting ?

– Tu crois que je vais en trouver à faire dans mon quartier ? Ici, les gamins se gardent tout seuls ou les parents ne sortent pas. Quant à chercher ailleurs, ce n'est même pas la peine d'y penser : il n'y a plus de bus après 22 heures.

– Fast-food ?

Mélisande fit la grimace. Heureusement, Farouk lui-même la sauva.

– Non, à cause du bus, ça n'irait pas non plus. On peut finir trop tard.

Fataliste, la jeune fille répéta :

– De toute façon, je ne sais rien faire !

– Faux ! s'exclama sa sœur. Tu fabriques de super bijoux.

– Oui, mais c'est un hobby, ce n'est pas avec ça que je vais gagner de l'argent.

– Et pourquoi pas ? intervint Farouk. Je peux voir ?

– Non.

– Non ? Pourquoi ?

– Tu vas encore te moquer.

– Non ! Promis juré.

– Tu vas dire que je suis futile.

– Tout travail permettant de gagner de l'argent mérite le respect, déclara le garçon d'un ton docte, alors montre !

Avec une certaine réticence, la jeune fille finit par hocher la tête. Pauline se pencha alors et sortit un carton qui était rangé sous son lit. Sans rien demander à personne, elle le porta jusqu'à la table du salon et l'ouvrit. À l'intérieur, des dizaines de petites boîtes contenaient les matériaux utilisés par Mélisande pour fabriquer ses bijoux fantaisie. Mais c'est à un coffret en bois finement sculpté que Pauline s'intéressa. Elle le sortit délicatement et en souleva le couvercle. Puis, sous le regard qui se voulait indifférent de sa sœur, elle exposa sur la table les différentes parures qu'elle avait conçues et fabriquées.

– Eh ! Je suis pas un expert dans ce domaine, mais ça me paraît plutôt cool. Je pense vraiment qu'il y a un filon à creuser.

– Tu… tu crois ?

– Évidemment qu'il le croit ! s'exclama Pauline, il vient de te le dire. Et je suis certaine qu'il a raison. Tes bijoux sont trop beaux, et en plus ils sont tous fabriqués avec des matériaux naturels. C'est hyper tendance !

Le teint de porcelaine de Mélisande se para de rose.

– Tu… tu crois ?

Pauline se tourna vers Farouk.

– Je pense que si on lui donnait une baffe ça relancerait le cerveau, pas toi ? Je me propose de commencer…

– Tu es une super sœur, commenta Farouk, toujours prête à rendre service… Mélisande ne connaît pas sa chance !

Alors que Pauline se tournait vers elle, son aînée leva la main.

– Stop ! J'ai compris ! Je vous crois !

Pauline souffla.

– Quel dommage ! Juste au moment où ça allait devenir intéressant…

Pendant leur court échange, Farouk avait plongé la main dans le coffret et en avait sorti un petit écrin en velours émeraude.

– Et ça, qu'est-ce que c'est ? demanda-t-il en l'ouvrant.

À l'intérieur de la boîte reposait une bague en argent surmontée de deux mains tenant un cœur couronné.

– C'est l'anneau de Claddagh. Le cœur représente l'amour… les mains, l'amitié… la couronne, la loyauté, dit Mélisande d'une voix plus émue qu'elle ne l'aurait souhaité. Si on le porte à la main droite, la pointe du cœur dirigée vers l'extrémité du doigt, c'est qu'on n'est pas engagée dans une relation sérieuse. Mais si la pointe du cœur est dirigée vers soi, cela veut dire que quelqu'un a capturé son cœur…

Sans le vouloir, elle avait repris les paroles du vieux bijoutier irlandais qui lui avait vendu l'anneau.

– Ce n'est pas toi qui l'as fabriqué.

– Non, je l'ai rapporté d'Irlande[1].

– Et pourquoi tu ne le portes pas ?

Il y eut un silence. Pauline se fit un plaisir de le rompre en clamant :

– Parce qu'elle ne sait pas où elle en est ! Elle serait bien incapable de décider dans quel sens enfiler la bague…

– Oh ! toi ! Retourne à tes devoirs et fiche-moi la paix ! la réprimanda Mélisande en s'énervant plus que la situation ne le justifiait.

Sa sœur eut un petit sourire en coin et claironna :

– Pas de souci, justement les devoirs m'appellent ! Si vous avez besoin de moi, vous savez où me trouver !

---

1. Voir *Le roman des filles : Grandes vacances, peines de cœur et Irish love !*

Dimanche 27 janvier, 3 h 05

Lily n'avait jamais eu une passion débordante pour les mathématiques. En primaire, grâce à des enseignants compréhensifs et à l'aide de sa mère, les choses s'étaient plutôt bien déroulées. Au collège, c'était devenu un peu plus compliqué (sa mère avait vite été dépassée), mais, à force de travail, elle était parvenue à surnager. Au cours des années de lycée, cependant, le désamour était allé grandissant. Voilà pourquoi, tandis que les autres élèves semblaient tous suivre avec facilité les calculs du professeur au tableau, elle se sentait aussi perdue que le Petit Poucet sans ses cailloux. Elle avait beau essayer de se concentrer, c'était peine perdue : les connexions entre ses neurones refusaient absolument de se faire. En plus, elle était gelée. Les radiateurs devaient mal fonctionner, et la froidure de l'hiver avait envahi la classe. Elle tremblait tellement qu'elle se décida à enfiler son manteau, mais celui-ci était glacé et ne lui apporta aucun réconfort. Elle commençait à désespérer de pouvoir se réchauffer un jour quand soudain un rayon de soleil perça la couche nuageuse, traversa la vitre et vint se poser sur elle. Immédiatement, une douce chaleur l'envahit. Elle était bien. Si bien qu'elle éprouva une irrésistible envie de sortir pour suivre ce petit rayon. Elle ne voulait pas qu'il lui échappe en glissant derrière un autre nuage. Elle se leva donc et sortit de la classe. Dehors, la cour était déserte. Mais le mince rayon scintillait toujours. Lily courut pour se retrouver dans sa lumière. Elle eut l'impression qu'il était plus chaud que lorsqu'elle était en cours. Elle se sentait légère, mais petit à petit elle commença à transpirer. Elle ôta son manteau, puis son pull. Le trait de soleil se mit à se déplacer et Lily le suivit. Il la guida jusqu'à l'extérieur du lycée. Ouvrant de grands yeux, elle découvrit que la neige avait disparu et qu'à la place de l'herbe envahissait le trottoir. Il faisait toujours de plus en plus chaud, et la jeune fille commença à déboutonner les premiers boutons de son chemisier. L'herbe, verte il y a quelques instants, virait au jaune pâle. Le paysage se transformait également. La ville avait disparu et la faune africaine s'étendait maintenant à perte de vue. Une Jeep surgit de nulle part. Le visage du conducteur restait dans l'ombre, invisible. Mais Lily se mit à sourire. Elle fit de grands gestes de la main pour qu'il s'arrête. Lorsqu'il parvint à sa hauteur, il ralentit. Le rayon de soleil l'éclaira un instant et le beau visage bronzé d'Adrien apparut. Elle voulut l'appeler, crier. Aucun son ne sortit de sa gorge. Il passa tout près d'elle et regarda dans sa direction. Ses yeux ne trahissaient aucune émotion, comme si elle n'était pas là, comme si elle n'existait pas. Puis il accéléra à nouveau et disparut dans le lointain. Lily eut l'impression de se déchirer en deux. Et puis elle avait chaud. Tellement chaud ! Elle brûlait, sous ce soleil impitoyable.

– Adrien ! cria-t-elle en se réveillant en sursaut.

Ses draps étaient entortillés autour d'elle et trempés de transpiration. Elle se laissa retomber sur l'oreiller et attendit que les battements de son cœur retrouvent un rythme normal. Elle n'en pouvait plus. Ce rêve venait la hanter presque chaque nuit depuis qu'elle avait reçu le paquet de cartes de son ex-petit ami. Il fallait que cela cesse…

Quelques heures plus tard, alors qu'elle se retrouvait seule au petit déjeuner avec sa mère, elle se dit que c'était l'occasion rêvée de lui parler. Elle reposa la cuillère dans son bol de céréales (de toute façon, elle n'avait pas vraiment faim) et ouvrit la bouche. Puis elle la referma. Elle n'osait pas. Sa mère lui avait dit tant de fois de protéger son cœur…

– Bon, et si tu me disais ce qui te tracasse au point de t'empêcher de dormir ?

Lily regarda sa mère. Cette dernière tenait son mug de thé entre ses mains et le portait à ses lèvres sans quitter sa fille des yeux.

– C'est exaspérant, se plaignit celle-ci, tu me connais beaucoup trop bien. Comment as-tu deviné ?

– Je t'ai entendue crier dans ton sommeil, et tu as des cernes.

Lily se prit la tête entre les mains, embarrassée.

– Oh non ! Si Thomas, Hugo ou papa ont entendu aussi, ils n'ont pas fini de se moquer de moi !

Mme Berry avala une gorgée de thé et eut un petit sourire.

– Pour ton père, tu n'as pas à t'inquiéter, il ronflait bien trop fort pour entendre quoi que ce soit. Quant à tes frères, je ne crois pas qu'ils aient l'ouïe aussi fine qu'une maman habituée pendant des années à ne dormir que d'un œil.

Rassurée, Lily se décida à parler. De toute façon, tôt ou tard sa mère apprendrait sa bévue. Comme d'habitude, Mme Berry l'écouta attentivement. Quand la jeune fille eut terminé, elle resta quelques secondes silencieuse.

– Tu te fais dévorer par la culpabilité, ma chérie. Il faut que tu parles à Adrien et que tu lui demandes pardon. Tu verras, après, tu te sentiras beaucoup plus légère.

– Maman ! ce n'est pas possible ! Tu imagines la honte ? Je n'oserai jamais !

– Il faut étouffer ton orgueil, ma fille ! Sinon, tu ne seras plus jamais libre.

Lily piqua du nez dans son bol de céréales sans répondre. Sa mère ne se rendait pas compte de ce qu'elle lui demandait…

13

Un joyeux non-anniversaire !

Samedi 2 février, 16 h 30

Le café des Anges n'avait pas changé d'une plume depuis la dernière fois que les quatre filles s'y étaient donné rendez-vous. Fidèle à son image, il offrait un chaleureux cocon à tous ses clients, qui cherchaient à fuir la bise de février. En voyant les traits de ses amies se détendre au fur et à mesure que le niveau de leur boisson chaude baissait dans leur tasse, Maëlle se félicita d'avoir pris cette initiative. Elles ne s'étaient pas retrouvées ainsi réunies depuis cette rocambolesque veillée de Noël. Entre-temps, les coups du sort n'avaient pas épargné Chiara, et même si Lily et Mélisande n'avaient pas vécu d'expériences comparables elles affichaient une petite mine. Il faut dire que les épreuves du bac blanc, repoussées à cause de la machiavélique machination de Wendy[1], avaient eu lieu la semaine précédente et que tout le monde avait trouvé le niveau trop élevé. Tout le monde, sauf Maëlle. Elle avait déjà de grandes facilités dans les domaines scientifiques et les mathématiques, mais depuis qu'elle était

1. Voir *Le roman des filles : Soupçons, scandale et embrasse-moi !*

devenue une acharnée du travail à la maison, ses résultats n'avaient jamais été aussi brillants. Elle ne s'arrêtait que pour aller courir avec Florian, quel que soit le temps, et s'offrir des petites pauses romantiques avec son « poète ». Ils avaient trouvé un équilibre qui leur convenait bien à tous les deux, et donc la vie était belle. Sauf que dans ce film parfait Maëlle avait bien conscience d'avoir mis ses trois amies sur la touche. Au début, entre Florian et le travail, le temps était passé si vite qu'elle ne s'était pas vraiment posé de questions. Puis, un jour que Florian déjeunait avec un copain, elle était tombée sur Lily au self et avait été frappée par son air abattu. Cela lui avait ouvert les yeux, et le temps d'un repas elle avait essayé de regarder, enfin, de *vraiment* regarder, son amie. Au bout d'un moment, elle avait repéré Mélisande à une table. Elle reconnut le pull jaune pâle qu'elle portait et cela lui fit un choc. Mélisande changeait si souvent de tenue et les gardait si peu longtemps que Maëlle ne parvenait jamais à reconnaître ses vêtements. Elle réalisa alors que la jolie rousse devait très mal vivre cette situation. Cette dernière affichait d'ailleurs un air absorbé qui ne lui était pas du tout familier. Quant à Chiara, lorsqu'elle apparut dans le réfectoire, elle semblait porter le monde sur ses épaules. Maëlle avait alors décidé qu'il était plus que temps qu'elle reprenne les choses en main. Un échange nourri de SMS entre les quatre filles avait finalement permis de trouver une date qui convienne à toutes. Et enfin elles étaient là, réunies autour d'une petite table en bois ronde au pied en fer forgé, comme au bon vieux temps…

Tour à tour, elles partageaient ce qui leur pesait sur le cœur, ce qui les inquiétait ou les angoissait.

– Moi, j'ai complètement raté mon épreuve de SES, gémit Lily avant de hausser les épaules et de prendre un air résigné. Bah, en même temps, je n'ai aucune idée de ce que je veux faire l'an prochain, alors je me demande à quoi ça sert, tout ça…

– Eh bien, moi, je sais, intervint Chiara, mais ça ne change pas grand-chose : avoir la moyenne en philo ne m'aidera certainement pas à décrocher le rôle du siècle !

– Moi aussi je sais, lança Mélisande. Je veux faire une école de commerce.

Mais son air s'assombrit lorsqu'elle conclut :

– Sauf que ce ne sera pas possible parce que ça coûte un max ! C'est quand même incroyable que je n'aie jamais eu envie de quoi que ce soit jusqu'à cette année et que maintenant que je sais ce que je veux, je ne puisse pas le faire à cause de mon…

Elle s'interrompit et finit avec un sourire forcé :

– … de mon incompétent de père.

– Oh ! le bel euphémisme ! commenta Chiara.

– Tu as raison, ma chère, approuva Mélisande en lui dédiant son sourire ultra bright. En fait, je tenais juste à préciser qu'il n'était ni « in » ni « pétant », mais surtout très…

Lily lui mit un doigt sur la bouche tout en riant.

– Il ne faut pas dire ça ! C'est ton père, quand même !

– Justement ! fit son amie en repoussant son doigt, je sais de quoi je parle ! Mais bon, par égard pour tes chastes oreilles, je ne dirai rien de plus. Dans un sens tu as raison, je ne vais pas m'abaisser à parler ainsi !

– Et toi, Maëlle ? Toujours décidée pour une prépa ? demanda Lily.

La jeune fille acquiesça.

– Plus que jamais. Mais je ne vous ai pas fait venir ici pour vous parler de mes futures études…

– Ah ? De quoi alors ? demanda Mélisande en avançant son petit nez retroussé, d'un futur mariage ?

Les filles éclatèrent de rire tandis que Maëlle levait les yeux au ciel.

– Non, d'un événement qui nous concerne toutes et que je tenais à célébrer aujourd'hui !

Ravie de voir un air intrigué se peindre sur le visage de ses amies, elle leva sa tasse de chocolat chaud et lança avec enthousiasme :

– Un très joyeux non-anniversaire à toutes !

Les yeux noisette, émeraude et noirs s'arrondirent de surprise.

Mélisande fut la première à reprendre ses esprits. Son commentaire fut impitoyable.

– Ma pauvre, tu es complètement folle !

Maëlle n'en perdit pas le sourire. Au contraire, celui-ci s'élargit encore quand elle répliqua :

– Et moi qui croyais que tu allais nous apprendre quelque chose !

– Elle a raison, approuva Chiara, tu ne nous apprends rien, là, Mélisande ! On sait toutes depuis longtemps que Maëlle est un peu givrée. Moi, ce que je voudrais qu'on m'explique, c'est ce que signifie cette histoire de « non-anniversaire » ?

– Mais enfin, s'étonna Lily, tu n'as jamais vu *Alice au pays des merveilles* ?

– Ben non, désolée pour mon manque de culture !

– Eh bien, à un moment donné, elle rencontre le chapelier fou, qui a organisé une fête de « non-anniversaire » parce que ce n'est pas le jour de son anniversaire.

– D'où la pertinence de mon commentaire, glissa Mélisande.

Maëlle, qui tenait toujours sa tasse en l'air, reprit la parole :

– Assez discuté comme ça, les filles, vous auriez dû éclater de rire depuis longtemps et trinquer avec moi. Je vous trouve un brin moroses, ces derniers temps, et je voulais que vous vous lâchiez un peu.

– Aaaaah ! fit Chiara en se tapant le front comme si elle venait de comprendre, c'était une blaaaaague ! Qu'est-ce que c'est drôle !

– Bon, ben, ça va, râla Maëlle en reposant sa tasse. Vous êtes vraiment irrécupérables !

– Mais non, la consola Lily, c'était une très bonne idée ! Rien que de se trouver réunies toutes les quatre m'a fait beaucoup de bien !

– Sauf que moi, je préfère les vrais anniversaires aux faux, dit Mélisande. Au moins, il y a des cadeaux, du champagne, de la musique…

– Eh ! l'interrompit Maëlle qui avait déjà retrouvé sa bonne humeur, et si justement on organisait un *vrai* anniversaire toutes les quatre ensemble ? À quelques semaines près, nos dates de naissance tombent au même moment !

– Ah ouais, répondit Chiara, ça, c'est une vraie bonne idée !

– Oh oui ! fit Lily à son tour, on pourrait fêter nos dix-huit ans ensemble après les épreuves du bac. Ce serait inoubliable !

– Et on inviterait plein de monde ! s'enthousiasma Maëlle.

Les yeux verts de la jolie rousse se mirent à pétiller :

– Là, les filles, vous commencez à m'intéresser…

Vendredi 8 février, 20 h 55

La porte de l'appartement claqua bruyamment. Chiara, qui regardait la télé dans le salon, se plaignit :

– Chut ! Je n'entends plus rien !

Elle fut un peu surprise que son père ne réagisse pas vivement. Généralement, il avait horreur qu'elle lui parle sur ce ton. Était-il de nouveau sous la douce influence de Valérie ? En début de soirée, il était parti la chercher à l'aéroport. De retour d'une mission humanitaire, elle devait passer la nuit chez eux avant d'aller récupérer Nolan à la gare.

Chiara entendit des pas solitaires se diriger vers la cuisine. Aucun bruit de conversation, aucune remarque... Cela commençait à devenir troublant. Elle se pencha de côté pour essayer de voir ce qui se passait, mais la pièce était plongée dans le noir. Alors elle se leva et franchit la courte distance qui la séparait du seuil.

– Où est Valérie ? demanda-t-elle en remarquant qu'il n'y avait aucune valise dans le hall d'entrée. Elle a raté son avion ?

– Non, répondit son père.

Il lui tournait le dos. Dans la pénombre, elle distinguait sa silhouette et vit qu'il avait les deux mains posées sur le bord de l'évier. À travers la fenêtre qui surplombait celui-ci, il semblait fixer un point dans la nuit. Chiara appuya sur l'interrupteur et un flot de lumière crue se répandit dans la pièce. M. Palermo ne réagit pas. Vaguement mal à l'aise, sa fille insista :

– Alors où est-elle ?

– Chez elle.

– Dans son appartement de la Croix-Rousse ?

– Évidemment. Elle n'en a pas trente-six !

Il avait prononcé ces derniers mots d'un ton sec, d'un ton qu'il avait abandonné depuis que l'infirmière était entrée dans sa vie. Enfin, sauf lors des incidents de Noël dernier.

Et Chiara comprit :

– Vous vous êtes encore disputés.

– Ça ne te regarde pas.

– Ce n'est pas grave. Quoi que tu aies dit, elle te pardonnera.

M. Palermo se retourna brusquement et lâcha d'une voix cinglante :

– Et pourquoi ce ne serait pas plutôt elle qui devrait me demander pardon ? Vous les jeunes, vous croyez toujours tout savoir ! Et dire qu'il y a des adultes pour vous encourager dans cette voie…

– Des adultes… Tu veux parler de Valérie, j'imagine ?

– Entre autres !

– Alors c'est ça que tu lui reproches ? De mieux me comprendre que toi ? De mieux savoir s'y prendre ?

– De mieux savoir s'y prendre ? répéta-t-il. Quelle plaisanterie ! Te laisser faire n'importe quoi, je n'appelle pas ça « savoir s'y prendre » !

– OK, j'ai fait une bêtise et je me suis excusée. Pas la peine d'en faire tout un plat !

– Mais figure-toi que c'est justement parce que tu as reçu *mon* éducation ! Tu crois vraiment que Nolan saura s'excuser un jour ?

Chiara accusa le coup. Elle aurait du mal à contrer cet argument sans jouer à la « totale hypocrite » ! Baissant le nez, elle défendit sa cause en plaidant :

– En tout cas, avec toi comme beau-père, les choses devraient aller en s'arrangeant…

Son père pivota à nouveau et ne répondit pas immédiatement. Au bout de quelques instants, il marmonna :

– Nolan peut dormir tranquille. Je n'interférerai pas dans son éducation.

Un court silence suivit encore, puis il dit tout bas :

– Valérie et moi avons rompu.

Et au ton de sa voix Chiara comprit que cela était définitif.

14

La Dame de Fer

Mardi 19 février, 10 h 05

Assis à son bureau, M. Grospierre avait la tête penchée sur sa serviette en cuir. Ses cheveux mi-longs et bouclés tombaient devant ses lunettes et l'empêchaient de chercher avec efficacité la pochette cartonnée contenant ses fiches de préparation. Pourtant, il n'aurait jamais accepté de couper cette chevelure encombrante. Pas plus que sa barbe, assortie et aussi fournie. Avec les deux ronds de verre cerclés d'une monture en écaille posée sur son nez, elles constituaient un rempart, certes modeste mais essentiel, lui permettant de se protéger des assauts répétés de ses élèves. Il déplorait souvent intérieurement que, lorsqu'il avait pris la décision de devenir professeur, nul ne l'ait mis en garde qu'avec son gabarit plutôt enrobé et un patronyme aussi « lourd » à porter sa vie deviendrait un enfer dès qu'il franchirait le seuil d'une salle de classe. Malheureusement, quand il l'avait découvert par lui-même, il était déjà trop tard. Après des années d'études et de transpiration pour réussir le CAPES, il n'était plus question de changer de route. Prof il était, prof il resterait. Et que Dieu le garde.

Au milieu du joyeux capharnaüm qui régnait généralement pendant ses cours de SES, il menait cependant une guerre aussi persévérante qu'inefficace contre l'ignorance socio-économique de la jeune génération. Quand il retrouva enfin sa pochette, il l'ouvrit et en sortit ses fiches. Se saisissant de la première, il bloqua sa respiration et prit appui à deux mains sur le bureau de bois pour se lever. Le plus difficile était toujours d'opérer ce mouvement qui le forçait à quitter la protection du solide meuble massif. Pendant les cinquante minutes suivantes, il savait qu'il serait vulnérable, exposé au feu de l'ennemi qui s'en donnerait à cœur joie.

D'une écriture nerveuse, il nota au tableau : « Les fluctuations de la croissance », puis il commença à débiter son cours comme il le faisait chaque fois. Lorsqu'une voix féminine perça le brouhaha pour s'adresser à lui, il fit d'abord la sourde oreille. Après des années de pratique, il avait découvert que cela suffisait généralement pour décourager ses assaillants. Mais ce jour-là, hélas, cela ne fut pas le cas.

– Monsieur ! insista la voix qui était montée d'un ton sans toutefois perdre son accent élégant, je vous ai demandé ce que vous entendiez par « loi de l'offre et de la demande » !

M. Grospierre frissonna. Son cerveau mit encore quelques secondes à enregistrer que la phrase était prononcée sur un ton sérieux et qu'il ne s'agissait pas d'une boutade. Lorsqu'il se retourna, il découvrit que la question émanait de la personne qu'il craignait le plus dans cette classe. Mélisande de Saint-Sevrin avait une façon de le regarder qui lui donnait habituellement le sentiment d'être un insecte parfaitement négligeable, et ce malgré son embonpoint. Il en avait même fait des cauchemars dignes d'un remake de *La Métamorphose* de Kafka.

– La loi de l'offre et de la demande ? répéta-t-il tel un perroquet.

Son stylo-plume Montblanc pointé vers le tableau, la belle rousse désigna le schéma qu'il venait de tracer.

– Oui. Comment peut-on savoir s'il y a une vraie demande quand on veut se lancer dans un secteur d'activité ?

Le professeur ôta ses lunettes et les frotta avec son mouchoir avant de les remettre en place. Il relut la date affichée par sa montre. On était pourtant loin du 1er avril...

– Eh bien, il faut commencer par faire une étude de marché, dit-il d'une voix encore hésitante.

Les bavardages de certains de ses camarades empêchèrent Mélisande de saisir l'intégralité de la réponse. Exaspérée, mais le dissimulant sous son masque de froideur, elle se leva et d'une voix glacée elle articula avec soin à l'intention des fautifs :

– Serait-ce trop vous demander d'avoir un minimum de respect ? Il y a des gens qui travaillent, ici. Si cela ne vous intéresse pas, vous n'avez qu'à prendre la porte. Mais ne venez pas pleurer plus tard, quand vous vous serez fait plumer parce que vous serez incapables de comprendre les facteurs économiques qui dirigent le monde dans lequel vous évoluez.

Mélisande se rassit et un ange passa. Farouk, qui était à côté d'elle, fut le premier à réagir.

– Whou ! whou ! whou ! lança-t-il, ça, c'est parlé !

Il commença à applaudir, et l'un après l'autre tous les élèves suivirent. Mélisande inclina légèrement la tête à droite, puis à gauche, à la manière de la reine d'Angleterre, pour remercier. Quand le silence revint, elle fit un petit geste de la main et, s'adressant à M. Grospierre, elle déclara, imperturbable :

– Je crois qu'on peut reprendre...

Samedi 23 février, 15 h 20

Le vent s'engouffra en même temps que Mélisande dans le local bondé lorsqu'elle poussa la porte de l'office du tourisme de la place Bellecour. D'un geste précis, elle passa une main dans sa chevelure bouclée et réussit en un rien de temps à lui redonner de l'allure. Maëlle, qui l'attendait adossée au comptoir, ne put s'empêcher de l'envier. Elle avait beau attacher ses fins cheveux blonds aussi serré que possible, des mèches indisciplinées se débrouillaient toujours pour s'échapper de sa queue de cheval. Quant à les laisser flotter librement sur ses épaules, il ne fallait même pas y penser. Avec un temps pareil, elle aurait fini par ressembler à un teckel à poil long qui aurait subi le cycle « essorage » d'une machine à laver.

Son amie, bien qu'en manque cruel de nouvelles tenues, ne se laissait pas aller pour autant. Il faut dire que son ancienne garde-robe aurait suffi à habiller (et à rendre folle de joie) la grande majorité des Lyonnaises pendant quelques années. Ce jour-là, elle portait une jolie jupe plissée en soie et coton rouge coquelicot et une magnifique cape en laine bleu nuit, suffisamment courte pour mettre ses hanches parfaites en valeur. Dès qu'elle repéra son amie, elle lui fit un petit signe de sa main gantée de chevreau.

Elles se firent la bise et Maëlle constata d'un ton joyeux :

– Super ! Presque pas en retard ! Tu fais des progrès…

Sans relever sa remarque, Mélisande demanda :

– Alors, tu as des infos ?

– Ben non, je t'attendais. Y a pas de raison que je me tape tout toute seule !

Mélisande leva les yeux au ciel.

– OK, Miss Martyre ! Maintenant, je suis là, alors on y va ?

Sans plus tarder, elles s'accoudèrent au comptoir pour attirer l'attention d'une hôtesse. Elles durent patienter quelques minutes, mais elles obtinrent bientôt les renseignements qu'elles voulaient.

– Une salle à louer au mois de juin ? Ça ne va pas être facile. Entre les mariages, les communions et les baptêmes, vous avez de la concurrence… Enfin, voici la liste. Bon courage !

Les deux filles la remercièrent et se retirèrent dans un coin plus tranquille. Elles avaient pour mission de chercher un lieu qui leur permette de fêter dignement leur dix-huitième anniversaire. Elles choisirent d'appeler d'abord les endroits qui semblaient convenir le mieux, mais après une demi-heure d'appels elles commencèrent à montrer des signes de découragement. L'hôtesse avait raison, tout était complet. Les deux amies décidèrent de faire une pause. Elles quittèrent l'office du tourisme et traversèrent la place Bellecour pour se rendre dans un petit café situé à l'opposé.

Lorsqu'elles se retrouvèrent devant un chocolat chaud, Mélisande déclara avec satisfaction :

– C'est la dernière fois, ou presque, que j'ai recours à notre « caisse de solidarité » pour payer une consommation.

– Ah oui ? Tu as gagné au Loto ?

Mélisande lui fit une grimace.

– Mieux ! Je vais devenir auto-entrepreneuse.

Elle croisa les mains sur ses genoux pour observer la réaction de sa voisine. Cette dernière se tapa le front en s'exclamant :

– Mais oui ! bien sûr ! Voilà la raison de ta passion subite pour les SES !

– Comment tu sais ça ? demanda son amie d'un air soupçonneux.

– Farouk a tout raconté à Florian, qui m'a tout raconté à son tour. Connaissant Farouk, je pense d'ailleurs que Florian n'est pas le seul à avoir bénéficié de son récit…

– Ah oui ? Et qu'est-ce qu'il t'a raconté exactement ?

– Il m'a expliqué comment, en plein cours de ce pauvre M. Grospierre, tu étais passée en quelques minutes du statut de Reine des Glaces à celui de Dame de Fer[1]. Tu me diras, tu y as laissé ton titre de noblesse, mais question pouvoir, je crois que tu es plutôt gagnante !

Mélisande se renfrogna.

– Qu'est-ce que c'est que ces histoires ? Jamais entendu parler de Reine des Glaces ou de Dame de Fer avant !

Maëlle pouffa.

– Ne me dis pas que tu ignorais que tout le lycée te surnommait la Reine des Glaces !

– Pff ! fit Mélisande d'un ton méprisant en relevant le menton.

– Enfin, c'est pas grave puisque d'ici la rentrée tout le monde connaîtra ton nouveau surnom.

Voyant que sa remarque ne réjouissait pas particulièrement la « Dame de Fer », elle poursuivit :

– Allez ! Ça aurait pu être pire : au début, Farouk pensait plutôt à t'appeler Déesse des SES, rapport à la vénération que te voue désormais Grospierre. Il paraît qu'il en remontrerait aux plus fervents adorateurs de Bouddha…

Les yeux d'émeraude se mirent à lancer des éclairs. Mais la voix de Mélisande était glacée (d'où le premier surnom) quand elle siffla d'un ton menaçant :

1. Surnom donné à Margaret Thatcher, Premier ministre de Grande-Bretagne de 1979 à 1990.

– Ah ! parce que Farouk est à l'origine de cette mascarade…

– Eh ! se défendit Maëlle, je ne fais que répéter ce qu'il a dit à Florian.

Le visage de Mélisande se transforma soudain du tout au tout.

– Tiens, au fait, puisqu'on parle de Florian, embraya-t-elle d'un air faussement détaché. Je suppose que tu seras d'accord pour reconnaître qu'il était notre copain à toutes avant d'être très, très copain avec toi ?

Tout autant surprise par le changement de physionomie de son amie que par sa remarque, Maëlle acquiesça prudemment.

– Bon, tu ne verras donc pas d'inconvénient à me le prêter un peu ?

La jeune athlète plissa les yeux.

– Qu'entends-tu par là ? Florian est libre de ses faits et gestes, tu sais, cela fait un certain temps que l'esclavage a été aboli !

– Parfait ! Je pourrais donc lui demander de passer quelques jours avec moi pendant les vacances sans que cela ne t'offusque d'aucune manière !

– Oh ! Oh ! Là, il va falloir que tu précises ta demande.

– Mais puisque l'esclav…

– J'ai dit qu'il allait falloir préciser ta demande !

Mélisande eut ce petit rire de gorge que tous les garçons trouvaient follement séduisant et répondit :

– Pas d'inquiétude ! Je voudrais juste qu'il me conçoive un site internet.

Puis, cédant à l'excitation, elle se mit à expliquer :

– Je voudrais essayer de vendre mes bijoux. J'ai bien étudié le projet. Plein de sites proposent des babioles en plastique et en toc, pas cher, mais souvent de très mauvais goût. Moi, je vais me lancer dans le créneau « éco-bijou ». Je n'utiliserai que des matières premières naturelles. Je pense que je suis plutôt douée pour créer des modèles originaux mais classe. Seulement il me faut un support pour vendre. Un site internet, ce serait parfait.

Rassurée, Maëlle approuva :

– C'est sûr que tu es douée et, effectivement, Florian devrait être l'homme de la situation. Je lui en toucherai deux mots si tu veux.

– Génial ! s'enthousiasma la jeune entrepreneuse. À toi, il ne saura rien te refuser.

Pendant que son amie affichait un sourire modeste, elle se pencha en avant et, sur le ton de la confidence, elle glissa :

– Au fait, qu'est-ce que ça fait de sortir avec un garçon avec lequel tu as été amie pendant si longtemps. C'est pas un peu… bizarre ?

– Bizarre… le terme est un peu fort. C'est sûr qu'au début je me sentais toute drôle. Des fois, je ne savais pas si je devais lui faire la bise ou viser plus au centre !

– Mais quand même, quelqu'un qui connaît tous tes défauts et vice versa, ça craint, non ? Moi, je suis toujours sortie avec des garçons que je connaissais à peine. C'était plus excitant…

Maëlle réfléchit une minute et tenta d'apporter une réponse :

– Je comprends ce que tu veux dire. Je vais te donner un exemple pour essayer de t'expliquer : si tu cours en talons aiguilles, tu te sens belle, glamour, un peu au-dessus du lot. Mais en baskets, tu es mille fois plus à l'aise, et tu peux aller bien plus loin, crois-en mon expérience !

– Mais je cours très bien en talons aiguilles, prétendit Mélisande, mi-figue, mi-raisin.

– Un sprint, peut-être. Un marathon, j'en doute. La question qui se pose est la suivante : veux-tu que ta vie soit une succession de sprints ou un long marathon ?

Son amie se cala dans sa chaise sans répondre. Maëlle n'insista pas. Et c'était tant mieux. Mélisande aurait été bien incapable de savoir quoi répliquer.

15

Face à la mère...

Vendredi 1er mars, 16 h 20

– Ça me gonfle ! craqua Florian en jetant son stylo sur la table basse et en étirant ses longs bras musclés au-dessus de sa tête, ce DM est impossible à faire ! Le prof de physique a dû vouloir se débarrasser de la moitié de l'effectif de sa classe en nous rendant fous pendant les vacances...

Assise à ses côtés sur le canapé en cuir marron du salon, Maëlle fronça les sourcils et ne réagit pas à la boutade de son petit copain, afin de ne pas perdre sa concentration. Sur la feuille de brouillon posée devant elle, elle traça à nouveau le schéma du ressort de raideur k auquel une masse M était suspendue. Les choses se compliquaient sérieusement à la question 2, quand une série de masses M′ et M″, également suspendues au système par d'autres ressorts (de raideur k' et k''), venaient osciller dès qu'on les tiraillait un peu.

– Attends, je crois que j'ai une idée, marmonna-t-elle en se lançant dans une série de calculs.

– Moi aussi, déclara Florian. Je propose qu'on tente une expérimentation pratique.

– Pas possible, on n'a pas ce qu'il faut...

– Mais si ! insista-t-il en commençant à faire jouer l'élasticité des coussins en cuir, on n'a qu'à dire que ça, c'est les ressorts…

– Arrête tes bêtises, grinça Maëlle en tapant fébrilement sur sa calculette.

– Moi, je serais la masse M…

La jeune fille, profondément concentrée, ne répondit pas.

– Et toi, tu serais M′ ou M″, au choix, poursuivit-il en sautillant.

D'un bond plus puissant que les précédents, il décolla légèrement du siège et se débrouilla pour retomber sur elle. Au moment de l'impact, la calculette fit un joli vol plané avant d'atterrir sur le tapis. Maëlle poussa un cri de frustration et de frayeur mêlées. Mais il fut étouffé lorsque Florian la bâillonna d'un baiser. Quand ce dernier la libéra enfin, elle murmura d'une voix plaintive :

– J'étais sur le point de trouver…

Toujours à moitié allongé sur elle, son petit ami remarqua :

– Tu deviens beaucoup trop sérieuse, ces temps-ci !

– Et toi, beaucoup trop audacieux, répliqua-t-elle en se tortillant pour essayer de se libérer.

Elle avait horreur de ne pas se sentir maîtresse de la situation !

– C'est de ta faute, expliqua tranquillement Florian, tu t'es donné assez de mal pour que je change en ce sens[1].

– Eh bien, je n'aurais pas dû ! Tu te révèles finalement un peu trop doué dans ce domaine !

Florian rit tout bas.

– Trop tard ! L'élève dépasse le maître !

Maëlle, qui tentait toujours de se délivrer, saisit la perche au vol :

---

1. Voir *Le roman des filles : Soupçons, scandale et embrasse-moi !*

– Justement, en parlant d'élèves et de maître, je crois que le prof de physique préférerait qu'on planche un peu plus sérieusement sur ce problème.

– Moi je préfère le problème sur lequel je suis en train de plancher en ce moment…

Les joues rouges à force d'efforts (vains et terriblement frustrants) pour envoyer Florian rouler par terre, Maëlle regretta que le garçon se soit mis avec autant de régularité à la musculation. Enfin, elle le regretta pendant une milliseconde, le temps que son petit ami se penche à nouveau vers elle pour déposer un peu partout sur son visage des baisers qui l'exaspéraient et la ravissaient en même temps. Désespérant de reprendre le dessus, elle ouvrit la bouche pour protester une nouvelle fois. Le signal *fatal error* s'alluma en rouge dans son cerveau quand elle vit les yeux de Florian s'assombrir et son visage plonger vers le sien. Il en profita pour l'embrasser avec une passion dont il n'avait jamais fait preuve jusqu'alors.

Transportée par la ferveur de ce baiser, Maëlle oublia tout : masses, ressorts et DM de physique. Elle les aurait d'ailleurs oubliés pour un bon petit moment si une voix choquée ne lui avait pas fait quitter le paradis très brutalement.

– Maëlle ! Ma… Maëlle !

La douche fut froide, voire glacée. Ses forces décuplées, la jeune fille repoussa si violemment Florian qu'il bascula sur le tapis. Elle-même se redressa et, rouge comme une écrevisse, elle balbutia :

– Ma… maman ?

« On se croirait dans une maison de bègues ! » lui souffla son cerveau dont une partie semblait (elle se demandait bien comment) encore en état de faire de l'humour.

Mme Tadier, le teint aussi pâle que celui de sa fille était coloré, fixait les deux jeunes gens avec des yeux exorbités.

– Je croyais que tu ne devais pas rentrer avant 20 heures…

Sa mère hocha la tête.

– C'est ce que je vois…

– N… non, bafouilla Maëlle, en fait on travaillait sur un DM de physique…

« Très physique… » souffla son cerveau.

– Ne me prends pas pour une idiote ! Et qui est ce garçon ?

Florian, qui s'était relevé, décida qu'il était temps d'intervenir.

– Je m'appelle Florian, articula-t-il en tendant la main à Mme Tadier. Maëlle et moi sommes dans la même classe.

La mère de sa petite amie lui rendit mollement sa poignée de main et commenta :

– Ainsi, vous êtes Florian… Si je ne m'abuse vous vous connaissez depuis le collège. Ma fille a souvent parlé de vous au cours des années, mais c'est bizarre, je ne vous imaginais pas ainsi, fit-elle en détaillant le beau jeune homme musclé qui se tenait devant elle, et puis, je croyais que vous étiez juste… copains.

Florian se tourna vers Maëlle. Si elle n'avait pas parlé du changement qui s'était opéré dans leur relation, c'était à elle de s'en expliquer. Cette dernière saisit bien le message. Relevant le menton, elle lança :

– Écoute, maman, je ne suis plus une petite fille, je vais avoir dix-huit ans. Je n'ai pas forcément envie de te parler de tout.

L'air blessé qui se peignit sur le visage de Mme Tadier n'échappa à aucun des jeunes gens. Florian jugea qu'il était préférable pour lui de s'effacer. Il ramassa rapidement ses affaires et, après un petit signe à Maëlle, il salua sa mère et s'éclipsa.

– Écoute, maman, ce n'est pas la peine d'en faire toute une histoire. J'ai le droit d'avoir un jardin secret.

– Je... Je comprends...

« Et un point de plus pour Mme Tadier ! » compta le cerveau enthousiaste de Maëlle.

– C'est juste que je n'ai que toi... Lorsque tu étais petite, j'espérais qu'une fois adolescente, tu ne serais pas comme les autres filles, que tu n'aurais pas de secrets pour moi.

La jeune athlète était à la fois émue et gênée. Cela faisait bien longtemps qu'elle n'avait pas eu ce genre de discussion avec sa mère.

– Écoute, je ne suis pas la fille dont tu rêvais. Je le sais et tu le sais.

– Oui, tu es la fille de ton père, pas vraiment la mienne.

Une nouvelle fois, des sentiments mêlés envahirent Maëlle. La tristesse qui imprégnait ces mots lui faisait mal et l'exaspérait en même temps.

– Arrête ! Tu exagères !

Mme Tadier regarda sa fille et se reprit.

– Tu as raison, ma chérie, j'exagère. Excuse-moi... Je dois dire que j'ai eu un choc en arrivant. Je... je ne m'étais pas rendu compte que tu grandissais si vite...

« Mme Tadier, *three points*[1] ! »

– Mais quand même, tu aurais pu nous prévenir que tu avais un petit ami. Enfin, pourquoi ne nous as-tu rien dit ? Tu nous avais bien parlé de Maxime !

Maëlle haussa les épaules.

– J' sais pas. Peut-être que je ne voulais pas que tu t'en mêles, que je ne voulais pas que papa s'en mêle non plus. Parfois, vous êtes un peu envahissants...

---

1. Trois points !

Une ombre passa sur le visage de sa mère.

– Peut-être, mais en attendant tu ferais mieux de parler de Florian à ton père. Je ne suis pas sûre qu'il soit souhaitable qu'il découvre votre relation de la même façon que moi.

Bien que n'ayant rien prévu de la sorte, Maëlle ne put qu'en convenir. Maintenant que le secret était éventé, il valait mieux officialiser sa relation avec Florian.

– OK, je m'en occuperai quand il rentrera le week-end prochain. Et je le ferai à ma façon.

Samedi 9 mars, 11 h 30

Le colonel Tadier était rentré chez lui très tard la veille au soir. D'habitude, quand c'était le cas, Maëlle ne l'entendait pas car elle dormait depuis longtemps. La nuit précédente, cependant, Maëlle était bien éveillée quand la porte de la maison s'était refermée avec un claquement. Elle avait eu du mal à trouver le sommeil. Tournant et retournant les phrases dans sa tête, elle cherchait la meilleure façon de présenter à son père sa relation avec Florian. Heureusement, Mme Tadier avait accepté de ne rien dire (ni même insinuer) à ce sujet lors des conversations téléphoniques qu'elle avait pu avoir avec son époux. Maëlle lui en était reconnaissante. Elle voulait pouvoir maîtriser cet aspect de sa vie. Elle était assez grande pour cela, et le fait que sa mère l'accepte était une bonne chose. En y réfléchissant, d'ailleurs, elle s'était rendu compte que l'image qu'elle avait de sa mère ne lui rendait pas justice. Certes, pendant des années, Mme Tadier avait été très intrusive et bien trop protectrice au goût de sa fille. Cela avait été lourd à porter, mais quand la jeune fille avait eu le courage de lui dire ce qu'elle ressentait, qu'elle se sentait étouffée et que plus le temps passait, plus elle rêvait de fuir, sa mère avait fait de réels efforts. Depuis la seconde, elle avait donc le droit de rentrer seule du lycée et, au fur et à mesure des années, les horaires s'étaient assouplis et elle avait cessé de recevoir des appels en rafale pour savoir : 1) où elle se trouvait ; 2) avec qui ; 3) à quelle heure elle comptait rentrer.

Oui, elle devait bien reconnaître qu'elle n'avait pas tiré un trop mauvais numéro à la loterie des parents !

Elle fit une grimace quand cette pensée traversa son esprit. N'allait-elle pas un peu vite en besogne en incluant son père dans le compliment ? N'allait-elle pas dans quelques minutes penser tout autrement ? Car, si on ne pouvait pas reprocher au colonel de l'avoir trop couvée, il fallait bien admettre qu'il était rare qu'il fasse preuve de souplesse. Et qu'il ne voyait pas forcément d'un bon œil l'éclosion de la vie sentimentale de sa fille. L'an passé, Maxime n'avait pas fait le poids face à ce personnage autoritaire. Qu'en serait-il aujourd'hui de Florian ?

Maëlle se dit qu'elle le saurait très bientôt si elle se décidait enfin à frapper à la porte du bureau paternel.

– Entre, Maëlle ! fit la voix grave du colonel Tadier à travers le battant de bois, tu ne vas pas passer la fin de la matinée à poireauter !

La jeune fille soupira et s'exécuta. Son père avait dû l'entendre descendre l'escalier et s'arrêter devant son « antre ». Ce dernier releva la tête lorsqu'elle pénétra dans la pièce, et il eut un petit sourire en coin.

– Tu vois, j'ai encore l'ouïe fine !

Posant son stylo, il s'adossa à son haut fauteuil en cuir et poursuivit :

– Alors, quelle grave faute as-tu commise cette fois-ci ?

– Une faute ? Quelle faute ? demanda Maëlle à son tour en rougissant légèrement.

– Je te connais, ma fille ! Depuis que tu es toute petite, les seules fois où tu lambines avant de frapper, c'est quand ta mère ne réussit pas à te faire obéir et qu'elle t'envoie à moi pour que je prenne le relais.

– Ah ! fit la jeune athlète dont le rougissement s'accentua.

Le colonel plissa les yeux et observa attentivement Maëlle.

– Cela dit, ta mère ne s'est pas plainte depuis que je suis rentré. J'imagine donc qu'il s'agit d'autre chose...

Soudain, Maëlle en eut assez. Les atermoiements, ce n'était pas sa tasse de thé ! Comme l'avait si bien compris son père, elle n'avait pas de faute à expier. Et elle n'était plus une enfant. Il dirait ce qu'il voudrait, elle agirait comme elle l'entendait !

– Je sors avec Florian. C'est un garçon de mon groupe d'amis. Je vous en ai souvent parlé et tu as même dû le voir à l'occasion.

Le colonel Tadier fronça les sourcils et se frotta le menton. Après une courte réflexion, il reconnut :

– J'imagine qu'à ton âge, ce genre de relation est assez naturelle... Cependant, il me semble nécessaire de te rappeler tes objectifs.

Maëlle ouvrit la bouche pour intervenir, mais d'un geste impérieux de la main il l'empêcha de prendre la parole.

– Laisse-moi finir. De deux choses l'une : soit tu ne tiens pas vraiment à ce garçon et, comme le dernier, tu t'en lasseras vite, soit c'est plus sérieux. Dans le premier cas, tu gaspilles du temps et de l'énergie qui te sont absolument nécessaires pour une amourette de rien du tout. Dans le deuxième cas, c'est encore plus grave, car ce que tu envisages de faire ne laisse pas de place à un engagement sérieux. Plus tard, quand tu auras intégré l'école d'aérospatial, ce sera différent. En attendant, toutes tes pensées doivent être dirigées vers les concours.

Le colonel se tut et garda son regard fixé sur elle.

– En gros, quelle que soit la situation, tu me dis qu'il faut que je rompe, conclut Maëlle.

Son père haussa les épaules d'un air fataliste. Elle se tut à son tour et se mit à réfléchir. Les arguments paternels tenaient la route, elle devait le reconnaître. Les propos étaient sensés, la parole était posée. Elle s'était attendue à des cris et à des reproches. Elle avait anticipé le feu de la passion, et elle se trouvait face à la froide raison. Et elle constatait que cette approche avait beaucoup plus d'impact sur son esprit de scientifique. Ébranlée, elle s'assit sur le siège qui faisait face au bureau. Était-elle prête à mettre en péril la vocation de toute une vie pour poursuivre sa relation avec Florian ? Cela en valait-il la peine ?

Enfin, elle articula avec difficulté :

– Tu as raison…

16

Amour, salle de fête et salle de cours

Samedi 9 mars, 14 h 15

Maëlle tripota son téléphone avant de se décider à chercher un nom dans sa liste de contacts. Elle sélectionna celui de Florian et tapa rapidement un court message.

« Fo kc jc tc voi. Rdv a l'arrêt 2 bus 2van lc liC. 15h ? »

Une minute plus tard, le garçon confirmait le rendez-vous. Maëlle sortit de sa chambre, descendit l'escalier et attrapa au passage sa veste sur le portemanteau. Le temps d'enfiler une paire de baskets, elle était dehors et s'élançait à petites foulées vers le bout de la rue.

Un peu moins de trois quarts d'heure plus tard, elle descendait du bus. Assis sur le banc de l'abri en verre, Florian l'attendait déjà. Un sourire discret étira ses lèvres quand il croisa son regard. L'estomac de Maëlle se contracta. Elle aimait sa retenue et son charme sans prétention. Elle avait une totale confiance en lui et se désolait par avance à l'idée de le décevoir.

Il se leva et déposa un léger baiser sur ses lèvres en guise de bonjour.

– Salut, dit-elle, tu veux bien qu'on marche un peu ? J'ai quelque chose à te dire...

– Pas de problème ! J'espère qu'il s'agit de bonnes nouvelles, ça avait l'air pressé.

Maëlle marmonna une réponse incompréhensible et avança silencieusement pendant quelques mètres. Florian lui prit la main mais respecta son silence. L'embarras de la jeune fille augmenta. Ce garçon était vraiment parfait. D'une pression des doigts elle le remercia de sa délicatesse. Encore quelques pas et ils atteignirent le petit parc qui se trouvait derrière le lycée. Le temps était mitigé en ce début mars. Le ciel couvert évoquait l'hiver et le petit vent froid qui soufflait par à-coups ne venait pas démentir cette impression. Pourtant, on sentait déjà vibrer l'impatience de la nature. Le printemps était là, tapi dans les bourgeons qui commençaient à gonfler, dans les parterres audacieux où pointaient les premiers crocus, dans le chant intermittent et timide d'un oiseau caché.

Maëlle attira Florian dans un recoin à l'abri des regards et voulut s'asseoir sur une souche, mais son petit ami la retint par le bras. Il prit place lui-même sur ce siège de fortune et l'attira sur ses genoux.

– Voilà, dit-il simplement, quoi que tu aies à me dire, on sera mieux comme ça.

Maëlle lui sourit et passa un bras derrière son cou.

– J'ai parlé à mon père.

Florian hocha la tête. Il s'y attendait. Après la scène du salon, c'était à prévoir.

– C'est bien, dit-il. Je ne sais pas pourquoi tu ne l'as pas fait avant. Avais-tu honte de moi ?

Malgré les affirmations de Maëlle, il ne pouvait se débarrasser complètement de l'image qu'il avait véhiculée pendant tant d'années de « fil de fer à lunettes ».

La jeune athlète lui donna une tape sur la tête et se fâcha.

– Ah non ! tu ne vas pas recommencer, hein ! Si je n'ai rien dit, c'est que je savais plus ou moins que mes parents me harcèleraient de questions. Ça n'a pas loupé, d'ailleurs : « Est-ce que c'est sérieux ? », « Est-ce que ça ne l'est pas ? », « Que prévois-tu de faire ? », etc.

Elle se tut et pendant un instant on n'entendit que le courageux petit volatile qui, quelque part sur une branche, lançait ses piaillements.

Puis elle reprit :

– Mon père m'a dit que si je voulais intégrer l'une des meilleures prépas à Paris, il fallait que j'aie un dossier en béton. Et que pendant les deux années qui suivront, je ne pourrai rien faire d'autre que bosser comme une malade. Et qu'il n'y aura pas de place là-dedans pour une histoire d'amour.

Le visage de Florian se contracta.

– Que lui as-tu répondu ? demanda-t-il à voix basse.

– Qu'il avait raison, bien sûr...

Le bras qui entourait la taille de Maëlle se relâcha.

– ... mais qu'on n'était pas n'importe qui, toi et moi, s'empressa-t-elle d'ajouter.

Florian lui jeta un coup d'œil interrogateur.

– Ce n'est pas parce que d'autres se plantent qu'on ne va pas réussir ! expliqua-t-elle en s'échauffant. C'est vrai, quoi ! Si dans la vie on ne tentait jamais rien sous prétexte que d'autres ont échoué avant, personne n'aurait escaladé l'Everest ! Je n'ai pas l'intention de faire des concessions à ton sujet, martela-t-elle. Je gère plutôt bien la situation, je pense. J'ai fait voir à mon père mes derniers résultats : aucune note au-dessous de 17 dans les matières scientifiques. Et je lui ai expliqué qu'on travaillait très bien ensemble... Enfin, sauf quand on étudie les ressorts, précisa-t-elle avec un petit sourire en coin. En tout cas, si tu pensais être bientôt débarrassé de moi, il faudra trouver autre chose…

Florian, qui jusqu'à présent l'avait écoutée religieusement, mit ses mains en coupe autour de son visage et l'embrassa avec fougue.

Quand il la relâcha, ils étaient tous deux pantelants.

– Je crois que je vais te garder un peu encore, murmura-t-il. Il y a deux ou trois trucs dont je ne suis pas tout à fait lassé…

Maëlle eut un petit rire avant de faire la moue.

– J'ai quand même une mauvaise nouvelle : pour montrer que j'étais sérieuse, j'ai promis à mon père que je limiterais les sorties au maximum jusqu'au bac. C'est vrai qu'il faut que je maintienne aussi ma forme physique et que je courre régulièrement. Or ça prend du temps.

– Ça va, j'ai compris, intervint Florian. Ça veut dire que la sortie ciné de demain tombe à l'eau.

– Et je ne viendrai pas non plus à la soirée de ta cousine la semaine prochaine, annonça-t-elle en grimaçant.

Florian soupira. Ils s'étaient fait une joie de pouvoir danser ensemble à cette occasion.

– Il va donc falloir que je me trouve une autre cavalière ! dit-il avec fatalisme.

Maëlle ne prit pas la peine de répondre et se contenta de le bourrer de coups de poing.

En riant, Florian lui saisit les poignets et conclut :

– Je plaisantais ! Je n'irai pas non plus : tous ces gens qui boivent, qui dansent et qui s'amusent, ce sera ennuyeux à périr ! Et puis entre nous, j'ai toujours rêvé de passer mes soirées à calculer des produits scalaires avec toi…

Mardi 12 mars, 17 h 56

– Alors, toujours rien en vue ? demanda Chiara.

– Rien. Nada. Nothing… répondit Mélisande.

– Enfin si, on a trouvé une salle de quinze mètres carrés. Et un château à cinq mille euros la soirée, corrigea Maëlle.

Lily souffla et appuya sa tête sur sa paume ouverte, le coude posé sur la petite table ronde du café des Anges. Les choses se compliquaient sérieusement. Maëlle et Mélisande avaient été mandatées par le quatuor pour trouver une salle, Chiara et Lily étant chargées de l'intendance. Malheureusement, ces deux dernières n'auraient à acheter ni boissons ni petits gâteaux pour leur soirée d'anniversaire si elles ne parvenaient pas à trouver un endroit suffisamment grand et à un prix abordable.

– Alors ce n'est plus la peine de rêver, soupira Lily, il nous faudrait un miracle !

Maëlle, qui avait horreur du défaitisme, la foudroya du regard. Mais son amie avait les yeux perdus dans le vague, comme si tout cela ne la concernait pas vraiment. En temps normal, la dynamique blondinette l'aurait rappelée à l'ordre, mais elle fut frappée par son air morose et absent. Lily n'allait pas bien, et Maëlle doutait fortement que ce problème de salle soit à l'origine de son malaise. Elle faillit lui demander ce qui la tracassait tant que ça, mais elle connaissait déjà la réponse : Lily avait confié à ses amies quelques semaines plus tôt ce qu'elle avait découvert au sujet d'Adrien. Elles avaient toutes été désolées pour elle, mais, comme Lily, submergée par la honte et la culpabilité, refusait de reprendre contact avec le garçon, elles avaient pensé que cette histoire était bel et bien finie. Il fallait tourner la page, lui avaient-elles dit d'une seule voix. Ce n'était pas la fin du monde ! Un de perdu, dix de retrouvés, tout le monde savait ça ! Mais c'était oublier le fait que Lily n'était pas tout le monde. Maëlle se promit de réfléchir à ce problème un peu plus tard. Pour l'heure, il s'agissait de garder les troupes mobilisées...

– On peut essayer de jouer au Loto, proposa Chiara.

– Ou dévaliser une banque, ajouta Mélisande avec un brin de sarcasme, on serait plus sûres d'obtenir le gros lot.

– Et puis, quand on se fera prendre, on pourra toujours fêter nos anniversaires en prison. J'ai entendu dire qu'on y fait des « teufs » d'enfer ! se moqua Maëlle avant de reprendre plus sérieusement. Allez, on ne va pas baisser les bras. Je suis sûre qu'il y a quelque part une salle géniale qui n'attend que nous !

Jeudi 21 mars, 9 h 25

Les fenêtres de la salle de classe d'histoire-géo donnaient sur l'ancienne cour intérieure du lycée Balzac. Quelques châtaigniers plantés en rang d'oignons apportaient une touche de verdure à ce monde de pierre, de verre et de bitume. On les avait taillés court, et leurs branches ressemblaient à des moignons tendus vers le ciel en une supplique muette. Chiara les avait tant observés qu'elle aurait pu les dessiner les yeux fermés. Il est vrai qu'elle compatissait à leur sort. Elle aussi aurait levé les bras en suppliant qu'on ne l'abandonne pas si elle avait dû, comme eux, passer sa vie entre les hauts murs du lycée. Heureusement, son calvaire touchait à sa fin. D'ici quelques mois, les cours, le bac et tout ce qui allait avec seraient passés et bien passés. Enfin elle serait libre !

Sa rêverie, qui se poursuivait en général sans interruption jusqu'à la récréation de 10 heures (sauf intervention intempestive du professeur), fut soudain dérangée par une vibration qui, à travers le tissu de la poche de son jean, se propagea à sa cuisse. Aussitôt, Chiara releva son manuel d'histoire pour s'en faire un rempart et plongea derrière. Se félicitant une fois de plus d'occuper l'une des places du fond de la salle, elle se contorsionna discrètement pour sortir son téléphone. Lorsqu'elle vit de qui provenait l'appel, son cœur bondit. Kieran ! Que se passait-il donc ? Habituellement, il ne l'appelait jamais sur son portable car cela leur coûtait une fortune à tous les deux. Avec un plaisir et une appréhension mêlés, elle prit la communication :

– *Hi ! cutie ! How are you*[1] *!*

– *Fine,* murmura Chiara, *but I'm in class, I can't really talk. Is everything OK*[2] *?*

– *More than that ! I'm so excited ! When can I call you*[3] *?*

– *10 o'clock French time. It will be recess*[4].

– *Great ! Speak to you soon*[5] *!*

Au moment où elle appuyait sur la touche Off, sa voisine lui donna un discret coup de coude.

– Fais gaffe ! le prof lorgne de ton côté.

Chiara glissa son portable dans sa trousse et rabattit son livre en faisant mine de chercher une information. Cela suffit à éloigner les soupçons et, dès que l'attention de l'enseignant se fut détournée d'elle, la jeune fille remercia sa camarade avant de replonger dans ses pensées.

---

1. Salut mon cœur, comment ça va ?
2. Ça va, mais je suis en cours, je ne peux pas vraiment parler. Est-ce que tout va bien ?
3. Et comment ! Je suis surexcité ! Quand est-ce que je peux t'appeler ?
4. À 10 heures, heure française. Ce sera la pause.
5. Super. À tout à l'heure.

Que pouvait donc bien vouloir lui dire Kieran pour l'appeler ainsi en début de matinée ? Généralement, ils se débrouillaient pour se parler entre 18 heures et 19 heures, pendant l'absence de M. Palermo, en utilisant le téléphone fixe.

Les trente dernières minutes de cours semblèrent ne jamais vouloir finir. Le temps, qui se déroulait déjà de manière insupportablement lente lorsqu'elle était assise face à un tableau noir ou blanc, parut à Chiara s'être arrêté. Aussi, lorsque la sonnerie annonçant la récréation retentit, la jeune fille fourra-t-elle ses affaires en vrac dans son sac et bondit-elle vers la sortie.

– Mademoiselle Palermo ! votre copie ! s'écria le professeur comme elle s'élançait vers l'extérieur.

Mais elle fit la sourde oreille et continua sur sa lancée.

– Je vous comprends ! hurla le professeur, un 4 sur 20, cela a de quoi vous faire fuir !

Chiara grimaça. Encore un beau « carton » qu'elle devrait dissimuler à son père pour avoir la paix. Pour l'heure, cependant, elle s'en fichait bien ! Il se trouverait forcément une bonne âme pour récupérer cette horrible copie…

Son téléphone se remit à vibrer alors qu'elle s'était trouvé un petit coin tranquille sous le préau. Kieran était ponctuel.

– Alors, dis-moi vite ! s'enquit-elle en anglais.

– Si ça ne coûtait pas si cher de t'appeler sur ton portable, je te ferais deviner, mais cela prendrait trop de temps car c'est absolument *in-cro-yable* ! Je viens d'être contacté pour passer des auditions en tant que violoniste pour une comédie musicale qui aura lieu à Londres. Ils cherchent un violoniste irlandais capable de jouer du folk. Tu imagines ? Si je décroche le rôle, je jouerai dans le West End, avec de véritables pros !

Le West End… Le quartier de Londres où plus d'une quarantaine de comédies musicales se jouaient en permanence. Ce n'était pas Broadway, mais on s'en approchait !

– C'est absolument génial ! s'exclama Chiara. Je serai de tout cœur avec toi !

Kieran éclata de rire.

– Tu pourrais faire plus qu'être de tout cœur avec moi : tu pourrais aussi y être de tout ton corps !

Chiara fronça les sourcils. Elle qui avait tant fait de progrès en anglais se demanda si elle avait bien compris.

– Comment ça ? demanda-t-elle.

– Ils cherchent aussi des comédiennes-chanteuses, voix grave, timbre rauque… Ça ne te rappelle pas quelqu'un ?

La jeune fille faillit en laisser tomber son mobile.

– Attends, tu n'es pas en train d'insinuer que…

– Bien sûr que si ! Il faut que tu viennes passer ce casting à Londres ! C'est une chance incroyable… Et si jamais on réussissait tous les deux… Être payés, et bien payés, pour faire ce qu'on aime, n'est-ce pas le rêve ?

Si le temps était passé trop lentement en cours, là, maintenant, les choses allaient un peu trop vite au goût de Chiara.

– Houlà ! il faut que je réfléchisse, dit-elle, j'ai la tête qui tourne un peu. Donne-moi les dates et je te rappelle.

Quand la jeune fille coupa la communication après avoir griffonné sur son agenda les informations demandées, elle se laissa aller contre le mur du préau. Elle ne s'était absolument pas attendue à une telle nouvelle. Il allait falloir qu'elle digère le choc que cela lui avait causé. Et puis, comme elle l'avait dit, le projet demandait réflexion.

« Être payés, et bien payés, pour faire ce qu'on aime », s'était enthousiasmé Kieran. Mais dans son cas à elle, s'agissait-il vraiment de ce qu'elle voulait faire ?

Ce qu'elle aimait plus que tout, c'était le théâtre. Chanter et lever la jambe dans une comédie musicale semblait en être assez éloigné.

Perturbée par toutes les pensées qui tournaient dans sa tête, Chiara se sentait incapable de prendre une décision. Il allait falloir qu'elle trouve quelqu'un à qui en parler…

17

Walkyries en furie

Samedi 23 mars, 14 h 30

– Tu crois vraiment qu'elle va nous payer ? demanda Lola en essayant de nouer un minuscule brin de rafia.

– Écoute, ma sœur est autoritaire, capricieuse, tyrannique, lunatique, insupportable, exaspérante, râleuse, et je ne te parle pas de ses autres défauts, mais je ne crois pas qu'elle soit menteuse. Enfin, plus depuis qu'elle a payé le prix fort pour avoir dit un gros mensonge à un séduisant Espagnol du nom de Lisandro[1]. Alors oui, je crois qu'elle tiendra parole.

De même que sa copine, Pauline travaillait sur la table du salon pour fabriquer les bijoux fantaisie conçus par Mélisande. Cette dernière avait embauché les deux filles car elle avait besoin de main-d'œuvre : un vide-greniers allait avoir lieu dans un quartier voisin, et elle avait l'intention d'en profiter pour tester l'attrait de ses créations sur la gente féminine. Elle avait fini par leur promettre à chacune dix pour cent sur le total des ventes quand elle avait compris que les adolescentes refuseraient de l'aider par pure bonté d'âme (les jeunes n'étaient plus ce qu'ils avaient été…). Mais Lola était

1. Voir *Le roman des filles : Confidences, SMS et prince charmant !*

désormais plus intéressée par ce que venait de révéler son amie que par ces considérations bassement matérielles. Désespérément friande d'histoires d'amour, elle voulait maintenant tout savoir sur les aventures de Mélisande et du beau Lisandro.

– Et… il s'est passé quoi exactement avec ce garçon ?

Pauline, qui tirait la langue pour enfiler de fines perles en bois, posa son ouvrage sur la table et se pencha en avant.

– Elle lui a menti sur son âge pour qu'il s'intéresse à elle. Elle était en seconde, elle avait seize ans, et elle lui a fait croire qu'elle était en fac et majeure. À cause de moi, Lisandro a tout découvert, et il n'a pas du tout apprécié. Ça a sonné la fin de leur histoire. Mélisande était vraiment amoureuse, et je me demande parfois si elle s'en est remise. Franchement, je ne suis pas fière de ce coup-là. Ce que je pouvais être tarte, à l'époque !

Le regard rêveur, Lola posa sa tête sur sa main en soupirant :

– Ah ! ils ont un charme fou, ces Espagnols ! Si seulement je pouvais en rencontrer un, moi aussi…

La porte d'entrée s'ouvrit brutalement et une voix perçante s'écria :

– Eh ! je ne vous paye pas une fortune pour faire la causette !

Les bras chargés d'une pile de cartons plus haute qu'elle, Mélisande pénétra dans le minuscule appartement.

– Payées, payées… c'est vite dit, grommela sa sœur. Pour l'instant, notre salaire, on n'en a pas vu la couleur ! C'est quoi tout ce bazar ? demanda-t-elle en désignant les boîtes de tailles diverses.

– Des trucs que j'avais stockés chez Lily avant la descente de l'huissier, répondit son aînée en lâchant les cartons sur l'unique fauteuil de la pièce. Il y a des rubans en soie, du cuir, des feuilles d'or, des perles en bois précieux… On va en avoir besoin !

S'approchant de la table, elle jeta un œil au travail de Lola et de Pauline et poussa les hauts cris.

– Mais non ! ce n'est pas comme ça qu'il fallait faire ! Il fallait intercaler une rondelle de soie plissée toutes les deux perles !

Pauline souffla bruyamment.

– C'est pas ce que tu avais dit avant de partir !

– Mais si ! Sauf que tu n'as rien écouté ! C'est toujours pareil ! Allez, défais tout et tu me recommences ça tout de suite !

Sa cadette se leva brusquement en lançant le collier sur la table.

– Non, mais oh ! On n'est pas tes esclaves, hein !

– Je te rappelle que par définition les esclaves ne sont pas payés !

– Je m'en fous ! Payées ou pas, tu nous parles sur un autre ton !

Lola ouvrait de grands yeux. Elle qui avait l'habitude de toujours passer inaperçue était fascinée de voir ces deux furies rousses s'affronter en faisant des étincelles. On aurait dit deux walkyries des temps modernes.

– Tu crois que dans la vie on va toujours s'adresser à toi comme si tu étais la princesse au petit pois ? rugit Mélisande à l'intention de sa cadette. On n'a plus de fric, tu comprends ? On est *pauvres* ! Si on veut s'en sortir, il faut bosser correctement. Il n'y a plus de place pour tes états d'âme !

Les yeux pers de Pauline se mirent à briller. Lola n'aurait su dire si c'était de pleurs ou de colère contenue.

– OK, on va bosser. Mais on touchera vingt pour cent chacune.

Le teint d'ivoire de Mélisande s'empourpra.

– Vingt pour cent ? Tu veux ma mort ! C'est *moi* qui ai créé tous ces modèles ! C'est *moi* qui ai eu toutes les idées ! Vous n'êtes que des petites mains ! Et la matière première, tu imagines combien elle coûte ?

– Celle-ci ne t'a rien coûté. Tout a été acheté avec le fric de papa à la belle époque ! Mais si tu penses pouvoir te passer de nous, y a pas de problème.

Se tournant vers sa copine, Pauline lança :

– Tu viens Lola, on va faire un tour en ville !

Mais avant même que la jeune fille n'esquisse le moindre mouvement, sa sœur céda.

– OK, vingt pour cent ! Mais tout doit être parfait, grinça-t-elle entre ses dents.

Elle se retourna et se retrouva face à Farouk, qui était arrivé peu après elle, les bras chargés de cartons lui aussi. Son ami avait également été réquisitionné pour que tout soit prêt dans les temps. En découvrant son froncement de sourcils et l'air désapprobateur qui s'était peint sur son visage, elle se cabra.

– Pas la peine de me regarder comme ça ! fulmina-t-elle, on a encore du boulot.

Puis, sans lui laisser le temps de réagir, elle ressortit en claquant la porte derrière elle.

– Eh ben ! laissa échapper Lola.

– T'inquiète, fit Pauline encore rouge de colère, avec ma sœur, c'est toujours comme ça. Elle n'apprend que lorsqu'elle reçoit des claques…

Lundi 25 mars, 12 h 10

Maëlle posa son plateau face à celui de Florian sur la table du réfectoire. Elle venait juste de s'asseoir quand elle aperçut

Lily qui sortait à son tour de la file de distribution des repas. Elle l'appela avec enthousiasme et lui fit un geste de la main. Son amie les repéra aussitôt et esquissa un sourire avant de s'approcher.

– Salut ! lança Maëlle.

– Salut, ça va ? demanda Lily d'une voix douce.

– Oui. Du boulot à en mourir, mais j'ai la forme !

– Tu manges avec nous ? proposa Florian.

Lily l'effleura du regard avant de répondre :

– Non... non. Je ne veux pas vous déranger.

Maëlle haussa les épaules tout en tournant la tête sur le côté.

– N'importe quoi ! Je ne vois pas en quoi tu nous dérangerais...

– C'est gentil, mais je dois retrouver une copine de classe. On a un exposé à préparer... Il faut qu'on en discute. Allez, ciao !

Florian et Maëlle la regardèrent s'éloigner d'un pas feutré. Leurs yeux finirent par se croiser et le garçon s'inquiéta :

– Elle nous fait la tête ?

Maëlle plissa le front.

– Non, j' crois pas. Mais elle ne va pas très bien, ça c'est sûr.

Elle réalisa soudain que ce n'était pas la première fois qu'elle faisait ce constat. Cependant, contrairement à ce qu'elle s'était promis, elle n'avait toujours pas réfléchi à ce problème. C'était fou comme on arrivait à oublier les autres quand on nageait soi-même dans le bonheur...

Il était temps qu'elle s'occupe de Lily. Elle inclina la tête sur le côté, l'air pensif, puis elle interrogea :

– Au fait, tu es toujours en contact avec Adrien ?

Mercredi 27 mars, 16 heures

Depuis le jeudi précédent, Chiara était obsédée par la proposition de Kieran. Le jeune homme, qui lui avait reparlé plus longuement du casting un soir sur le téléphone fixe, ne comprenait pas ses hésitations. Pour lui, c'était sa chance ! C'était même *leur* chance ! Elle n'avait pas osé lui confier ce qu'elle pensait vraiment des comédies musicales. Dans le monde anglo-saxon, elles avaient un rayonnement extraordinaire. Mais pour Chiara, elles n'avaient pas la même aura. Quelle comparaison pouvait-il y avoir entre Shakespeare ou Corneille et *Mamma Mia* ?

Et puis elle avait pensé à son père, qui s'opposerait forcément à ce projet. Sauf que voilà, dans quelques semaines elle serait majeure et pourrait quitter la France sans rien devoir à personne. Elle pouvait donc faire ce qu'elle voulait, à condition bien sûr d'accepter d'engloutir toutes ses économies dans cette petite expédition. D'un point de vue pratique, rien ne l'empêchait d'aller rejoindre Kieran à Londres. Quelque temps auparavant, elle aurait peut-être même été ravie de jeter au visage de son père cette indépendance toute neuve. Pourtant, maintenant que l'occasion rêvée se présentait, elle hésitait. Il faut dire que M. Palermo n'était plus vraiment lui-même, ces derniers temps. Sa rupture avec Valérie l'avait beaucoup affecté, même s'il se forçait à donner le change en continuant à vivre selon sa discipline habituelle. Mais Chiara n'était pas dupe. Il ne riait plus, ne sortait plus et, incroyable mais vrai, ne contrôlait plus avec autant de zèle ses résultats scolaires. Or il était beaucoup moins glorieux de combattre un homme à terre qu'un général sur le pied de guerre.

Et si la jeune fille décidait finalement de ne pas l'affronter en face, il lui faudrait mentir encore… L'enjeu en valait-il la peine ?

– Amélie, tu en fais un peu trop ! On dirait un concours de grimaces !

Aux paroles de William, le professeur de théâtre, le petit groupe éclata de rire, mais l'interpellée ne s'en offusqua pas. Au contraire, elle en rajouta des tonnes pour satisfaire son public. William joignit son rire à celui de ses élèves avant de conclure :

– Je ne suis pas sûr que lady Macbeth soit un rôle pour toi, finalement. Il faudrait plutôt aller chercher du côté de la comédie.

Puis il jeta un coup d'œil à sa montre et tapa dans ses mains.

– Bon, on verra ça la prochaine fois ! C'est l'heure, tout le monde dehors !

Dans un joyeux brouhaha, ses élèves obéirent lentement. Ils continuaient à discuter de ce qu'ils venaient de vivre et échangeaient des plaisanteries dans une atmosphère bon enfant.

Chiara resta en arrière et patienta jusqu'à se retrouver seule avec William. Le jeune homme, qui finissait de remettre de l'ordre dans la salle, se tourna vers elle et demanda avec un air entendu :

– Alors, quelle est la cause de ton souci ?

Chiara, qui avait fait mine de l'aider pour se donner une contenance, sentit ses joues s'enflammer.

– Je suis donc si transparente que ça ? Quelle mauvaise actrice je suis, finalement !

William s'approcha d'elle et la fixa en souriant.

– Cela n'a rien à voir. Tu joues très bien, tu le sais, mais il y a des moments où le rideau tombe. Cela s'appelle « la vie », et quand tu n'es pas en représentation, il est assez facile de lire tes émotions sur ton visage, à condition de te connaître un peu. J'ai bien vu que quelque chose te tracassait. Le fait que tu sois restée n'a fait que confirmer cette impression.

Voyant que Chiara tordait la bouche en une moue contrariée, il lui donna une bourrade amicale dans l'épaule en s'exclamant :

– Eh ! ce n'est pas un défaut ! Bien au contraire ! Trop de gens portent des masques, dans notre société. Parfois j'ai l'impression que l'on est en pleine commedia dell'arte…

– Des masques ? Mais pourquoi ? interrogea Chiara, étonnée.

– Pour se protéger, pour tromper, pour manipuler, pour donner l'illusion que tout va bien… La plupart n'en sont d'ailleurs même pas conscients, et si tu veux mon avis, c'est ça le vrai drame !

La jeune fille faillit démentir en disant qu'elle n'avait jamais rien remarqué de tel lorsque, soudain, le visage de Mélisande s'imposa à son esprit. Combien de fois avait-elle été exaspérée de la voir si parfaite, si « intouchable », si… hypocrite ? Puis elle pensa à son père, et elle réalisa combien les paroles de William étaient justes. Et elle pouvait trouver tant d'autres exemples, avec tant d'autres personnes… Sans parler de la soirée de Noël, qui en était une autre preuve, car si Florian et Maëlle s'étaient parlé sincèrement il n'y aurait jamais eu de tels quiproquos !

– On a besoin de gens authentiques pour construire un monde plus simple, plus sincère, poursuivit William.

– Oui, mais cela rend aussi vulnérable, précisa Chiara en pensant combien Mélisande avait parue fragile après certaines de ses confidences. Les autres peuvent se moquer.

– C'est vrai, et malheureusement il ne convient pas de tout dire à tout le monde. Il faut y aller en douceur, avec ceux qui sont dignes de confiance… Mais bon, assez philosophé, ajouta-t-il en souriant, dis-moi plutôt ce qui ne va pas.

Chiara n'hésita pas. William faisait partie de ces personnes de confiance avec qui on pouvait parler librement. En quelques mots, elle lui raconta ses doutes concernant ce qu'elle pensait être sa vocation, et le spectacle pour lequel Kieran voulait qu'elle se présente.

– Et tu hésites parce qu'il ne s'agit pas de dramaturgie ? demanda le jeune homme, étonné. Enfin, Chiara, à ton âge, toute expérience de la scène est formatrice. Et même celle d'un casting. Le chant peut t'aider à placer ta voix, et se retrouver devant un public, quelle qu'en soit la raison, t'apprendra à gérer ton trac. Crois-moi, si financièrement ce n'est pas trop lourd pour toi, fonce !

18

Et si c'était trop tard ?

Samedi 6 avril, 15 h 35

Lily jeta un nouveau coup d'œil à sa montre et hâta le pas. Elle était en retard au rendez-vous que Florian lui avait fixé. Ce n'était pas nouveau, elle savait qu'il l'attendrait, mais elle avait horreur de ça. C'était incroyable ! Elle n'avait toujours pas réussi à corriger ce défaut, après tant d'années ! Elle avait beau prévoir un délai suffisant pour effectuer le trajet, il y avait toujours un imprévu qui venait lui mettre des bâtons dans les roues. Un talon qui cassait au dernier moment, son sac impossible à retrouver, une correspondance de bus ratée de justesse, une soudaine envie pressante, ou encore le téléphone qui se mettait à sonner. Elle avait bien essayé de prendre encore plus de marge pour être sûre d'être à l'heure, mais alors elle se retrouvait prête de longues minutes à l'avance et se disait qu'elle avait trop de choses à faire pour se permettre de gaspiller la moindre seconde. Elle commençait donc à répéter un morceau de clarinette, à lire un livre, ou à trier le tas de linge posé sur son lit et qui menaçait parfois de l'ensevelir. Et là, comme par magie, le temps se mettait à filer deux fois plus vite qu'elle ne l'avait prévu, et elle se découvrait… en retard ! Enfin, tout cela n'était rien, comparé à l'inquiétude que lui avait procuré son échange de SMS avec

Florian. Il lui avait demandé s'il pouvait discuter avec elle de sa relation avec Maëlle. Apparemment, cette dernière lui mettait la pression pour qu'il poursuive comme elle ses études en faisant une prépa à Paris. Or le jeune homme ne partageait pas les ambitions de sa petite amie et comptait bien entrer l'an prochain à la faculté de Lyon. Connaissant les talents de pacificatrice de Lily, il comptait sur elle pour lui dire comment arranger les choses.

La jeune fille, bien que très prise, n'avait pas eu le cœur de refuser. Son histoire d'amour s'étant déjà mal terminée, elle ne voulait pas que celles de ses amies connaissent le même sort.

En découvrant une vitrine décorée de trèfles verts et de harpes celtiques, elle comprit qu'elle était arrivée. Florian lui avait donné rendez-vous à l'intérieur du *Ryan's*, un pub irlandais du centre-ville particulièrement apprécié par les étudiants. Peut-être fallait-il y voir un clin d'œil à ses vacances en Irlande…

Quand la porte du pub se referma derrière elle, Lily se rendit compte qu'il faisait assez sombre à l'intérieur. Elle se mit à observer les personnes qui étaient perchées sur les hauts tabourets, le coude en appui sur le comptoir, puis celles qui se trouvaient assises autour d'une table, mais nulle part elle ne vit Florian. Elle fit quelques pas vers une banquette inoccupée et aperçut dans un recoin d'autres clients. Certains étaient occupés à s'affronter au jeu des fléchettes, tandis qu'un autre, qui lui tournait le dos, se défoulait sur un flipper. Le cœur de Lily manqua un battement. Le jeune homme en question ressemblait à Adrien, et elle se demanda à quel moment elle cesserait de le reconnaître en chaque garçon blond et athlétique qui croisait son chemin. À ce moment-là, le serveur l'interpella pour savoir ce qu'elle désirait boire.

– Un Perrier, s'il vous plaît, répondit-elle.

Elle avait à peine fini sa phrase que le joueur de flipper se retourna, surpris. Quand leurs yeux se rencontrèrent, Lily sentit ses jambes se dérober sous elle, et sans un bruit elle se laissa tomber sur la banquette.

– Lily ? Mais qu'est-ce que tu fiches ici ? Ce n'est pas vraiment le genre d'endroit que tu fréquentes d'habitude, ou alors c'est encore une chose que je ne savais pas à ton sujet.

La voix du jeune homme était passée de l'étonnement à l'amertume.

– Adrien, murmura la jeune fille sans parvenir cependant à y croire.

– Eh oui ! Adrien ! le gars qu'on accuse de tous les maux et qu'on plaque sans état d'âme !

– Je t'en prie, arrête ! Je suis tellement désolée...

– « Je t'en prie, arrête ! Je suis tellement désolée... » singea Adrien avant d'ajouter : c'est un peu facile, tu ne trouves pas ?

– Écoute, dit Lily qui se reprenait, pourrais-tu t'asseoir quelques minutes pour qu'on puisse discuter ?

Les yeux verts d'Adrien brillaient de colère, et pendant un instant Lily pensa qu'il allait refuser. Il finit cependant par s'asseoir sur la banquette qui faisait face à la sienne. Une petite table rectangulaire les séparait.

– Comment se fait-il que tu sois là ? demanda doucement Lily.

– « Là » en France ou « là » dans ce pub ?

– Eh bien... les deux.

– Mon père devait partir sur un chantier à l'autre bout du pays, où il y a eu des problèmes. Il en avait pour deux semaines, alors j'en ai profité pour venir en France voir ma mère, les copains, enfin, les vrais, bien sûr...

Lily ne releva pas le sarcasme.

– Quant au *Ryan's*, j'y passe tous mes après-midi. J'ai parié avec un pote que j'exploserais son score au flipper.

– Tu as revu Florian.

Ce n'était pas une question. Pourtant, Adrien se fit un plaisir de confirmer.

– Ouais, ici même. C'est juste à côté de chez moi et c'est plus cool.

À ce stade, Lily avait compris que Florian ne viendrait pas au rendez-vous fixé. Il (elle devrait plutôt penser « ils », car elle était prête à mettre sa main au feu que Maëlle était dans le coup) avait organisé cette rencontre, c'était sûr. Devrait-elle l'en bénir ou l'en maudire ? La suite le lui apprendrait.

La jeune fille plaça ses deux mains à plat sur la table et fuit son regard.

– J'ai fait une grosse bêtise. La poste a confondu Reyrieux avec Heyrieux. Tes lettres ont été mal distribuées et je ne les ai reçues qu'aux vacances de Noël. Je te demande pardon de ne pas t'avoir cru, mais toutes les preuves...

– ... étaient contre ce sale menteur d'Adrien, donc quoi qu'il dise, on s'en fout. Sa copine ne va tout de même pas lui faire confiance, ni même lui accorder le bénéfice du doute !

Lily sentit les larmes lui monter aux yeux. À l'évidence, Adrien avait très mal vécu la rupture. Mais peut-être était-ce une bonne nouvelle, après tout. Peut-être cela voulait-il dire qu'il était plus profondément attaché à elle que tous le pensaient. Et dans ce cas, si elle faisait suffisamment amende honorable...

– Je comprends que tu aies été blessé. Je comprends que tu m'en veuilles. Mais... je t'aime encore, chuchota-t-elle. Si tu m'aimes encore un peu, tu pourrais me pardonner et... et on pourrait recommencer.

Ces derniers mots étaient à peine audibles étant donné le bruit qui régnait dans le pub. Pourtant, Adrien les avait très bien entendus.

– Ben voyons, dit-il sèchement, on efface tout et on recommence ! C'est si facile !

– Non, ce n'est pas facile ! s'indigna Lily. Ça fait des mois que je ne pense qu'à ça !

Se penchant en avant, elle saisit ses mains et le regarda dans les yeux d'un air suppliant.

– Mais « nous », c'était bien, non ? Cela ne vaut-il pas la peine d'oublier ?

Le jeune homme ne répondit pas tout de suite. Malgré son air dur, Lily remarqua combien il était beau. Son bronzage soutenu faisait ressortir l'éclat émeraude de ses iris, et le soleil généreux d'Afrique avait strié de mèches blondes ses cheveux déjà clairs. Pendant un instant, Lily crut qu'elle allait gagner la bataille. Le doute s'était peint sur son visage, adoucissant ses traits. Puis, comme si une pensée négative lui avait traversé l'esprit, il retira brusquement ses mains et il se rejeta en arrière.

– Tu n'as pas compris, Lily. Malgré les tentations et les propositions, je te suis resté fidèle pendant tout l'été. Je te faisais confiance. Tu réalises ce que ça veut dire ? C'était la première fois que je faisais confiance *à une fille*, insista-t-il. Résultat des courses, c'est moi qui me suis fait jeter…

Il s'était levé et Lily attrapa à nouveau sa main.

– Adrien, on peut repartir de zéro. C'est en faisant des erreurs qu'on apprend…

– On n'est pas à l'école, Lily. La confiance, c'est comme les mouchoirs en papier, ça ne s'utilise qu'une fois.

Voyant les larmes qui commençaient à couler sur les joues de son ex-petite amie, il ajouta plus doucement :

– Et puis c'est trop tard. Je sors avec une autre fille.

La main de Lily retomba. Adrien resta immobile quelques secondes, comme s'il n'arrivait pas à partir. Finalement, il tourna les talons et sortit du pub.

Alors Lily sécha ses larmes et se redressa. Elle se leva et traversa le *Ryan's* en regardant droit devant elle. Elle poussait la porte quand le serveur lui lança :

– Mademoiselle, votre Perrier !

La jeune fille ne lui répondit pas. La tête bien droite, elle s'éloignait déjà à grandes enjambées.

Dimanche 7 avril, 16 heures

Lily fut infiniment reconnaissante au soleil de briller aussi intensément en ce dimanche d'avril. Ainsi, elle avait pu s'éclipser de chez elle avec une paire de lunettes de soleil sur le nez sans que personne ne s'en étonne. Elle avait dormi comme une masse jusqu'à midi et ne s'était extirpée du lit que lorsque Hugo était venu, avec sa délicatesse habituelle, l'appeler pour venir déjeuner. Elle avait à peine touché au poulet rôti, qui était pourtant l'un de ses plats préférés. Puis, comme sa mère s'inquiétait, elle avait prétexté être stressée par le bac qui approchait, et encore plus par la nécessité de remplir sa liste de vœux pour l'an prochain. Ce n'était pas un mensonge, même s'il ne s'agissait pas de la stricte vérité. Lily n'avait aucune idée du métier qu'elle avait envie de faire, et devoir dès à présent choisir les écoles dans lesquelles elle souhaiterait s'inscrire à la rentrée suivante était très angoissant. Son père avait alors rappelé qu'avec son potentiel elle pourrait faire carrière dans la musique. Thomas, son frère aîné, lui avait bêtement conseillé d'épouser un homme riche et de se

« la couler douce », tandis que Hugo, le benjamin, lui avait prédit un avenir fabuleux en tant que clown dans un cirque. Mme Berry avait bien essayé de la rassurer gentiment en lui rappelant qu'elle pourrait toujours changer de voie en cours de route, mais ses paroles sages n'avaient pas eu l'effet escompté, au contraire. Dès qu'elle l'avait pu, Lily avait regagné sa chambre. Il était temps : la sollicitude maternelle avait touché l'une des rares cordes qui restaient encore sensibles en elle. À peine eut-elle refermé la porte de sa chambre que les vannes de son chagrin s'ouvrirent. Elle se précipita sur sa chaîne hi-fi et mit de la musique. Elle monta le volume pour qu'aucun autre son ne puisse filtrer et s'abandonna enfin. Il n'était plus question de retenir ses larmes. Elles coulèrent en un flot ininterrompu, à la fois amères et douces. Il fallut près de deux heures pour qu'elles se tarissent. Lily, les yeux gonflés, ne se sentait la force de rien jusqu'à ce qu'elle entende japper Saxo, le labrador de la famille. Le pauvre ! avec ce beau soleil, il devait attendre avec désespoir que quelqu'un se décide à le sortir. La jeune fille se dit qu'une malheureuse dans la famille Berry suffisait. Enfilant une paire de lunettes de soleil, elle alla le rejoindre.

Quelques minutes plus tard, Saxo gambadait joyeusement dans le petit bois qui longeait le lotissement. Prise d'une pulsion subite, Lily se mit à courir sur le chemin, à la plus grande joie de son chien. Elle se sentait tellement oppressée qu'elle avait besoin de bouger, sauter, s'épuiser… comme si la fatigue physique pouvait la guérir. Bientôt, ses poumons furent en feu, mais elle se força à tenir le rythme. Elle voulait oublier, oublier, oublier… Quand enfin elle fut incapable de mettre encore un pied devant l'autre, elle se laissa tomber dans l'herbe qui bordait le chemin. Saxo, croyant à un jeu, se précipita sur elle afin de lui donner de grands coups de langue.

– Non, mon vieux, murmura-t-elle, je ne peux pas jouer. C'est que je n'ai pas l'entraînement de Maëlle, moi !

Comme elle prononçait ces paroles, elle prit une décision. Elle attendit d'avoir retrouvé son souffle et attrapa son portable dans sa poche. Quelques secondes plus tard, le téléphone sonnait chez la jeune athlète.

– Lily ? Ça va ?

Sans répondre à la question, son amie répondit :

– Je sais que c'est toi qui as organisé la rencontre avec Adrien, dit-elle doucement. Je sais aussi que ça partait d'une bonne intention, mais comme on dit « l'enfer est pavé de bonnes intentions ».

Maëlle ne sut quoi dire. Alors Lily poursuivit.

– Je ne veux plus que tu t'occupes de mes histoires de cœur sans me prévenir. Adrien et moi, c'est fini et bien fini.

Puis elle coupa la communication. Elle se releva, épousseta la terre qui s'était collée à son jean et regarda le chemin qui s'étendait devant elle, comme un défi.

Un défi qu'elle se sentait prête à relever. À petites foulées, elle repartit.

19

Chat alors !

Dimanche 14 avril, 10 h 50

– Bon alors, qu'est-ce que tu veux ?

Mélisande s'était plantée devant Farouk, les poings sur les hanches. Ce dernier, assis sur un banc du parc de la Tête-d'Or, portait des lunettes de soleil pour se protéger des rayons printaniers. Malgré elle, elle nota qu'il portait un blouson défraîchi et informe zippé jusqu'au menton, ce qui offrait un contraste étonnant avec son pantacourt écossais et ses sandales de cuir. Chaque fois qu'elle le rencontrait, elle ressentait un mélange de plaisir et de méfiance. C'était un peu comme visiter une maison hantée dans un parc d'attraction : on ne l'aurait manquée pour rien au monde, mais chaque nouveau pas risquait de déclencher la peur de sa vie. Excitant et effrayant à la fois !

Un grand sourire innocent dévoila les dents blanches du garçon.

– J'ai besoin que tu me rendes un service.

Les yeux d'émeraude de Mélisande se plissèrent, et un signal d'alerte se déclencha dans un coin de sa tête.

– Quel genre de service ?

– Oh, pas grand-chose… Il faudrait juste que tu accueilles un de mes potes quelque temps.

Les sourcils fins de la jeune fille s'arquèrent haut sur son front.

– Tu... tu plaisantes, j'imagine. C'est encore une de tes blagues à deux balles ?

– Pan ! Pan ! lâcha Farouk en formant un pistolet de sa main droite et en faisant mine de la viser.

– Ha ! ha ! très drôle, commenta Mélisande.

Mais au fond elle était soulagée.

– Ça ne me dit pas, cependant, pourquoi tu voulais me voir, reprit-elle.

Le sourire de Farouk s'élargit encore.

– Je pourrais te répondre que le plaisir de te contempler tout auréolée de lumière matinale serait une raison suffisante, mais il se trouve que je ne plaisantais absolument pas.

Déstabilisée par ses paroles, qui la ravissaient autant qu'elles l'énervaient (comment imaginer que Farouk se fasse poète ?), Mélisande dit bêtement :

– Mais tu as fait... « Pan ! Pan ! »

– Déformation professionnelle. Je ne résiste jamais à un jeu de mots nul... Aïe !

– Quoi : « Aïe » ?

– Rien, rien, dit Farouk en se tortillant sur le banc.

– Oui « rien », c'est le mot juste, parce que je ne comprends absolument rien à ce que tu me racontes, aujourd'hui.

– C'est pourtant simple, il faut que tu héberges un de mes potes.

Mélisande se laissa tomber à côté du garçon en poussant un soupir.

– Bon, éliminons donc l'hypothèse de la plaisanterie, qui paraissait pourtant de loin la plus rationnelle. Ma réponse est alors bien évidemment non ! Et un non catégorique et irrévocable !

Puis, s'énervant soudain, elle lança :

– Enfin, tu es bien placé pour savoir que je n'habite plus un palace et que je partage déjà ma chambre avec Pauline ! Sans parler des problèmes que cela crée d'héberger les potes des autres ! Regarde ce qui s'est passé entre Maëlle et Florian, on a frôlé le drame ! Tu n'as qu'à le garder chez toi !

– Impossible. Si tu penses qu'un T3 c'est petit pour trois personnes, tu devrais voir où je crèche. Avec mes deux frères et mes deux sœurs, on affichait déjà complet avant que mon oncle et ma tante se fassent virer de chez eux parce qu'ils ne pouvaient plus payer leur loyer. On est tellement serrés que parfois le matin je vérifie que je n'ai pas d'écailles qui ont poussé pendant la nuit.

Devant le regard d'incompréhension de Mélisande, il expliqua :

– Ben oui, on est serrés comme des sardines !

Exaspérée, elle fit semblant de lui donner une tape sur la tête. Le garçon se baissa pour l'éviter et gémit :

– Aïe !

– Oh, tu exagères ! Je ne t'ai même pas touché !

– Je sais, c'est pas toi !

Légèrement inquiète, la jeune fille s'enquit :

– Ça va ? Tu ne t'es pas blessé ?

Le nouveau sourire que lui décocha Farouk la rassura pleinement. Il avait tout du garnement ravi d'avoir réussi sa blague et rien du patient en souffrance.

– Écoute, je ne sais pas à quel jeu tu joues, mais je n'ai pas de temps à perdre avec ces sottises. Tu n'as qu'à demander à Florian, il sera ravi de te rendre service.

– Ah mais là, tu vois, c'est pas possible. Il ne lui ressemble pas du tout. Tandis qu'à toi…

– Il me ressemble ? À moi ?

Éberluée, elle dévisagea le garçon. Cependant, bien à l'abri derrière ses verres fumés, il ne laissait rien transparaître de ses émotions.

– Ouais, insista-t-il, il est roux, il a les yeux verts et il a le même caractère de cochon que toi.

Mélisande sursauta, offusquée.

– Non mais ! Je ne te permets pas ! Et puisque tu parles de cochons, je te ferai remarquer que justement, on ne les a pas gardés ensemble ! À cela j'ajouterai que le fait que ton copain soit mon sosie masculin ne change absolument rien à ma réponse : non, c'est non !

– Eh, doucement, Duchesse, pardonne au pauvre hère que je suis de se laisser aller de temps à autre et d'oublier que nous ne sommes pas du même milieu ! Même si tu es pas mal descendue sur l'échelle sociale, je sais bien que nous n'évoluerons jamais dans les mêmes sphères…

La jeune fille fronça le nez. Le ton de Farouk avait subtilement changé sur ces dernières phrases, se faisant plus lourd, plus intense, et cela la mettait mal à l'aise.

– De toute façon, reprit-il de sa voix habituelle, tu ne peux pas refuser. C'est une question de vie ou de mort.

Cette fois, Mélisande ne trouva rien à répondre. Bizarrement, elle avait le sentiment qu'il disait la vérité. Continuant à fixer son camarade, elle balbutia quelques paroles incompréhensibles qu'un nouveau « Aïe ! » de Farouk interrompit. Il se tortilla une nouvelle fois, cria à nouveau et s'exclama :

– Bon, là, ça suffit. Tu le garderas, que tu le veuilles ou non !

D'un geste vif, il ouvrit la fermeture Éclair de son blouson, et une petite boule de poils couleur de feu jaillit soudain. Elle secoua la tête, s'étira et fit deux pas sur le pantacourt de Farouk. Puis elle repéra la jupe d'un vert chatoyant que portait Mélisande, sembla la trouver à son goût et d'un bond atterrit sur les genoux de la jeune fille.

– Un chaton ! Oh, il est trop mignon !

Saisissant le petit animal à deux mains, elle le porta à hauteur de son visage. Contrarié, le jeune chat se mit à miauler.

– Tu vois, qu'est-ce que je disais ? Un caractère de cochon ! Ou de porcelet. Ou de goret. Enfin, tu choisis le mot que tu préfères, sur le fond, ça ne change rien... Il m'a joyeusement labouré l'abdomen pendant que j'essayais de plaider sa cause.

Mélisande eut un demi-sourire.

– Surtout, ne dis pas que c'est un ingrat ! Maintenant que je sais que tu trouves qu'il me ressemble, je pourrais imaginer des choses...

Farouk fit la grimace et garda le silence.

– C'est pourtant vrai qu'on a un air de famille tous les deux, reprit sa camarade en observant le chaton avec ravissement.

Ce dernier s'était enfin tu et la fixait également de ses yeux verts étincelants. Son poil roux comme un érable en automne ne s'éclaircissait jusqu'au blanc qu'aux alentours du museau, et ses petits coussinets étaient d'un rose pâle adorable. Incapable de lui résister, Mélisande l'embrassa entre les deux oreilles.

– Déjà ? s'indigna Farouk. Tu le connais depuis une minute à peine ! Dire qu'on s'est rencontrés voilà presque trois ans et que j'attends toujours !

La jeune fille éclata de rire.

– C'est parce que tu n'es pas assez poilu ! le taquina-t-elle en récidivant avec le matou.

Farouk fronça les sourcils.

– Bon, alors, tu le gardes ?

– Évidemment que je le garde. Je suis raide dingue de lui !

– Bon, répéta Farouk, c'est une chance qu'il te plaise. Enfin, surtout pour lui. Si tu ne l'avais pas voulu, il passait à la casserole.

– Quelle horreur ! s'exclama Mélisande en dorlotant son nouveau protégé, tu manges les chats maintenant ?

– C'était façon de parler. Quoi que le résultat aurait été le même pour cet ingrat !

– Pas ingrat ! Dynamique, énergique, nerveux peut-être, mais certainement pas ingrat !

Farouk eut un petit rire silencieux. C'est alors que Mélisande lui demanda :

– Mais pourquoi ?

– Pourquoi ?

– Oui, pourquoi tu me le donnes ?

Le garçon étendit ses grandes jambes devant lui et pencha la tête de côté.

– D'abord, pour sauver une vie. Ensuite, parce qu'il m'a fait penser à toi. Enfin, parce que tu en as besoin.

Surprise, elle se tourna vers lui.

– Comment ça « besoin » ?

Il y eut un petit silence. Mélisande pensa que son ami n'allait pas répondre, mais il finit par articuler.

– Comme « besoin d'apprendre à devenir tendre ».

Il avait posé ses doigts sur les tiges de ses lunettes, et pendant une seconde la jeune fille espéra qu'il allait les ôter. Mais au contraire il les remonta davantage sur son nez. Puis, sans prévenir, il se leva et s'éloigna de sa démarche chaloupée dans l'allée qui menait vers la sortie. Troublée par ce qu'il venait de dire, elle le suivit des yeux, attendant qu'il fasse demi-tour pour la rejoindre. Farouk disparut derrière un bosquet et Mélisande comprit qu'il ne reviendrait pas.

Cependant, elle ne bougea pas. Elle n'était pas sûre de vouloir qu'il s'explique.

Le chaton s'agita et se mit à miauler.

– Et toi, dit-elle, tu en penses quoi ?

Elle ne lut aucune réponse dans l'eau verte de ses yeux mystérieux.

Vendredi 19 avril, 17 h 45

Quand le bus ralentit, Chiara et Lily se levèrent. Les portes eurent à peine le temps de s'ouvrir que la première sauta la marche et se mit à tournoyer sur elle-même en chantonnant : « C'est les vacances ! » sur tous les tons.

– Merci de m'inviter à dîner, dit-elle à son amie quand elle se fut un peu calmée. Chez moi, en ce moment, ce n'est pas la joie !

– Ton père fait toujours la tête ?

– Oui, mais comme c'est un vrai macho, il n'est pas question qu'il reconnaisse que c'est à cause du départ de Valérie.

– Tu ne lui as toujours pas parlé de ton voyage à Londres ?

– Tu veux rire ? Ce serait signer mon ordre d'incarcération ! Et puis de toute façon, je ne suis pas encore tout à fait sûre d'y aller.

– Moi, à ta place, je n'hésiterais pas…

Tout en discutant, les deux filles étaient arrivées devant la porte du pavillon des Berry. Chiara fut heureuse de retrouver l'odeur caractéristique de la maison, où se mêlaient les parfums des crêpes au chocolat et de l'huile de térébenthine qu'utilisait Mme Berry pour ses peintures. Elle avait passé tant d'après-midi entre ces murs quand elle était petite qu'elle se sentait un peu chez elle.

Un brin nostalgique, elle suggéra :

– Et si on faisait des crêpes, comme au bon vieux temps ?

– Si ça te fait plaisir, dit Lily sans enthousiasme. Je vais demander à ma mère.

Elle revint quelques instants plus tard de l'atelier de l'artiste.

– C'est OK, soirée crêpes pour tout le monde, mais avec mes deux voraces de frères, on a intérêt à prévoir large !

– Pas de problème : si tu me sors les ingrédients, je m'occupe de tout.

Lily hocha la tête et Chiara la suivit dans la cuisine. Ne pouvant ignorer sa morosité, la brunette saisit le bras de son amie et murmura :

– Maëlle nous a raconté pour Adrien. C'est pas cool, mais il ne faut pas croire que c'est la fin de tout.

– Ça va, ne t'inquiète pas, répondit Lily paisiblement. Il faut juste que je m'y fasse.

Elle lui sourit, mais Chiara n'était pas convaincue. Elle repensa à William et à sa théorie des masques, et se dit qu'elle aurait préféré voir Lily craquer un bon coup plutôt qu'afficher cette sérénité qu'elle soupçonnait artificielle. Mais, n'osant pas la brusquer, elle s'employa à mettre de l'ambiance avec sa fougue habituelle. Elle se démena si bien que, lorsque tout fut prêt, elle avait réussi à faire rire Lily aux éclats par deux fois.

– Hummm ! ça sent bon ! déclara Thomas d'un air gourmand en pénétrant dans la pièce. Je peux en avoir une ?

– Eh ! attends que tout le monde soit là, espèce de malpoli ! protesta Hugo, qui le suivait de près.

Puis, profitant que son frère faisait la bise à Chiara, il souleva l'assiette qui recouvrait les crêpes et enfourna la première de la pile en une seule bouchée.

– Hugo ! gronda son père qui arrivait à son tour, tu es la preuve vivante que ce pauvre Darwin n'a rien compris : l'homme ne descend pas du singe, mais du cochon !

Hugo ne s'offusqua pas de la remarque. Il en avait l'habitude et ne faisait aucun effort pour que les choses changent.

Quand Mme Berry les rejoignit, le festin put commencer et nul ne se priva de participer activement à l'éradication méthodique de la pile de crêpes. Sauf Lily, qui, mangeant avec une lenteur remarquable, se débrouillait pour faire durer sa crêpe bien plus longtemps que les autres. Sans s'en rendre compte, Chiara l'aidait à passer inaperçue. Étant plus ou moins considérée comme un membre de la famille, elle s'employait avec sa verve habituelle à répondre aux questions de chacun.

– Mais dis-moi, si je me souviens bien, tu devrais avoir tes dix-huit ans très bientôt ?

– Oui, vous avez bonne mémoire Mme Berry, dans deux jours je serai majeure !

– Wahou ! plaisanta Hugo. Il faudra te dire « mademoiselle » ?

– Au moins ! rétorqua Chiara très sérieusement. Mais toi, comme je te connais bien, tu pourras te contenter de « Votre Seigneurie » !

Pendant que des rires fusaient autour de la table, M. Berry lança, en s'adressant à Chiara et à sa fille :

– Vous devez être heureuses de pouvoir fêter ça avec tous vos amis ! Dix-huit ans, ce n'est pas rien !

La jeune comédienne fit la grimace.

– C'est vrai, mais avec tous les problèmes qu'on a pour trouver une salle, c'est loin d'être gagné !

– Ah bon ? s'étonna Mme Berry. Lily nous avait dit que Maëlle et Mélisande s'en chargeaient…

– Oui, mais jusqu'à présent c'est la cata ! Elles n'ont rien trouvé, et comme Maëlle part demain pour deux semaines en Guyane, je doute que les choses changent. On s'y est prises trop tard.

– Enfin Lily, pourquoi ne nous en as-tu rien dit ? demanda sa mère, on aurait pu vous donner un coup de main !

La jeune fille haussa les épaules.

– J'ai dû oublier…

Comme ses parents la dévisageaient avec surprise, Hugo détourna l'attention. La fourchette en l'air et la bouche pleine, il s'exclama en regardant son assiette vide :

– Ben quoi ! y a déjà plus de crêpes ? Mais j'ai encore faim, moi !

20

Pygmalion et Cie

Lundi 22 avril, 20 h 55

D'un coup de patte précis, le chaton fit valser le rouleau de ruban de soie doré. Il commença à le faire rouler sur la table en le poursuivant activement. Quand, entraîné par son élan, le rouleau finit par tomber par terre, la petite boule de poils roux parut un instant désorientée.

– Allez, Flamme, attaque ! l'encouragea Pauline.

Mélisande était penchée sur son ouvrage. La date du vide-greniers s'approchait à grands pas, et elle tenait absolument à y présenter toute la diversité de ses créations. En entendant les paroles de sa sœur, elle fit claquer sa langue contre ses dents.

– Ce n'est pas un chien, ma chère, susurra-t-elle en finissant de coudre une minuscule fleur de soie sur un pendentif.

Mais le chaton n'en avait cure car il se jeta, poil hérissé et toutes griffes dehors, sur la bobine. Pauline hurla de rire et se mit à genoux pour l'encourager de son mieux.

– Fiche-lui la paix, la gronda sa sœur, tu vas le rendre dingue.

– Pas de risque, il l'est déjà ! D'ailleurs, n'est-ce pas pour cela que ton cher Farouk te l'a offert ?

Mélisande se baissa pour attraper la petite bête, qui venait de planter ses minuscules griffes dans la soie et ne parvenait plus à se libérer. Elle la renversa au creux de son bras pour lui caresser le ventre. Après avoir tenté pendant quelques secondes de se rebeller, le chaton s'apaisa et se mit à ronronner avec satisfaction.

– Ce n'est pas « mon » Farouk, je te ferai remarquer. Il appartient à tout le monde, ou plutôt à personne... Il fait ce qu'il veut quand il veut avec qui il veut.

– Mais c'est quand même à *toi* qu'il a confié Flamme. Ce n'est pas un cadeau anodin, ça !

– Je ne vois pas où tu veux en venir, mais je suis sûre que tu as tout faux !

– Eh, dis ! Je ne suis pas née de la dernière pluie, quand même ! J'ai des yeux pour voir et des oreilles pour entendre. Depuis le temps que je vous observe tous les deux, j'ai bien remarqué votre petit manège...

Avec l'air de celle à qui on ne la fait pas, Pauline croisa les bras.

– Moi, je suis convaincue qu'il a un petit faible pour toi... et toi, un énorme béguin pour lui !

Mélisande leva les yeux au ciel et plongea le visage dans la fourrure toute douce de Flamme.

– Je ne relèverai pas ta remarque à mon sujet, elle n'en vaut vraiment pas la peine. Quant à celle concernant ce « cher » Farouk, tu fais erreur sur toute la ligne !

La cadette des Saint-Sevrin émit un petit rire.

– Attends, tu veux essayer de me faire avaler qu'il passe tout ce temps avec toi juste comme ça ? presque par hasard ?

Un voile passa rapidement sur le visage de l'élégante rousse, mais le pelage de Flamme le dissimula aux yeux affûtés de Pauline. Quand elle releva la tête, Mélisande avait retrouvé son impassibilité.

– Non, tu as raison, il poursuit un but bien précis. Mais ce n'est pas celui que tu crois. Je pense qu'il cherche à me rééduquer.

– Te rééduquer ? Toi ? s'écria Pauline en secouant la tête en signe d'incompréhension. Côté éducation, tu es la perfection incarnée !

Mélisande ne put retenir un petit grognement d'autodérision.

– Il semblerait que cette appréciation ne fasse pas l'unanimité. Farouk s'amuse à jouer les pygmalions.

– Pygmalion ? Comme le héros de la pièce de théâtre de George Bernard Shaw ? Si c'est celui-là, on l'étudie en français en ce moment. Le Pygmalion en question cherche à transformer une fille des rues en princesse...

– C'est celui-là même ! Sauf qu'en l'occurrence il essaierait plutôt de faire l'inverse...

Pauline ouvrit de grands yeux étonnés puis, après avoir réfléchi un instant, finit par hocher la tête.

– Ça se tient, admit-elle.

À ce moment-là, la porte de l'appartement s'ouvrit et Camille de Saint-Sevrin pénétra dans le salon. Elle portait en bandoulière une mallette contenant son matériel photo et tirait derrière elle une valise de marque. Après deux semaines de shooting photo à Bali pour une nouvelle collection de maillots de bain, elle était enfin de retour.

– Ah ! tu es rentrée, fit Pauline sans débordement d'enthousiasme.

– Oui, et je suis crevée. Le décalage horaire devient de plus en plus pénible.

Soudain, elle poussa un cri. Flamme avait bondi des bras de sa fille et, après un rétablissement acrobatique, venait de retomber à ses pieds.

– C’est quoi, cette bestiole ?
– Maman, je te présente Flamme, dit Mélisande.
– Qu’est-ce que ce chat fait ici ?
– On me l’a offert.
– Oui, eh bien tu vas le réexpédier à l’envoyeur. Il n’est pas question qu’on garde ce sac à puces.
– Pourquoi ? demanda sa fille aînée avec une pointe d’insolence, tu crains pour tes rideaux en toile de Jouy ou pour tes fabuleux canapés en cuir ?

De la main, elle désignait les voilages en nylon défraîchis et l’unique fauteuil recouvert de coton.

Les lignes qui marquaient depuis quelques mois le visage de sa mère se creusèrent encore sous l’effet de la contrariété.

– Il va laisser des poils partout !
– Ça ne sera pas pire que les cheveux de Pauline qu’on retrouve jusque sur nos tartines…
– Oh ! parle pour toi, tu veux ! s’indigna sa cadette. Je te ferai remarquer que tu en sèmes tout autant que moi.
– Sauf que les miens sont plus courts !
– C’est parce qu’ils sont plus frisés !
– Ils sont bouclés, pas frisés. Et ils sont plus courts parce que je les ai fait couper, voilà tout.
– Stop ! s’énerva la photographe de mode. Je viens de faire une quinzaine d’heures de vol et j’ai une migraine épouvantable. Débarrassez-moi de cet animal et qu’on n’en parle plus.

Mélisande ramassa Flamme, qui, inconscient que son sort était en train de se jouer, s’attaquait à nouveau à la bobine de soie. Il miaula de protestation, mais cela ne couvrit pas la voix de Mélisande quand elle dit fermement :

– S’il part, je pars aussi.
– Et moi aussi, s’empressa d’ajouter Pauline en s’approchant de sa sœur.

Leur mère émit un petit ricanement méprisant et demanda :

– Et vous irez où ? dans un foyer ou chez votre père qui se cache on ne sait où ?

Pauline, ébranlée, jeta un coup d'œil à sa sœur. Cette dernière cependant ne montrait pas le moindre signe d'incertitude.

– Nous irons d'abord chez l'huissier pour lui proposer de venir visiter l'atelier de la mère de Lily, dans lequel de nombreux cartons étiquetés « Saint-Sevrin » pourraient l'intéresser[1]. Puis on se planquerait deux semaines, le temps que je fête mon dix-huitième anniversaire. Ensuite, je prendrai exemple sur toi et je te jure que, d'une façon ou d'une autre, je m'en sortirai.

Elle se tourna pour croiser le regard de sa cadette et ajouta :

– Et je crois même que je pourrais demander à ce qu'on me confie ma sœur, histoire que je puisse la martyriser à mon aise.

Le bronzage acquis à Bali ne suffit pas à dissimuler la pâleur qui avait envahi le visage de Camille de Saint-Sevrin à l'énoncé du mot « huissier ». Relevant le menton, elle finit par déclarer :

– Très bien. Puisque vous le prenez sur ce ton… Mais ne venez pas vous plaindre quand il vous refilera toutes sortes de maladies !

Et sans même jeter un seul coup d'œil aux magnifiques parures qui étaient étalées sur la table du salon, elle se dirigea vers sa chambre et referma brusquement la porte derrière elle.

Mélisande en eut un pincement au cœur. Après tout, sa mère travaillait dans la mode et aurait dû être intéressée au

---

1. Voir *Le roman des filles : Soupçons, scandale et embrasse-moi !*

plus haut point par ses bijoux faits main. Mais elle songea qu'il n'y avait rien là de nouveau. Toutes les fois où elle avait montré ses créations à la grande photographe, cette dernière s'était débarrassée d'elle avec un commentaire bateau. Heureusement, alors que la morosité menaçait de s'emparer d'elle, Pauline lui sauta au cou, écrasant à moitié Flamme qui protesta à nouveau. Elle l'embrassa sur la joue, puis elle lui murmura à l'oreille :

– Je crois que la métamorphose est en train de prendre ! Farouk aurait été fier de toi ! Entre nous, tu fais un maître-chanteur tout à fait acceptable !

Mélisande éclata de rire et sa cadette se joignit à elle. C'était bon, parfois, d'incarner une fille des rues plutôt qu'une princesse !

Dimanche 28 avril, 11 h 15

Lily lisait pour la troisième fois consécutive le même paragraphe de son cours d'économie. Elle déchiffrait bien les mots, mais elle avait beau essayer de se concentrer elle n'arrivait pas à saisir le sens des phrases. L'élève modèle qu'elle avait toujours été se demandait soudain quel intérêt il y avait à se farcir le crâne avec toutes ces notions compliquées. Elle n'avait que deux envies : dormir et, étrangement, courir. Rien d'autre ne semblait avoir d'intérêt à ses yeux. Seul son désir de ne pas décevoir ses parents la poussait à s'asseoir à son bureau pour essayer de travailler. Aussi fut-elle ravie lorsqu'elle entendit frapper à sa porte. Toute distraction était bonne à prendre, même s'il s'agissait d'aller éplucher les pommes de terre ou de mettre la table.

– Entre, maman ! s'écria-t-elle.

Elle faillit tomber de sa chaise en découvrant qu'il ne s'agissait pas de Mme Berry (la seule de la famille à toquer avant d'entrer !) mais de son frère Thomas.

– Ben, qu'est-ce qui te prend ? lança-t-elle, abasourdie. Depuis quand tu frappes avant de débouler dans ma chambre ?

Le jeune homme eut un sourire mi-narquois, mi-repentant.

– Depuis que ma petite sœur est sur le point de basculer du côté des gens sérieux, responsables et majeurs !

– Wahou ! tu devrais prévenir avant ! Ça fait un sacré choc !

Thomas commenta ironiquement :

– C'est vrai, je le reconnais, le droit de vote, le permis de conduire, c'est rien comparé au respect des grands frères ! Je trouve aussi qu'on n'en parle pas assez…

Un sourire étira les lèvres de sa sœur. Cette nouvelle considération n'était pas pour lui déplaire. Elle attendait depuis longtemps que Thomas la considère comme une « grande » ! C'était arrivé parfois, pour son plus grand bonheur, mais c'était au gré des humeurs et envies de son aîné. Et cela ne durait jamais longtemps. Mais là, il reconnaissait enfin qu'elle allait passer dans le clan des adultes.

– Tu sais, fit-elle remarquer, tu aurais pu te dispenser de frapper aujourd'hui encore : c'est demain, mon anniversaire.

– Bien sûr que je le sais ! Sauf que demain, je pars en stage pour une semaine à Paris. J'ai donc décidé de faire comme si demain était aujourd'hui.

Lily sourit.

– Tu devrais écrire des livres, toi !

– Quand je serai vieux et tout ridé. Pour l'instant, je préfère quand ça bouge et quand ça swingue. D'ailleurs, en parlant de ça, je ne suis pas venu te déranger les mains vides. Si tu le permets, je vais te donner ton cadeau en avance.

– Bien sûr que je permets ! Avant, après, pendant, c'est toujours bon à prendre !

Thomas lui fit un clin d'œil.

– C'est quand tu parles comme ça que je ne doute pas que tu sois ma sœur !

– Même si je fais trente centimètres de moins que chaque membre de la famille ? glissa Lily, qui avait suffisamment été moquée par ses frères à cause de sa petite taille pour en développer un complexe.

– Eh oui, même si !

Avec un sourire plein d'assurance, Thomas dévoila enfin la main qu'il avait gardée cachée derrière son dos et lui tendit une belle enveloppe bleue. Lily la saisit et l'ouvrit délicatement. À l'intérieur, il y avait une jolie carte célébrant son dix-huitième anniversaire et, au dos de celle-ci, quelques mots griffonnés à la main qui disaient :

En souvenir de ce jour super-supra-saper(lipopette)-méga important, votre grand frère préféré vous offre la célèbre et magnifique salle du Blue Note *un lundi soir du mois de juin, afin que vous puissiez fêter dignement cet événement.*

C'était signé : *Thomas qui t'aime même s'il ne le montre pas toujours.*

Et en post-scriptum : *Tu es une sœurette géniale ! Ne change pas trop en grandissant...*

Pendant un long moment, Lily ne sut que dire. Le *Blue Note*, c'était le club de jazz où Thomas jouait régulièrement avec son groupe de musiciens. Une salle superbe, très classe, bien au-delà de ce que les quatre filles avaient jamais rêvé trouver.

– C'est... c'est gratuit ? finit-elle par bredouiller.

Thomas lui lança un regard noir.

– Évidemment, puisque c'est un cadeau !

– Mais comment as-tu fait ?

– Un renvoi d'ascenseur. Le propriétaire est super sympa, et comme le club est toujours fermé les lundis soir, ça ne le dérange pas. En revanche, il faudra faire le ménage et que ça brille ! Et puis tu as le droit de dire merci aussi !

Alors Lily commença vraiment à y croire.

– C'est fabuleux ! dit-elle enfin. On choisira une date qui tombe après les épreuves du bac, comme ça on sera sûres de ne rien avoir le lendemain !

Puis elle alla embrasser son frère sur les deux joues. Celui-ci se prêta aux baisers avec un peu d'embarras. Il était plus à l'aise pour taquiner sa sœur que pour les effusions.

– Il faut que j'aille prévenir les filles, s'exclama-t-elle.

Et tandis que Thomas s'apprêtait à sortir de sa chambre, elle le retint par le bras et lui souffla :

– Merci. Toi aussi, tu es un frérot génial !

– Cool ! Mais rassure-toi, je n'en ai jamais douté...

Et sur un clin d'œil il s'échappa rapidement, de crainte que sa sœur ne récidive côté « bisous ».

21

Petit goûter sur l'herbe

Mercredi 1er mai, 15 heures

C'était un 1er mai comme on en rêve. Le soleil brillait comme s'il souhaitait s'excuser de son absence des derniers jours, qui avaient été gris et pluvieux. À tous les coins de rues, des vendeurs de tous âges et de toutes conditions sociales proposaient des petits bouquets de muguet parfumé. Les allées du parc de la Tête-d'Or étaient envahies par les familles, les enfants à vélo, en rollers ou en trottinette. Les marchands de glaces et de barbes-à-papa ne savaient plus où donner de la tête. Quant aux oiseaux, ivres de cette chaleur soudaine, ils tentaient de faire entendre leurs chants malgré les cris des enfants et les conversations des parents.

Dans un coin un peu à l'écart de toute cette agitation, sur quelques mètres carrés d'herbe dissimulés par un bosquet, quatre jeunes filles s'étaient installées. La plus petite d'entre elles, en découvrant le panneau « Pelouse interdite » planté en bordure du chemin, avait tout d'abord secoué sa chevelure bouclée.

– On ne peut pas aller là ! On n'a pas le droit !

– Mais ma petite Lily, bien sûr qu'on a le droit ! l'avait gentiment contredite la plus élancée du groupe, de sa voix rauque.

– Mais non ! regarde l'écriteau, avait insisté la première, il y a écrit…

– … « Pelouse interdite » ! avait terminé à sa place son amie. C'est bien ce que je dis, et c'est d'ailleurs écrit en toutes lettres : ça ne nous concerne absolument pas. S'ils avaient mis « Chiara interdite » ou « Maëlle, Mélisande et Lily interdites », là ce serait différent ! Et bien sûr, je serais la première à respecter cette consigne !

Les trois autres filles n'avaient pu se retenir de pouffer de rire devant tant d'aplomb et, jetant tout de même un regard par-dessus leur épaule, elles s'étaient dépêchées d'atteindre la zone à l'abri des regards.

Dès qu'elles se furent assises, Maëlle bâilla à s'en décrocher la mâchoire.

– Ah, le *jet lag*[1], ça ne pardonne pas ! commenta Mélisande.

– Ne m'en parle pas ! Cinq heures de décalage horaire, ça tue ! Je ne suis rentrée qu'hier et j'ai le plus grand mal à m'y habituer.

– Mais aussi, pourquoi es-tu rentrée si tôt ? demanda Chiara. Je croyais que tu devais passer deux semaines en Guyane.

– Oui, au début c'était prévu comme ça. Mais après je me suis rendu compte que je ne pouvais pas me permettre de perdre deux semaines de révisions à la veille du bac.

Chiara leva les yeux au ciel.

– « À la veille » ? Comme tu y vas ! Il ne commence pas avant le mois de juin ! On a le temps de voir venir…

– De toute façon, ce qui m'intéressait surtout, c'était d'assister à un décollage de la fusée Ariane depuis Kourou. J'ai

1. Fatigue due au passage rapide à travers plusieurs fuseaux horaires.

pu voir à la préparation des spationautes qui devaient aller réparer un satellite en panne, et c'était vraiment trop cool ! Quand j'ai entendu le compte à rebours, j'étais dans la tour de contrôle. Eh bien, les poils de mes bras se sont hérissés tellement c'était impressionnant...

Elle bâilla à nouveau et conclut :

– Mais ça ne m'a pas fait oublier que les choses n'arriveraient pas par magie. J'ai assez fait de course pour savoir qu'un *finish*[1], ça se prépare ! Croyez-en mon expérience, c'est dès maintenant qu'il faut se mettre à bosser à fond !

Chiara posa son doigt sur sa tempe et le tourna d'avant en arrière, pour faire comprendre à tout le monde ce qu'elle pensait de Maëlle. Heureusement, cette dernière était trop ensommeillée pour le remarquer.

Lily prit la parole pour que la jeune athlète ne se demande pas pourquoi Mélisande et Chiara étaient en train de glousser en silence.

– Bien, commença-t-elle d'un ton solennel, si je vous ai invitées à venir me rejoindre aujourd'hui au parc, c'est que, outre le plaisir que me procure votre compagnie, j'ai une très bonne nouvelle !

Intriguées, toutes ses amies tournèrent leur regard vers elle. Sans plus vouloir faire durer le suspens, Lily déclara :

– On dispose de la salle du *Blue Note* pour fêter notre anniversaire !

Il y eut un court silence pendant lequel, les yeux écarquillés, les trois autres filles essayèrent d'enregistrer l'incroyable information. Chiara fut la première à reprendre ses esprits et poussa un cri de joie en levant les bras en l'air

1. Terme technique de course à pied, qui désigne l'effort à fournir dans la dernière ligne droite avant l'arrivée.

comme si elle venait de gagner une finale de Coupe d'Europe. Maëlle ne tarda pas à l'imiter, tandis que Mélisande tenait à vérifier qu'elle avait bien compris.

– Tu parles du club de jazz où ton frère et... Lisandro ont joué ?

Lily hocha la tête avec un demi-sourire. Elle se demanda ce que ressentait son amie en prononçant le prénom du garçon qu'elle avait tant aimé. Mélisande souffrait-elle encore, comme c'était son cas lorsqu'elle entendait évoquer Adrien au hasard des conversations ? Où avait-elle complètement surmonté cette rupture ?

– Mais comment est-ce possible ? s'inquiéta Maëlle qui, malgré son désir d'aller voir de plus près les étoiles, gardait les pieds sur terre. Et surtout, combien cela va-t-il nous coûter ?

Alors Lily leur confia à quel point le cadeau de Thomas était généreux et complet. Elle ne fut pas déçue de l'effet produit par ses paroles. Aux anges, les trois filles ne cessèrent de chanter les louanges de son frère. Lily était heureuse de leur joie. Quand elle avait découvert le cadeau de Thomas, c'était à ses amies qu'elle avait immédiatement pensé, car, en ce qui la concernait, elle ne se sentait vraiment pas le cœur à la fête. Se souvenant d'un détail qu'elle avait oublié de mentionner, elle ajouta :

– Ah oui ! Thomas a aussi proposé de venir donner un mini-concert avec son groupe si on a envie. Bien sûr, ce sera du jazz, alors à vous de voir...

– Du jazz ? Mais j'adoooore ! roucoula Mélisande en prenant une pose de star.

– Je n'y connais rien, commenta Maëlle, mais je suis sûre que ça ira, du moment que ça ne dure pas des heures !

– Quelle inculte tu fais ! critiqua Chiara. Il n'y a pas que la musique « boum, boum » dans la vie !

– Bien sûr, ricana Maëlle, depuis que mademoiselle sort avec un musicien folk, il faut que nous aussi nous enrichissions notre culture musicale.

– Pff ! ça n'a rien à voir : le jazz, c'est classe ! En cours d'anglais, le prof nous a montré *Cotton Club*[1]. C'est un film qui se passe dans un club de jazz dans les années vingt, et, comme certaines personnes le diraient, j'ai adoooooré !

Mélisande se redressa sur les genoux et, sans s'offusquer de la pique, rebondit sur les propos de Chiara.

– Eh ! j'ai une idée géniale !

Tout en donnant une tape sur l'épaule de Maëlle, qui, par une grimace très expressive, montrait combien une telle chose lui paraissait improbable, elle poursuivit :

– Si on choisissait les années vingt aux États-Unis comme thème de notre soirée ! Les gangsters, la prohibition, le jazz… j'insiste, ce serait génial !

– C'est vrai qu'avec l'ambiance qui règne au *Blue Note*, ça pourrait plutôt bien aller, renchérit Lily.

– Oh oui ! s'emballa Chiara, le look à la garçonne, c'est trop bien !

– Bon, OK, pour cette fois je veux bien reconnaître que l'idée n'est pas trop mauvaise, reconnut Maëlle en souriant.

Mélisande accepta sa déclaration comme s'il s'agissait d'un compliment dithyrambique et inclina légèrement la tête avec une retenue toute royale.

Elles discutèrent encore longtemps en se partageant les diverses et nombreuses tâches qu'il y avait encore à mener. Chiara, qui commençait à avoir un petit creux, sortit ensuite un paquet de biscuits au chocolat dont elles raffolaient toutes.

1. Film de Francis Ford Coppola, réalisé en 1984, avec Richard Gere.

Remarquant que Lilly s'abstenait de se servir, elle l'apostropha :

– Dis donc, j'espère que tu ne recommences pas à manger n'importe comment[1] !

– Mais non, c'est juste qu'il fait chaud et que je n'ai pas envie d'avoir du chocolat plein les doigts.

Maëlle se mêla à son tour à la conversation. Observant avec attention son amie, qui était vêtue d'un jean et d'une blouse ample, elle demanda :

– T'as pas maigri, toi ?

Lily rougit et répondit calmement :

– Oui, un peu, mais c'est surtout parce que je me suis mise à courir avec Saxo…

– Alors là bravo ! la félicita la jeune athlète, super décision ! J'en connais d'autres qui feraient bien de faire pareil.

– Je n'entends rien ! Je n'entends rien ! répéta Chiara en boucle tout en roulant la tête de droite à gauche.

– Il n'y a pas que la course, dans la vie ! fit remarquer Mélisande. Je connais plein d'autres façons de rester en forme !

– Comme de fabriquer des bijoux ? la taquina Maëlle.

– Par exemple ! C'est fou, je n'arrête pas une seconde ! Je t'assure que c'est du sport : retrouver *la* perle que je voulais, qui a roulé je ne sais où et qui m'oblige à déplacer tous les meubles, essayer d'attraper Flamme pour qu'il ne déchiquette pas mon plus bel échantillon de cuir, et enfin motiver Lola et Pauline pour qu'elles fabriquent le plus de modèles possible ! Heureusement que le vide-greniers a lieu le week-end prochain parce que sinon, je ne serais pas certaine de survivre…

Les filles se mirent à rire. Mélisande était irrésistible quand elle prenait ses grands airs.

---

1. Voir *Le roman des filles : Confidences, SMS et prince charmant !*

– Au fait, puisqu'on en est à échanger les dernières nouvelles, j'en profite pour vous annoncer les miennes : je pars la semaine prochaine à Londres rejoindre Kieran pour passer le casting.

– Alors ça y est, tu t'es décidée ! commenta Lily.

Chiara acquiesça.

– Je dois préparer une chanson de mon choix et une autre qui me sera imposée. Heureusement que Kieran sera là pour m'aider !

– Il sera aussi là pour autre chose, glissa insidieusement Mélisande.

– C'est vrai que tu vas passer une nuit à Londres, remarqua Maëlle. Là aussi, tu as pris ta décision ?

La jeune comédienne sentit ses joues s'empourprer légèrement. Lily intervint pour l'épargner :

– Les filles, ça ne vous regarde pas ! Laissez-la tranquille…

Non, laisse, dit Chiara, je crois que ça me fait du bien d'en parler…

Elle cueillit une pâquerette qui se trouvait devant elle et commença à l'effeuiller.

– J'y ai pensé, bien sûr… On s'aime, c'est tentant et l'occasion risque de ne pas se représenter de sitôt…

Elle s'interrompit.

– Mais ? relança Mélisande, curieuse.

– Vous allez vous ficher de moi si je vous le dis !

– Nous ? se moquer ? s'indigna Maëlle. Tu nous connais, pourtant !

– Justement !

– Ah non ! Il y a un temps pour tout !

La main sur le cœur, la jeune athlète jura :

– Je m'engage à ne pas éclater de rire, ricaner, glousser, faire de grimaces, ni même faire un jeu de mots stupide ou spirituel !

– Et moi aussi ! s'exclamèrent en chœur les deux autres filles.

Chiara les examina l'une après l'autre (avec une insistance toute particulière pour les deux filles dont le prénom commençait par M) et soupira.

– OK, je vous crois… Eh bien, quand ma grand-mère était encore en vie, on parlait de tout, même de ces choses-là. Elle regrettait trop de ne pas l'avoir fait avec sa fille… Alors, c'est vrai qu'elle était peut-être un peu vieux jeu parfois, il faut pas trop en demander, mais elle avait aussi des arguments. Elle m'a raconté comment cela s'était passé avec mon grand-père. C'est drôle, je n'aurais jamais cru que dans leur jeunesse eux aussi avaient été très tentés de franchir le pas… Il paraît qu'en Provence, quand les cigales chantent, elles vous poussent à faire de drôles de choses…

Chiara sourit en se souvenant des confidences de sa mamée.

– Mais ma grand-mère avait des principes bien ancrés. Il faut dire qu'à l'époque, on ne rigolait pas avec ces choses-là ! Elle a tenu bon jusqu'au mariage et elle en a gardé un souvenir ébloui. Elle m'a confié que lorsqu'elle avait descendu l'allée de l'église au bras de son père, tout avait pris son sens, et lorsque son mari avait refermé la porte de leur chambre derrière eux à la fin de la journée, son cœur battait si fort qu'elle pensait qu'il allait éclater !

Comme les souvenirs remontaient, l'émotion gagna la jeune fille. Elle baissa alors la tête et, les yeux fixés sur le cœur nu et doré de la pâquerette, elle dit d'une voix encore plus rauque que d'habitude :

– Je me suis promis ce jour-là que je suivrais le même chemin qu'elle. Ce sera difficile, mais je préfère l'intensité à la rapidité. Pourquoi faudrait-il toujours que les choses aillent vite ?

Il y eut quelques minutes de silence pendant lesquelles chacune médita sur ce que leur amie venait de dire. Mélisande fut la première à reprendre la parole.

– Tu as raison. Tu es faite pour ça. Cela ne m'étonne plus que tu sois si bonne tragédienne. Tu es taillée dans le même bois que les Juliette, Électre et autres Antigone... En revanche, je ne suis pas sûre que tout le monde soit capable d'« attendre », comme tu dis.

Lily ne dit rien. Ses pensées l'avaient ramenée à sa relation avec Adrien. Tout avait été si compliqué qu'elle n'avait pas eu le temps d'en arriver à ce point. Mais elle se doutait bien qu'elle n'aurait pas eu la force de caractère de son amie. Quant à Maëlle, elle se demandait comment elle réagirait quand la question se poserait avec Florian. Pour l'instant en tout cas, peut-être par timidité ou par inexpérience, il n'avait jamais cherché à dépasser les limites.

22

Chassez le naturel...

Dimanche 5 mai, 16 heures

La foule était encore plus dense cet après-midi-là. Pourtant, la veille à la même heure, Mélisande avait bien cru que le pic de fréquentation était atteint. Mais avec le temps qui restait au beau fixe, les gens étaient ravis d'avoir un but de promenade. L'emplacement de la jeune fille était idéalement situé, à l'angle de deux allées passantes. Dès qu'elle l'avait vu, sur le plan fourni par les organisateurs du vide-greniers, elle avait su qu'il serait parfait. Elle s'était donc levée aux aurores le samedi matin pour être parmi les premiers sur place, et elle l'avait obtenu (de justesse, en battant à la course une ménagère particulièrement en forme). Elle avait sorti avec précaution ses différents modèles de bijoux, puis vers 8 heures du matin Farouk, Lola et Pauline étaient arrivés avec le reste du stock. La matinée avait été assez calme, les passants étant principalement des brocanteurs venus acheter les meilleures pièces des exposants. Bien sûr, les bijoux neufs ne les intéressaient pas. Mélisande avait commencé à se ronger les ongles, Pauline et Lola, à se demander si leur travail allait finalement être rémunéré puisqu'elles étaient payées au pourcentage, et il avait fallu toute la bonne humeur de Farouk (qui avait donné un surnom à tous leurs voisins de stand) pour qu'elles gardent le moral.

Heureusement, après un pique-nique morose, tout avait changé. En début d'après-midi, des familles étaient arrivées. Des familles, cela voulait dire des femmes, des filles. En un mot : des clientes potentielles. Le succès avait été immédiat. Malgré sa manucure fichue, la jeune créatrice avait présenté bagues, colliers, bracelets et boucles d'oreilles. Avec un goût sûr, elle avait guidé chacune vers la parure qui lui conviendrait le mieux. Un sourire aux lèvres, elle avait conseillé, expliqué son concept d'« éco-bijoux » et remercié toutes celles qui lui promettaient de lui faire de la publicité. Au fur et à mesure que les présentoirs se vidaient, Pauline les remplissait et Lola faisait des paquets cadeau. Farouk assurait l'intendance : il amenait à boire, débarrassait les cartons vides et faisait le spectacle en criant : « Ils sont bio, ils sont frais nos bijoux ! » tel un vendeur de poissons sur la place du marché. Cette belle ambiance avait cependant failli voler en éclat lorsque Lola, d'un geste maladroit, avait renversé la boîte métallique qui servait de caisse. Dans un fracas terrible, les pièces s'étaient mises à rouler dans tous les sens et les billets à voleter. Le sang de Mélisande n'avait fait qu'un tour, et elle s'apprêtait à laisser sa colère exploser quand elle avait croisé le regard de Farouk fixé sur elle. Il avait agi sur elle comme la piqûre d'anesthésiant que les vétérinaires des réserves africaines utilisent pour calmer un rhinocéros blessé en pleine charge. Ravalant toutes les « pas très jolies choses » qu'elle était sur le point de hurler (sa gorge en avait émis un drôle de petit bruit assez inélégant), elle s'était tournée vers Lola. La pauvre jeune fille était dans tous ses états. Moitié bégayant, moitié s'excusant, elle restait debout, sans bouger, comme dans l'attente d'un châtiment céleste. La bouche de Mélisande s'était alors incurvée en un sourire un peu tordu et elle l'avait rassurée d'un succinct « Ce n'est pas grave ». Elle n'avait rien pu dire de plus, mais cela avait suffi pour faire briller une étincelle de satisfaction dans les yeux noirs de Farouk. Puis tous s'étaient précipités pour ramasser pièces et billets.

– Mademoiselle, vous n'avez plus ce modèle en beige ? Je l'ai vu hier et je regrette de ne pas l'avoir acheté !

– Désolée, madame, répondit Pauline, il est parti il y a une minute.

– Et vous n'avez pas un site internet où l'on pourrait passer commande ?

La cadette des Saint-Sevrin allait répondre par la négative quand sa sœur aînée, qui était occupée avec une autre cliente, l'abandonna un instant pour intervenir.

– Bien sûr, affirma-t-elle, je peux d'ailleurs vous en laisser l'adresse... En revanche, je suis en train de le faire « relooker », donc il faudra être un peu patiente. Mais il devrait être fonctionnel d'ici la fin de la semaine prochaine.

Sans prêter attention à l'air stupéfait de sa sœur, la jeune fille détacha une feuille de son calepin et donna l'information souhaitée. Dès qu'elle en eut l'occasion, Pauline demanda :

– C'est quoi ce plan ? Depuis quand tu as un site ?

– J'ai amorcé le projet il y a déjà quelque temps, mais avec cette histoire de vide-greniers, je l'ai un peu négligé. Florian devait se pencher dessus, mais un site de bijoux, ça ne le motive pas des masses. Il faut que je le relance.

– Comme il va être content d'apprendre que tout doit être prêt en moins de six jours ! commenta Pauline avec ironie.

– Eh ! je ne lui demande rien de compliqué ! Je veux juste un truc qui donne envie et qui indique aux clientes où envoyer leur chèque !

– Je vois, fit sa sœur avec un sourire sarcastique.

Puis une idée lui traversa l'esprit et elle ajouta avec un air intéressé :

– Si je comprends bien, tu vas encore avoir besoin de main-d'œuvre ?

Mélisande lui lança un regard circonspect et répondit prudemment :

– Tout dépend du tarif !

– Ah ! c'est sûr que ça va se négocier serré, patronne !

Avec un soupir, la « patronne » leva les yeux au ciel et conclut avec fatalisme :

– L'argent, l'argent ! Il n'y a plus que ça qui intéresse la jeune génération ! Où est l'époque où l'on travaillait pour l'amour de l'art ?

– Que voulez-vous ma brave dame ! renchérit Pauline avec un air ravi, il n'y a plus de jeunesse !

Vendredi 10 mai, 11 h 15

– Bien, vous allez maintenant vous mettre par groupes de quatre ou cinq maximum. Les figures que vous présenterez seront notées en fonction de leur difficulté et de la qualité de leur réalisation. Je vous rappelle que cette note fait partie intégrante de celle qui vous sera attribuée pour l'EPS au bac.

Dans le brouhaha le plus total, les élèves se tournèrent les uns vers les autres pour savoir avec qui ils allaient travailler. Certains étaient toujours ensemble et ne se posaient pas la question. D'autres, dont Lily faisait partie, avaient horreur de ces moments-là. Ils savaient très bien que personne ne voudrait d'eux et qu'ils seraient obligés de s'associer à d'autres laissés-pour-compte ou, encore pire, imposés par le professeur à une équipe incomplète.

Comme elle l'avait redouté, elle se retrouva à devoir s'entraîner avec trois garçons qui firent une tête de six pieds de long quand elle arriva. Elle était dans leur classe depuis la seconde et ne les appréciait guère. Leurs jeux de mots souvent grossiers et leurs blagues sexistes la dégoûtaient, et en temps habituel elle les évitait comme la peste.

– Merde, on se récupère la grosse, souffla Kévin.

Il avait parlé à voix basse, mais assez fort pour que Lily l'entende. Elle piqua un fard et commença par baisser la tête. Elle regrettait que Maëlle ne soit pas là. Elle au moins avait toujours une réplique bien sentie dans ce genre de situation. Puis, comme elle entendait ses copains ricaner, une brusque bouffée de colère l'envahit.

– La grosse, elle peut maigrir, mais quand on est con, c'est pour la vie !

Les trois garçons cessèrent de rire pour la fixer avec des yeux de merlan frit. Stupéfaite d'avoir osé prononcer de telles paroles, Lily s'était transformée en statue de sel. Riyad se mit tout à coup à pouffer et lâcha :

– Comme elle t'a mouché !

Furieux, Kévin hésitait entre s'en prendre de nouveau à Lily et faire passer l'envie de rire à son pote quand Alex s'interposa.

– Eh, je crois que c'est pas des paroles en l'air. Je crois qu'elle a vraiment maigri. Ça peut être bon pour la note, ça, si on arrive à la faire tenir en haut d'une pyramide.

Alex était observateur, car Lily, qui portait un tee-shirt trop grand pour elle et un pantalon flottant, était loin de chercher à mettre sa nouvelle silhouette en valeur. La jeune fille avait bel et bien maigri. Sauf que, après en avoir rêvé toute son adolescence, elle n'y attachait désormais plus d'importance. Au contraire, elle cherchait par tous les moyens à le dissimuler à ses parents. Ces derniers s'inquiétaient déjà suffisamment en voyant ses notes partir en chute libre. Et ce serait encore pire quand ils apprendraient qu'elle avait décidé d'arrêter la clarinette. Car même la musique ne savait plus éveiller son intérêt. Elle n'aimait plus que se pelotonner sur son lit ou partir pour des courses toujours plus longues en compagnie de Saxo. Le reste du temps, elle se forçait à donner le change. Elle ne voulait surtout pas que ses états d'âme viennent assombrir le bonheur de ses amies. Cela n'aurait pas été juste. La vie ne les avait pas épargnées non plus et maintenant que cela allait plutôt bien pour elles, elle s'en réjouissait. Quant à tout avouer à sa mère, elle y avait pensé un temps. Pendant des années, elle avait toujours été présente pour l'encourager et lui remonter le moral. Elle était équilibrée et forte. Toujours de bon conseil. Et pour toutes ces raisons-là Lily avait préféré se taire. La jeune fille avait honte de sa faiblesse, honte d'être toujours attachée à Adrien. Tout le monde lui avait dit que cela passerait, mais cela ne passait pas. Qu'y avait-il donc qui clochait en elle ?

Perdue dans ses pensées (ce qui lui arrivait de plus en plus souvent), elle n'avait pas écouté la fin de l'échange entre ses trois partenaires imposés. Il fallut que l'un d'eux l'apostrophe pour qu'elle revienne au présent.

– Eh ! faudrait peut-être que tu te bouges ! On va pas y passer l'heure !

Elle remarqua alors qu'ils s'étaient mis en cercle à genoux, les bras sur les épaules les uns des autres et attendaient qu'elle grimpe pour faire une pyramide. Avec un soupir, elle s'exécuta. S'accrochant comme elle pouvait, elle parvint à monter sur leurs épaules.

– Bon, maintenant, on se lève !

Deux secondes plus tard, Lily chutait sur les tapis. Ils recommencèrent plusieurs fois, mais comme ils n'étaient pas de la même taille la jeune fille ne parvenait pas à rester en équilibre pendant qu'ils se redressaient. Les garçons se mirent à râler, mais elle n'y prit pas garde. À force de grimper et de tomber, elle avait la tête qui tournait et ne se sentait pas très bien.

– On va essayer autrement, suggéra Alex, qui était le chef de la petite bande. On va se mettre comme ça.

Il était quasiment debout mais gardait les jambes légèrement pliées, les genoux tournés sur le côté. Sans discuter, ses copains obtempérèrent. Lily s'approcha et posa son pied sur la cuisse de Riyad pour prendre appui. Elle s'accrocha ensuite à leurs bras pour grimper sur leurs épaules. Son cœur battait vite et des petits points lumineux dansaient devant ses yeux, mais elle ne voulut rien dire de crainte d'entendre encore une de leurs blagues sexistes. Au prix d'un immense effort, elle se redressa. C'est quand elle se retrouva debout, sans prise à laquelle se raccrocher, que sa vision se brouilla. Elle eut soudain très chaud, puis tout devint noir.

Le professeur de sport était penché sur elle quand elle reprit conscience.

– Ça va ? demanda-t-il en lui tapotant les joues.

Dans un murmure, elle répondit par l'affirmative.

– Eh bien ! Vous pouvez vous vanter de nous avoir fait une de ces peurs !

L'infirmière du lycée, qu'un élève était allé chercher, arrivait d'un pas rapide. Elle donna à Lily un sucre à assimilation rapide, et cette dernière put bientôt s'asseoir.

– Est-ce que vous avez déjeuné, ce matin ? questionna l'infirmière.

Lily fit non de la tête.

– Et voilà ce qui arrive ! Vous êtes toutes les mêmes ! Vous préférez vous maquiller plutôt que manger et vous n'écoutez rien de ce que l'on vous répète ! Le petit déjeuner est le repas le plus important de la journée ! martela la femme d'expérience. Et même si vous êtes de ces filles qui ont toujours peur de grossir, n'ayez pas peur de dévorer : il faut « petit déjeuner comme un roi, déjeuner comme un prince et dîner comme un mendiant ». Si vous respectez cette maxime, vous serez toujours en forme…

Cette fois, Lily hocha la tête. Elle était d'accord avec tout, du moment qu'on la laissait tranquille…

23

Pas si simple

Mardi 14 mai, 13 h 05

Lily avait mal à la tête. Et ce qu'elle tentait d'étudier en vain contribuait à augmenter cette migraine. Elle tourna une page de son manuel de philosophie, puis deux, puis trois. Tous ces philosophes ne l'aidaient guère. Si au départ elle avait trouvé intéressants leurs questionnements, elle en était maintenant arrivée au point où elle ne les supportait plus. Des questions, elle en avait assez elle-même. Ce qu'elle aurait aimé, elle, c'était des réponses. Mais autant chercher une aiguille dans une botte de foin. Elle continuait à feuilleter son livre d'un air désœuvré quand la porte du CDI, où elle avait trouvé refuge pendant la pause déjeuner, s'ouvrit. Ne demandant qu'à être distraite, elle releva la tête pour voir les nouveaux arrivants. Elle se força à sourire en voyant Maëlle et Florian lui faire signe.

– Salut ! Alors, ça bosse ?

Lily haussa les épaules.

– Bof, il faut le dire vite.

Sans même demander la permission, Maëlle s'installa à sa table.

– Au fait, ça va ? J'ai entendu dire que tu avais eu un malaise l'autre jour en sport.

– Oui, oui ! C'était juste un peu d'hypoglycémie.

Remarquant que Florian se balançait d'un air mal à l'aise d'un pied sur l'autre, sa petite amie lui lança :

– Eh bien, assieds-toi ! Tu ne vas pas rester planté là !

– Oui, oui, vas-y, insista Lily qui rassemblait ses affaires, je dois justement partir…

– Eh ! s'écria son amie, je ne disais pas ça pour te faire partir ! Il y a de la place pour trois.

– Non, bien sûr que non, je sais bien… Mais j'ai des trucs à voir avec une fille…

Elle se leva et fit un pas avant de se retourner :

– Au fait, Chiara et moi avons établi une première liste de courses pour la soirée. Je te l'envoie par mail ce soir pour que tu donnes ton avis. Tu nous diras si on a oublié des trucs.

Puis, avec un petit geste de la main, elle s'en alla.

Florian s'assit à la place qu'elle venait de libérer et se racla la gorge.

Je crois qu'elle m'en veut toujours pour le SMS.

– Celui que tu as envoyé pour qu'elle rencontre Adrien ?

– Ouais ! De quel autre je pourrais parler ? Je pense qu'on pourrait ajouter cette malheureuse tentative à notre longue liste des plans foireux !

– Au moins, on aura essayé ! Lily n'aurait jamais osé se retrouver face à Adrien, alors qu'elle avait besoin de tirer les choses au clair et de faire amende honorable.

– Adrien n'était pas très content non plus, mais au moins il me l'a dit en face. Quand il a compris qu'on était à l'origine de cette rencontre, il a râlé en prétendant que si Lily l'avait largué, c'était à cause de… de nous.

Maëlle fronça son joli petit nez.

– C'est gentil de vouloir m'épargner, mais tu sais, je ne suis pas idiote. Tu n'as rien à voir avec cette rupture, et il le sait très bien. Il t'a dit que c'était à cause de Mélisande, Chiara et moi. Ses « meilleures » amies ! Les seules qu'elle écoute vraiment ! Les seules à être capables de lui empoisonner assez l'esprit pour transformer la plus confiante des filles en la plus soupçonneuse.

Maëlle avait les yeux un peu trop brillants et les pommettes enflammées. Elle avait soudain une conscience aiguë de sa responsabilité et de celle des deux autres filles du quatuor dans le malheur de leur amie. Florian lui prit la main, ne sachant que dire. La jeune fille le remercia d'un petit sourire triste.

– Ce que je peux être bête, parfois… et présomptueuse ! Comment puis-je croire que je sais mieux que les autres ce qu'il leur faut ? En tout cas, c'est fini et bien fini, je ne me mêlerai plus jamais des affaires des autres !

Son petit ami pencha la tête de côté d'un air pensif.

– Il y a peut-être une dernière chose que tu peux… ou mieux, que tu devrais faire avec Chiara et Mélisande.

Maëlle lui lança un regard interrogateur.

Alors, en choisissant ses mots avec attention, Florian lui expliqua ce qu'il avait en tête.

Mercredi 15 mai, 10 h 45

L'avion se mit à rouler sur la piste parfaitement lisse. Les réacteurs montèrent en puissance. Les vibrations augmentèrent, et enfin les roues décollèrent. Chiara ferma les yeux. Dans un peu plus d'une heure, elle se poserait à Heathrow, d'où elle prendrait un bus pour Londres. Elle avait passé les contrôles douaniers seule. Elle avait dix-huit ans, elle était majeure. Personne n'aurait pu s'opposer à son départ. Pourtant, à l'heure qu'il était, son père la croyait au lycée. Pour éviter l'affrontement, elle avait encore cédé à la facilité du mensonge. Il pensait qu'elle passait la nuit chez Lily, non loin de chez lui, alors qu'elle serait à des centaines de kilomètres. En regardant la région lyonnaise rapetisser et enfin disparaître sous les nuages, elle décida de ne plus penser à cela. Kieran devait l'attendre à l'arrêt du bus, près de Victoria Station. Cela faisait près de cinq mois qu'ils ne s'étaient pas revus et, malgré les échanges de mails et les coups de téléphone, la séparation lui avait paru terriblement longue. Ils auraient un peu de temps pour eux, mais bien peu, car elle repartirait jeudi après-midi. Quant au jeudi matin, elle l'avait déjà barré d'un trait rouge sur son agenda : pour la première fois de sa vie, elle allait se présenter à un casting professionnel.

Mercredi 15 mai, 15 h 45

Pauline fit un bond de côté et frappa le volant de badminton de toutes ses forces.

– *Out !*[1] cria Farouk en montrant la ligne blanche à l'aide de sa raquette.

– Tu as de la chance, mon coco ! fulmina-t-elle, mais tu ne perds rien pour attendre !

– 18-20, asséna son adversaire avec un sourire carnassier. Tout peut encore arriver…

Comme il se mettait en place pour son service, sa partenaire ricana :

1. Sortie !

– C'est bien joli, les *Yes, We Can*[1] et autres slogans à l'américaine, mais les belles paroles n'ont jamais transformé les « losers » en vainqueurs…

D'un geste précis et rapide, Farouk exécuta sa mise en jeu. Pauline se tenait prête à renvoyer un boulet de canon, mais le volant, après s'être élevé rapidement, retomba comme une pierre au droit du filet… et dans son camp.

– 19-20, commenta le jeune homme avant d'enchaîner d'une voix nasillarde et enthousiaste, « et c'est encore le formidable, l'extraordinaire Farouk, aussi surnommé le Roi de la Remontée, qui se prépare à servir pour l'égalisation dans ce set décisif… ».

– Et gnagnagna et gnagnagna, se moqua Pauline.

– « Attention, il prend son temps, il réfléchit, il sait que la victoire est à sa portée… Comment pourrait-il d'ailleurs en être autrement avec un joueur pareil ? »

– « Paroles et paroles et paroles », chantonna Pauline en sautillant sur place, tout en essayant d'évaluer ce que lui préparait ce roublard de Farouk.

Il tenta de reproduire le même coup que la fois précédente, mais cette fois la jeune fille était prête. Elle plongea et fit remonter le volant en chandelle… qui retomba cette fois juste de l'autre côté du filet. Le garçon, qui pensait son coup gagnant, se précipita en catastrophe pour retourner le volant. Il y parvint en s'étalant de tout son long sur l'herbe du terrain de sport. Mais sa redoutable adversaire ne se laissa pas surprendre. Sans éprouver une once de pitié, elle conclut le point par un smash foudroyant.

– 21-19 ! hurla Pauline en lançant sa raquette dans les airs.

---

1. Littéralement : « Oui, c'est possible. » Slogan américain célèbre qui a notamment été utilisé par Barack Obama pendant sa campagne présidentielle de 2008.

Indifférente aux regards des autres joueurs qui s'affrontaient sur les terrains voisins, elle se mit à faire une sorte de danse africaine de la victoire.

Farouk restait allongé sur l'herbe après avoir roulé sur le dos. Quand elle s'approcha de lui pour le narguer, il leva les mains en l'air et supplia :

– Je reconnais ta supériorité, ô toute-puissante Pauline, mais par pitié, arrête, tu vas faire pleuvoir !

En riant, Pauline lui tendit la main pour l'aider à se relever.

– Et pourquoi donc je ferais pleuvoir ?

– Parce que tu fais la danse de la pluie !

– N'importe quoi !

– Eh ! un peu de respect pour mes ancêtres africains, tu veux !

Le rire de Pauline redoubla et sa longue queue de cheval fauve balaya son dos.

– Ignare ! La danse de la pluie, c'est chez les Indiens ! Tu n'as pas suffisamment lu *Lucky Luke* !

– Peu importe, à force de parler de pluie, j'ai soif ! Allez, viens, je te paye à boire.

Quelques minutes plus tard, ils s'assirent sur un banc, deux canettes de soda achetées à la buvette entre les mains.

La jeune fille, après avoir bu longuement, posa la canette contre sa joue pour se rafraîchir et ferma à demi les yeux pour observer son partenaire avec attention.

– Elle te plaît, ma sœur ? demanda-t-elle soudain sans ambages.

Farouk sursauta et quelques gouttes de soda, giclant de sa canette, se renversèrent sur son pantacourt.

– Oh ! Ça va pas de me faire des peurs comme ça ? On dirait un frère corse qui craint pour l'honneur de sa sœur !

– Désolée, prétendit Pauline car son sourire satisfait disait tout le contraire, je voulais juste savoir si tu n'avais pas un petit faible pour elle.

– Tu n'aurais pas un Kleenex, par hasard ?

L'adolescente sortit un paquet de mouchoirs de sa poche et lui en tendit un.

– Alors ? insista-t-elle.

– Alors, ça colle ! commenta Farouk en tamponnant maladroitement les taches humides sur son pantacourt.

Le sourire de Pauline s'élargit.

– C'est ça, mon coco, prends-moi pour une idiote, ça arrangera sûrement ton cas !

Farouk fit semblant d'être effrayé.

– Arrête, t'es flippante, là ! Maintenant j'ai l'impression de passer en cour martiale !

– Tu le mériterais ! jugea sévèrement la cadette des Saint-Sevrin.

– Et pour quel crime, votre honneur ?

– Le pire de tous : lâcheté devant l'ennemi !

Comme s'il venait de recevoir un direct dans la mâchoire, Farouk grimaça.

– C'est vache, finit-il par articuler.

Comme Pauline ne le quittait pas des yeux, il reprit :

– Vache, mais un peu vrai.

Son amie ne fit rien pour dissimuler sa satisfaction.

– Qu'est-ce que tu veux, je suis comme ça, moi : sévère, mais juste !

– Pauvre mec…

– Quoi, « pauvre mec » ? Tu parles de toi ? Y a pas d'autres mecs par ici !

– Non, mais un jour il y en aura un. Et c'est en pensant à lui que je dis « pauvre mec » !

Devant l'air de totale incompréhension de sa voisine, Farouk expliqua :

– Je fais allusion à celui qui tombera un jour dans tes filets. Dès à présent, il a droit à toute ma compassion.

Pauline ne savait trop comment réagir : elle était à la fois flattée qu'il la considère capable d'« attraper un gars » et vexée que ce dernier puisse, à cause de cela, éveiller la compassion d'autrui. Elle allait lui envoyer une remarque bien sentie quand elle s'arrêta, bouche ouverte, et se mit à rire.

– Bravo ! dit-elle, tu m'as presque eue ! Mais revenons plutôt à ce qui nous intéresse *vraiment* !

– Parle pour toi, marmotta Farouk, déçu que sa tentative ait échoué.

– Allez ! Tu sais que je ne te lâcherai pas !

Comme une victime devant son bourreau, le garçon céda :

– Qu'est-ce que tu veux savoir exactement ?

– Elle te plaît, ma sœur ? réattaqua la jeune fille.

Un grognement inintelligible lui répondit.

– Bon, je prendrai cela pour un oui, releva-t-elle avec satisfaction.

Puis, impitoyable, elle continua :

– Alors quand vas-tu le lui dire ?

– Jamais.

Cette fois, la réponse avait sonné très clairement.

– Et pourquoi donc, s'il te plaît ?

– Parce que nous ne sommes pas du même milieu.

– Ah non ! c'est pas vrai ! ça ne va pas recommencer ! C'était déjà ridicule avant, mais maintenant, c'est surréaliste ! Tu as vu où on crèche ? On est fauchées ! complètement fauchées, et en plus notre père est en cavale. Alors pour ce qui est de la respectabilité, y a mieux !

Le garçon se pencha en avant et appuya ses avant-bras sur ses genoux.

– T'es trop jeune pour comprendre. Ta sœur, c'est une duchesse, même à la rue, ça reste une duchesse. Elle continue à manger, à parler, à marcher comme une duchesse. Et puis, tu as vu comme elle rebondit bien ? Je ne lui donne pas cinq ans avant d'avoir fait fortune avec ses bijoux. Elle rencontrera des hommes qui lui ressembleront, qui sauront comment se comporter en société…

Perturbée, Pauline resta un moment silencieuse. Elle réfléchissait. Elle repensait à sa sœur, qu'elle connaissait mieux que personne, et aux paroles que venait de prononcer Farouk. Ce dernier se relevait quand elle le retint par le bras.

– Et si ce n'était pas ce qu'elle voulait ? Et si ce n'était pas ce dont elle avait besoin ?

24

London by night

Mercredi 15 mai, 17 h 05

Chiara se serait crue dans un film. Et dans un film parfait. Londres était une ville incroyable, aussi fascinante le jour que la nuit. De tous côtés s'élevaient des bâtiments dont les noms faisaient partie de la mémoire collective : Big Ben, Westminster Abbey, Buckingham Palace, la Tour de Londres, la cathédrale Saint-Paul… et la liste était loin d'être complète ! Mais même sans parler de ces célébrités, la jeune fille était impressionnée par la beauté et la richesse des immeubles qui bordaient les rues. De la pierre blanche taillée, du marbre de Carrare, des statues, des sculptures… Elle ne savait où poser les yeux. En bon Irlandais, Kieran cherchait à tempérer son enthousiasme en lui rappelant que toute cette richesse n'était pas tombée du ciel et que la capitale de l'Empire britannique s'était bâtie sur l'exploitation intense et le travail souvent forcé de ses colonies. Chiara hochait la tête, puis l'entraînait vers un nouveau théâtre, un nouveau pont ou dans l'un de ces merveilleux parcs dont les Anglais ont le secret.

Allongée sur un gazon qui n'était interdit à personne, elle s'émerveillait du bleu du ciel. Elle qui pensait que Londres serait plongé dans son *fog*[1] légendaire... Les oiseaux piaillaient et chantaient, mais ce qui ravissait la Lyonnaise en particulier, c'étaient les écureuils qui peuplaient les parcs et qui s'enhardissaient parfois à s'approcher tout près des gens pour récupérer les restes d'un paquet de cacahuètes. Elle riait des tentatives de l'un d'eux quand une ombre s'abattit sur elle.

– *I am jealous ! You're more interested in him than in me*[2] *!*

Chiara tourna la tête et rencontra les yeux si profonds de son petit ami.

– Mon pauvre petit chat, le plaignit-elle en anglais tout en lui caressant la tête, je vais m'occuper de toi !

Il avait les cheveux plus longs que d'habitude, et la jeune fille pouvait les sentir boucler dans son cou.

– Tu as intérêt ! menaça-t-il.

Agrippant ses mèches soyeuses, elle l'attira tout près de son visage. Son cœur se mit à battre presque aussi vite qu'en début d'après-midi, quand elle était descendue du bus. Dans la foule des passagers, elle l'avait cherché du regard. Un instant, elle avait eu peur de ne pas le retrouver, ou alors, que pour une raison quelconque il n'ait pas pu venir... Et puis le temps avait suspendu son vol : ses yeux avaient rencontré les siens et ils ne s'étaient plus lâchés. Sans savoir comment, ils s'étaient retrouvés dans les bras l'un de l'autre, et les mois de séparation s'étaient évanouis comme par enchantement.

– *Kiss me*[3] *!* murmura-t-il tout contre ses lèvres.

Alors Chiara la Rebelle oublia les écureuils et les oiseaux, et obéit.

---

1. Brouillard.
2. Je suis jaloux ! Tu t'intéresses plus à lui qu'à moi !
3. Embrasse-moi !

Les amoureux ont beau être censés vivre d'amour et d'eau fraîche, la dure réalité se rappela à eux. Ils travaillaient encore la seconde chanson que Chiara devrait présenter le lendemain lorsque, vers 19 heures, l'estomac de la jeune fille, qui ne l'entendait pas de cette oreille, se manifesta peu discrètement.

– Tu ne m'avais pas parlé de tes talents de ventriloque ! la taquina Kieran en levant un sourcil.

La jeune fille s'empourpra et s'empressa d'expliquer :

– Je suis désolée, je n'ai pas mangé à midi.

Son petit ami éclata de rire.

– C'est à moi de m'excuser. J'aurais dû te le demander avant de t'entraîner dans les rues de Londres et de te faire travailler dur. Mais je sais comment me faire pardonner. Je connais un endroit qui va te plaire…

Moins d'une demi-heure plus tard, ils étaient attablés face à une énorme pizza recouverte de pepperoni, d'œufs, de champignons et de quatre sortes de fromages. Chiara avait découvert avec bonheur qu'elle pouvait choisir la garniture comme elle le désirait, mais avait été un peu surprise qu'on ne leur propose pas de boisson.

– Tu vas voir, la rassura Kieran, ça fait partie de l'expérience.

Lui prenant la main, il la conduisit vers un comptoir où les clients, après s'être saisis d'un énorme gobelet en carton, se servaient à l'une des nombreuses fontaines distribuant des boissons variées.

– On peut prendre ce qu'on veut ? demanda Chiara.

– Et revenir autant de fois qu'on veut ! précisa Kieran.

– C'est cool ! s'enthousiasma la jeune fille.

– Mais ce n'est qu'une partie de l'intérêt de cette pizzeria.

Dès qu'ils eurent rempli leurs verres, il l'entraîna vers une autre partie du restaurant, où un comptoir réfrigéré occupait une bonne partie du mur. À l'intérieur, de la *jelly*[1], des parts de *cheese cake*, des *brownies* et une sélection immense de parfums de glace s'offraient à la clientèle.

– À volonté ! se contenta de commenter Kieran.

– Wahou ! J'ai l'impression de rêver ! s'exclama Chiara en battant des mains comme un enfant dans un magasin de jouets.

Attrapant son petit ami par le bras, elle lui déposa un baiser sur la joue et lui murmura à l'oreille :

– Je crois que tu cernes de mieux en mieux ma personnalité complexe.

Puis, comme il approchait dangereusement son visage du sien, elle l'arrêta en protestant :

– D'abord la pizza, ou je vais défaillir.

Kieran lui lança un regard déçu.

– Ça ne me dérangerait pas que tu défailles dans mes bras.

– Oh, ça arrivera, le consola-t-elle d'une voix taquine, mais vois-tu, je suis le genre de fille qui préfère défaillir le ventre plein !

Au cours du repas (incluant les nombreux desserts qu'ils parvinrent à engloutir), ils parlèrent principalement du casting du lendemain matin. Kieran était enthousiaste. La comédie musicale racontait la rencontre d'un groupe de jeunes Européens qui se retrouvaient à vivre dans la même maison pendant un été. Il se voyait déjà avec Chiara, s'installant à Londres pour jouer ensemble dans le même spectacle. La jeune fille l'écoutait parler tout en réalisant qu'elle n'avait

---

1. Spécialité britannique mangée en dessert, qui prend la forme d'une gelée colorée.

jamais poussé aussi loin la réflexion. Pour elle, ce casting était l'aboutissement du projet, mais pour Kieran, ce n'était que le début. Elle n'avait rien contre, mais cela lui faisait un peu tourner la tête.

Quand ils ne purent plus avaler une cuillère de glace supplémentaire, ils quittèrent le restaurant. Dehors, la nuit était tombée et la capitale brillait de mille feux. Ils longèrent un peu la Tamise, main dans la main, puis, comme ils passaient devant un cinéma qui projetait une comédie sentimentale dont tout le monde parlait, ils décidèrent d'assister à la séance suivante.

Les acteurs américains avaient un accent épouvantable et n'articulaient pas. Sans sous-titres, Chiara ne comprenait qu'un mot sur deux, voire moins. Cependant, elle s'en moquait bien ! Très vite, les mains de Kieran s'étaient faites exploratrices, et ils avaient passé la séance à s'embrasser. Quand ils sortirent, la jeune fille se sentait toute chamboulée. Même dans ses rêves les plus fous, elle n'avait jamais espéré vivre une telle passion !

Après l'ambiance confinée de la salle, l'air frais lui fit du bien. Kieran avait passé son bras autour de sa taille et il était juste assez grand pour qu'elle puisse appuyer sa tête sur son épaule. Ils flânaient en silence, heureux d'être serrés l'un contre l'autre. Petit à petit, Chiara sentit la main de son compagnon glisser sous son débardeur, et son pouce se mit à lui caresser la taille. C'était très doux, très tendre, mais très vite la jeune fille ne put plus retenir son rire. Repoussant la main de Kieran, elle avoua :

– Je suis très chatouilleuse !

Alors il s'arrêta, la fit pivoter et la plaqua contre la barrière qui bordait les quais.

– Ah oui ? tu es chatouilleuse ? Je suis très curieux de connaître toutes les autres parties de ton anatomie qui te font rire quand on les caresse.

Sa petite amie fit mine de réfléchir avant de répondre :

– La plante de mes pieds, sans aucun doute. Mais si tu y touches, je ne réponds plus de rien !

Kieran prit son visage entre ses mains et devint soudain sérieux.

– Pour l'instant, c'est moi qui perds tout contrôle… Oh, si tu savais comme je regrette d'avoir réservé ces places à l'auberge de jeunesse !

Comme dans tous les établissements de ce genre, les dortoirs n'étaient pas mixtes. Chiara s'en réjouissait secrètement quand le garçon s'exclama :

– Mais au diable les économies ! On peut se chercher une chambre dans un *bed and breakfast*[1] !

Joignant le geste à la parole, il prit son bras pour l'entraîner à sa suite. Mais elle le retint.

– Kieran, attends !

Étonné, il s'arrêta et se retourna vers elle.

– Je dois te parler de… certaines choses, commença-t-elle avec timidité. D'abord, te rencontrer a été la meilleure chose qui me soit arrivée dans la vie…

Elle fit une pause et lui lança subrepticement un regard. Comme il l'écoutait avec attention, elle poursuivit :

– Tu vois, avant, j'avais l'impression que je passais ma vie à attendre parce que mon père ne savait conjuguer que ce verbe-là… et cela me rendait dingue ! C'était comme si je ne pouvais commencer à vivre que lorsqu'il m'aurait donné son

1. Hébergement de type chambre d'hôte où l'on s'arrête pour une nuit, avec petit déjeuner inclus.

feu vert. Et puis on s'est rencontrés et l'attente a recommencé à cause de nos séparations. Sauf que c'était différent. Je ne pensais plus : « Si un jour mon père veut bien... », mais « Quand je serai avec Kieran... ». Les « quand » ont remplacé les « si ». Et l'attente, d'incertaine et amère, est devenue douce et assurée. Même si le temps me semblait long, j'en savourais chaque seconde parce que je savais qu'elle me rapprochait de toi. C'est un peu comme Noël quand on est enfant, on sait qu'il va arriver et la période qui précède est aussi délicieuse que le jour même... Pour nous aussi, je voudrais savourer chaque étape.

Elle baissa les yeux et, comme elle l'avait fait pour ses amies, elle lui rapporta les propos de sa grand-mère.

– J'aimerais vivre les choses comme elle, pour ne rien regretter.

Quand elle cessa de parler, elle entendit Kieran émettre un gros soupir. Il s'appuya à côté d'elle sur la barrière, les mains posées sur la rambarde et le regard perdu dans la Tamise.

– Ce que tu demandes, c'est pas facile, lâcha-t-il enfin. Je t'aime, Chiara, et moi, je voudrais aller plus loin avec toi.

– Mais est-ce que tu m'aimes assez pour justement ne pas aller plus loin pour l'instant ?

Il lui lança un regard de côté et eut un demi-sourire.

– Et toi ? Est-ce que tu m'aimes assez pour aller plus loin ?

– Oui, affirma-t-elle sans détour bien qu'en tremblant, mais en faisant les choses dans l'ordre.

Kieran s'accouda sur la rambarde et saisit sa main.

– Je suis certain que mes copains trouveraient ça complètement débile et me conseilleraient de rompre...

Le sang de Chiara se glaça dans ses veines.

– Mais je ne suis pas mes copains, continua-t-il en l'attirant près de lui. Ils ne savent pas à quel point tu es unique en ton genre. À la fois passionnée et pudique, moderne et un peu vieux jeu… et totalement merveilleuse. Je dois avouer que tes drôles d'idées, bien que frustrantes, ne sont pas *complètement* pour me déplaire. Cela va ajouter du piquant à notre histoire, et pourtant elle n'en manque déjà pas.

– Oh merci, merci, merci ! chuchota Chiara en fermant les yeux. J'étais morte de peur.

Kieran en profita pour déposer un baiser dans ses cheveux, et en retour elle noua ses mains derrière son cou et l'embrassa avec passion. Quand elle le relâcha, il déclara :

– Et maintenant, en route pour les très romantiques dortoirs de l'auberge de jeunesse ! Parce que demain, il faudra être au top !

25

Souper fin chez les Saint-Sevrin

Samedi 18 mai, 19 h 30

– Tu as fini, avec tes lotus ?

– Presque, répondit Pauline, qui tirait la langue sur le côté comme souvent lorsqu'elle se concentrait sur une tâche.

Sous ses doigts agiles, la troisième serviette en papier blanc liseré d'argent se transforma en une fleur magnifique qu'on aurait dite tout droit sortie d'un jardin japonais. Quand elle eut fini, elle la déposa sur une assiette en porcelaine blanche qui datait de leur période « d'avant ». En compagnie de deux autres parfaitement identiques, elle formait un triangle équilatéral sur une nappe immaculée. Deux chandeliers assortis aux couverts de l'argenterie de la famille Saint-Sevrin, rescapés du naufrage de leur grandeur grâce à la complicité de Lily, brillaient à la lumière de l'ampoule électrique dépourvue d'abat-jour. Une orchidée pourpre dans un soliflore en cristal de la même collection que les verres tranchait avec audace sur toute cette blancheur.

– Hummm… c'est pas mal, estima Mélisande en observant l'ensemble d'un œil critique.

– Modère ton enthousiasme, commenta sa sœur, sarcastique, cela fait quand même une heure qu'on se casse la tête à tout préparer !

Comme si elle n'avait rien entendu, son aînée poursuivit sur le même ton :

– Il faut sortir les menus. Tu crois que tu pourrais les faire tenir en équilibre sur tes lotus ?

– Quand tu auras reconnu qu'ils sont absolument magnifiques et dignes de décorer une table gastronomique, je pense que la chose pourra s'envisager…

– Arrête de faire l'enfant, veux-tu, on n'a pas de temps à perdre ! s'exclama Mélisande en fronçant les sourcils.

Levant les yeux au ciel, Pauline alla chercher les trois cartons en papier vélin sur lesquels sa sœur avait tracé d'une écriture élégante :

Amuse-bouche
Croustillant de foie gras façon « Trois empereurs »
Fricassée de poulet au vin jaune et sa purée truffée
Plateau de fromages fermiers
Soufflé aux noix de macadamia toastées
flambé au Grand Marnier

– Tu crois pas qu'on en a un peu trop fait ? demanda-t-elle d'une voix mi-moqueuse, mi-inquiète, alors que Mélisande allumait les bougies et éteignait l'horrible ampoule.

– Pas un gramme de trop, répondit sa sœur après avoir soufflé sur l'allumette qu'elle tenait entre ses doigts. Crois-moi, il faut frapper fort pour l'impressionner.

– Ça ne changera rien, tu sais.

– Non, je ne le sais pas, et toi non plus. Arrête de jouer les cassandres et laisse-moi vérifier ta tenue…

Mais Pauline ne l'entendait pas de cette oreille. Se libérant de sa sœur, qui l'avait prise par les deux bras, elle s'exclama :

– Tu pousses le bouchon un peu loin ! Je veux bien te filer un coup de main, mais de là à accepter que tu m'inspectes comme un cheval de foire… tu peux toujours courir !

Mélisande, les lèvres pincées, allait lui asséner une remarque bien sentie lorsque la porte d'entrée s'ouvrit. Aussitôt, elle pivota sur ses talons.

– Bonsoir, madame, articula-t-elle d'une voix bien timbrée, si vous voulez bien vous donner la peine d'entrer…

Camille de Saint-Sevrin n'obtempéra pas tout de suite. Le regard fixé sur la table dressée avec élégance, elle ne dissimulait pas son étonnement. Enfin, elle se décida à franchir le seuil de la pièce et referma le battant derrière elle.

– Eh bien ! Que fêtons-nous ce soir ?

– Ma réussite…

Un coup de coude de sa cadette l'incita à ajouter :

– … avec l'aide de Pauline, bien sûr ! Et accessoirement mes dix-huit ans.

Sa mère se frappa le front comme si la mémoire lui revenait soudain.

– Je savais que j'oubliais quelque chose… Écoute, je fais des heures supplémentaires en ce moment et…

– Ce n'est pas grave, l'interrompit Mélisande qui avait passé assez d'anniversaires seule pour ne plus en être affectée. Si tu veux te rafraîchir, dépêche-toi, nous passons à table dans quelques minutes.

Camille de Saint-Sevrin ne se fit pas attendre et revint prendre place.

– Cette déco est de très bon goût, dit-elle après avoir examiné l'ensemble de la présentation.

– Merci, fit Mélisande en dissimulant sa satisfaction.

Sa mère saisit le carton planté dans le lotus et le parcourut. Pauline revint de la cuisine avec les amuse-bouche. Elle en servit un à chacune et s'assit à son tour.

– Quel menu ! s'étonna Mme de Saint-Sevrin. Chez qui donc êtes-vous allées chercher ça ?

– Chez *Suprême Délice.*

– Chez *Suprême Délice* ? Mais les prix y sont terriblement élevés ! Où avez-vous trouvé l'argent ?

Pauline garda le silence et ses yeux se fixèrent sur sa sœur. Cette dernière attrapa sa petite cuillère et, après l'avoir fait tourner entre ses doigts, la plongea dans la verrine. Mais alors qu'elle approchait la cuillerée de caviar d'aubergine de sa bouche, elle suspendit son geste. Elle jeta un regard à sa mère et déclara :

– Je te l'ai dit : on fête ma... enfin *notre* réussite.

Et elle porta tranquillement la cuillère à sa bouche. Camille de Saint-Sevrin eut un léger mouvement de recul.

– Mais de *quelle* réussite parles-tu exactement ?

– De celle de notre vente au vide-greniers.

– Ah oui ? Et c'est en vous débarrassant de quelques vieilles frusques que vous avez fait fortune ?

– Nous ne nous sommes pas « débarrassées de quelques vieilles frusques », intervint Pauline, vexée. Nous avons vendu des bijoux que Mélisande a créés. Très beaux d'ailleurs, et qui ont remporté un succès fou !

– Ah oui ? Et quel a été le montant de cette recette miraculeuse ?

– Deux mille cent trente euros, énonça Mélisande sans émotion, mais tu devrais manger ton amuse-bouche, qu'on puisse bientôt passer au plat de résistance !

Mais sa mère semblait n'avoir entendu que le début de sa phrase.

– Vraiment ! s'exclama-t-elle, c'est très impressionnant. Et combien en aviez-vous fabriqués, de ces fabuleux bijoux ?

Mélisande repoussa sa chaise brutalement et se leva. Les deux mains posées sur la table, elle s'emporta :

– Écoute, si tout ce qui t'intéresse, c'est un bilan financier, tu l'auras ! De toute façon, il n'y a que l'argent qui t'intéresse ! Combien de fois ai-je essayé de te montrer ce que je faisais, à toi, la spécialiste de la mode… Jamais tu n'y as prêté la moindre attention ! Et maintenant, la seule chose que tu veux savoir, c'est combien ils peuvent rapporter ?

Un silence de mort succéda à cette déclaration révoltée. Deux taches rouges marquaient les pommettes de Mélisande, tranchant sur son teint diaphane. Camille de Saint-Sevrin, qui la regardait jusqu'alors, détourna les yeux. Elle finit par saisir sa petite cuillère pour la plonger dans son caviar d'aubergine. Sa fille aînée sentit la détresse l'envahir. Sa mère lui échappait encore. Encore et toujours. C'est alors que sa voix brisa le silence.

– C'est vrai. Seul l'argent m'intéresse. Du moins, il est numéro un sur ma liste des priorités. Je n'en ai pas honte. Je ne vais pas vous raconter ma vie de nouveau, je l'ai déjà fait[1]. Mais sachez que mon parcours m'a enseigné une leçon très simple : l'argent, c'est la sécurité et la reconnaissance. Ce que nous avons vécu depuis l'été le confirme une nouvelle fois. Ceux qui disent que l'argent ne fait pas le bonheur sont ceux qui en ont assez pour se permettre ce genre de réflexion pseudo-philosophique. Je sais que je ne suis pas ce que notre société actuelle appelle « une bonne mère » et je m'en contrefiche. De toute manière, les valeurs changent d'un siècle à l'autre. Et puis, ce n'est pas en jouant les mères poules que

1. Voir *Le roman des filles : Amour, avalanches et trahisons !*

l'on apprend aux poussins à survivre. Ce que j'ai toujours voulu, moi, c'est que vous connaissiez tous les codes qui vous permettent d'être à votre place là où le pouvoir s'exerce. Pour réussir, il faut être dure et, croyez-moi, encore plus quand on est une femme. C'est ce que je crois. C'est ce que je vous ai transmis, à vous, mes filles.

Elle se tut et calmement porta la cuillère à sa bouche. Elle dégusta son contenu et déclara :

– Délicieux ! Est-ce que par hasard vous avez également pensé à du vin pour accompagner ce festin ?

Pauline, heureuse de pouvoir quitter la table un instant, se précipita pour aller chercher la bouteille de vin blanc qu'elles avaient mise à rafraîchir.

Quand elle revint, Mélisande s'était rassise et discutait avec assurance de l'entrée en Bourse d'une nouvelle société. Sa sœur étouffa un soupir. Les choses ne changeraient pas. Elle l'avait compris elle-même depuis ce jour où sa mère était venue la rejoindre à la montagne après sa fugue[1]. Sa sœur aînée venait de l'accepter à son tour. Oui, Pauline avait eu raison, et c'était bien dommage. Mais il fallait tout de même lui rendre cette justice : Camille de Saint-Sevrin, elle, ne les avait pas abandonnées.

Jeudi 23 mai, 14 h 10

– *Chiara, would you mind reading this text please*[2] ?

La jeune fille sourit au charmant M. Wolf, le professeur d'anglais, et obtempéra. En prenant soin de bien prononcer et

1. Voir *Le roman des filles : Amour, avalanches et trahisons !*

2. Chiara, voudriez-vous lire ce texte s'il vous plaît ?

de veiller aux accents toniques, elle lut l'article extrait du *Time Magazine.* L'enseignant la félicita et commença à poser des questions à la classe. Chiara savait qu'elle disposait désormais d'un bon moment de tranquillité : le beau professeur au charme ravageur aurait fort à faire avec la troupe de groupies qui envahissaient les premiers rangs et qui se battaient pour attirer son attention. Elle s'envola donc bien vite de l'autre côté de la Manche…

Il y avait tout juste une semaine, on lui avait plus ou moins posé la même question. Quand elle s'était avancée sur la scène du théâtre londonien où avaient lieu les auditions, elle avait eu le sentiment de se dédoubler. Elle s'était vue arriver jusqu'à la croix bleue tracée au sol et avait entendu le plancher craquer légèrement sous ses pieds. Trois personnes étaient assises dans les fauteuils destinés à recevoir le public, mais leur visage était dans l'ombre et elle ne pouvait même pas distinguer s'il s'agissait d'hommes ou de femmes. En tout cas, il y avait au moins un représentant de la gente masculine dans ce petit groupe car une voix virile lui avait demandé, comme M. Wolf venait de le faire, de lire un texte qu'on leur avait distribué un peu avant. Sauf que là, il fallait en plus le jouer et continuer avec deux chansons. La mémoire de Chiara, aussi performante lorsqu'il s'agissait de mémoriser des textes qu'inopérante lorsqu'il fallait retenir des leçons, s'était activée. Même en anglais, les mots s'étaient succédé avec facilité lorsqu'elle avait dû se lamenter de se retrouver loin des siens et de son pays. Une fois lancée, elle n'avait pas eu non plus trop de mal à trouver sa note de départ lorsque la bande-son s'était déclenchée et qu'il avait fallu chanter. Elle avait fait de son mieux, sa voix rauque mettant en valeur les paroles de la chanson. Mais elle était bien consciente qu'il y avait aussi eu de vraies « pros » à ce casting. Quand tout avait été fini, le silence s'était rétabli dans le théâtre et le même homme l'avait congédiée par l'habituel :

– *Thank you. We'll call you*[1].

Comme c'était étrange de ne pas entendre d'applaudissements après sa prestation. Étrange et assez déstabilisant. Mais dans les coulisses les bras de Kieran avaient été là pour la rassurer, et Chiara s'était vite remise… jusqu'à ce que le même sentiment s'empare d'elle à nouveau. Cette fois, cela s'était passé à l'ombre d'un érable planté dans Hyde Park. Alors qu'ils étaient assis sur un banc, Kieran avait mis un genou à terre et avait sorti un écrin bleuté de l'une de ses poches.

– *For you*[2], avait-il dit simplement.

En découvrant un petit saphir monté sur une bague en argent, le cœur de Chiara avait manqué d'exploser. Dans les profondeurs bleu marine des yeux de Kieran levés vers elle, la jeune fille avait lu des tas de choses : la crainte de l'avenir, de l'engagement, du temps qui passe, mais aussi le désir de surmonter les épreuves, de viser plus haut, de ne pas être comme les autres. Pour le moment présent, c'était infiniment plus que ce qu'elle espérait. Ils étaient si jeunes !

Le bruit des cahiers que l'on ouvre ramena Chiara à son cours d'anglais. Sous la dictée de M. Wolf, ses camarades étaient déjà en train de prendre des notes. Plus le bac approchait, et plus les stylos crissaient, fébriles, sur le papier. Chiara était l'une des seules à rester sereine. Pour elle, cet examen n'était pas un enjeu. Par mimétisme, cependant, elle saisit son

---

1. Merci. Nous vous appellerons.

2. Pour toi.

stylo. Mais avant d'écrire le moindre mot elle fit tourner sa bague à son annulaire gauche afin que le saphir soit parfaitement centré. Un sourire heureux s'afficha alors sur son visage et, enfin, elle prêta un peu d'attention à ce que racontait le séduisant M. Wolf.

26

Amitié sans frontières

Samedi 25 mai, 16 h 45

Un vent chaud venu du sud fit tourbillonner les papiers traînant dans la rue. Lily, les deux mains prises par de grands sacs plastique, n'eut d'autre solution que de tourner la tête pour éviter de respirer la poussière qui remontait avec ces déplacements d'air.

– C'est dingue, cette chaleur, commenta Chiara, qui l'accompagnait, aussi chargée. On se croirait dans le désert !

– C'est le sirocco, expliqua son amie. Ils ont dit à la télé qu'il soufflerait tout le week-end. Ça tombe mal, on avait prévu de faire un barbecue pour la fête des Mères.

– C'est sûr qu'avec un vent pareil, vous risquez de transformer tout le lotissement en feu de joie !

Sa remarque fit à peine sourire Lily. Notant soudain la fatigue qui marquait ses traits et sa pâleur, Chiara s'inquiéta :

– Ça va, toi ? Tu as une de ces mines ! Et puis dis donc, tu as encore maigri, non ? Faudrait peut-être arrêter les bêtises maintenant ! Bientôt, tu passeras derrière les affiches sans les décoller…

– Tu exagères toujours ! Je suis juste un peu fatiguée. Avec le bac à la porte et les profs qui te mettent tous la pression, il y a de quoi…

– Entièrement d'accord, mais je ne suis pas sûre que ce soit seulement ça le problème. Écoute, on va arrêter là les courses. On a déjà acheté les nappes en papier, les serviettes et les verres en plastique. Je finirai toute seule.

– Non, non, il n'y a pas de raison ! Il faut encore aller acheter des pizzas, choisir les boissons, les gâteaux salés...

– T'inquiète, je te dis !

– ... et les gâteaux d'anniver...

Lily ne termina pas sa phrase. Comme si elle s'était soudain transformée en poupée de son, elle lâcha ses sacs et s'affaissa. Chiara, qui s'était arrêtée de marcher pour la convaincre, avait vu venir son évanouissement. Dès que le teint de son amie était devenu encore plus pâle et que ses paupières avaient commencé à se fermer, elle avait tout laissé tomber par terre pour rattraper la jeune fille au vol. Lily était légère comme une plume et Chiara n'eut aucun mal à la porter jusqu'au banc le plus proche. Une fois allongée, son amie ne tarda pas à reprendre connaissance.

– S'il te plaît, ne m'engueule pas, murmura-t-elle en découvrant le visage de Chiara qui la regardait d'un air à la fois sombre et inquiet.

– Pas maintenant, la rassura la jeune fille. J'attendrai que tu sois remise sur pied, sinon ce ne serait pas drôle.

Lily esquissa un sourire.

– Ta bonté te perdra, tenta-t-elle de plaisanter.

– Ouais, c'est souvent ce qu'on me dit quand je récupère des filles en guimauve dans mes bras...

En même temps qu'elle prononçait ces mots, elle tapotait sur le clavier de son portable. Quelques instants plus tard, une légère vibration lui apprit qu'elle venait de recevoir la réponse. Elle lut le message et son visage s'illumina.

– Cool ! Valérie est chez elle. On va y aller pour que tu reprennes du poil de la bête. Et puis, comme elle est infirmière, elle saura quoi faire.

– Valérie ? s'étonna Lily. Mais pourquoi ? Je vais très bien ! Et en plus je croyais que tu ne la voyais plus depuis qu'elle avait rompu avec ton père.

– Tout à fait exact, et d'ailleurs elle me manque plus que je ne l'aurais imaginé. Grâce à toi, j'ai une super occase de la revoir. Franchement, tu ne pouvais pas mieux choisir l'endroit pour te donner en spectacle : on est à deux rues de chez elle.

Lily se renfrogna.

– Je ne me donne pas en spectacle. J'ai juste été victime d'une faiblesse passagère. Il n'y a vraiment aucune raison de la déranger.

– Tatatata ! Trop tard ! Elle est déjà prévenue et tu n'auras pas la cruauté de me priver de cette chance !

Quelques minutes après, les deux jeunes filles sonnaient à la porte de l'ancienne amie de M. Palermo. Celle-ci les fit entrer et conduisit Lily, encore très pâle, jusqu'à sa chambre.

– C'est la pièce la plus fraîche de l'appartement, expliqua-t-elle. Allonge-toi, je vais te chercher quelque chose à boire. Cela te fera du bien. Tu viens m'aider, Chiara ?

Avec un hochement de tête, la grande jeune fille accepta et lui emboîta le pas. Lorsqu'elles furent dans la cuisine, Valérie la prit dans ses bras et la serra fort.

– Tu m'as manqué, tu sais, confia-t-elle.

– À moi aussi ! C'est trop nul, ce qui est arrivé. En plus, je me sens coupable. Si je n'avais pas accepté de revoir Kieran…

La jeune femme fit un geste de la main comme pour effacer ce que Chiara venait de dire.

– Ne te tracasse pas. Le feu couvait depuis longtemps. C'est juste l'étincelle qui a déclenché l'explosion. Si ça n'avait pas été ça, ç'aurait été autre chose. Tu sais, le problème vient du fait qu'il n'y a pas d'école pour devenir parent. Un jour, sans en comprendre toutes les implications, tu te retrouves avec un petit être vulnérable dans les bras et tu dois sans arrêt prendre des décisions. Tu espères qu'elles sont bonnes, mais au fond, la plupart du temps, tu n'en sais rien… En fait, la seule chose dont tu peux être certaine, c'est que tu feras des erreurs. Tu espères juste qu'elles seront le moins grave possible. Or il se trouve que ton père et moi, on a choisi des façons de faire diamétralement opposées. Lui a tendance à tout interdire, moi à tout permettre. Forcément, avec toi et Nolan, on allait tout droit au clash.

– Mais si tu as compris tout ça, tu ne peux pas lui en parler pour que vous vous mettiez d'accord ?

Valérie eut une mimique désolée.

– J'ai essayé de lui en parler… mais il n'y croit pas. Il dit qu'on n'a aucune chance et qu'il ne veut plus avoir de faux espoirs.

– Quel… nul ! s'exclama Chiara, qui avait failli utiliser un autre terme, mais par égard pour Valérie en avait changé au dernier moment. C'est tout lui, ça ! Je vais lui en toucher deux mots…

– Surtout pas ! S'il apprend que j'ai partagé cela avec toi, ça ne fera que le conforter dans la mauvaise opinion qu'il a de moi en tant qu'éducatrice. Parlons plutôt de ton amie. Elle n'a pas l'air d'être très en forme.

En quelques phrases, Chiara lui résuma la situation.

– Si tu pouvais discuter un peu avec elle, ce serait bien.

– Je peux toujours essayer.

Sortant un litre de jus de fruit du frigidaire, elle en servit quatre verres et en prit deux. Avant que Chiara n'ait eu le temps de s'étonner, elle lui glissa :

– Il y a quelqu'un qui doit te dire quelque chose. Je te l'envoie.

La jeune fille ouvrit la bouche pour l'interroger, mais Valérie s'était déjà éclipsée. Elle n'eut cependant pas longtemps à attendre. Une minute plus tard, une silhouette s'avançait dans la pièce. Chiara ferma les yeux.

– Disparais vite, vite ! La seule chose qui me retient pour le moment de te sauter dessus est que je n'ai pas encore décidé si je t'étrangle ou si je t'arrache tous les ongles.

Nolan se racla la gorge et balbutia :

– Il faut que je t'explique un truc...

– Arracher les ongles est peut-être préférable, l'interrompit Chiara. On souffre plus.

– Je te demande pardon, dit le garçon avec précipitation.

La jeune fille ouvrit les yeux.

– Pardon ?

– Oui, pardon, je te demande pardon, quoi !

– Non mais je ne disais pas « pardon ? » parce que j'étais étonnée que tu utilises ce mot, bien qu'en fait, je sois très étonnée que tu utilises ce mot. Mais je disais « pardon ? » comme j'aurais pu choisir « comment ? » ou « hein ? ». Tu comprends ?

Nolan la fixait avec des yeux ronds.

– Wahou ! s'excuser, c'est encore plus compliqué que ce que je croyais.

Chiara secoua la tête.

– Laisse tomber.

Elle l'observa avec attention pour voir s'il se payait sa tête, mais le garçon était trop mal à l'aise pour que ce soit le cas.

– Très bien, je t'écoute. Et n'hésite pas à développer, parce que j'ai toujours eu du mal à comprendre ce qui te passait par la tête.

Nolan se dandinait et fuyait le regard de la jeune fille brune, mais il avait dû recevoir des consignes très strictes car il n'essaya pas de se dérober.

– C'est pas cool ce que j'ai fait à Noël. Mais je cherchais à me venger.

– À te venger ? À cause de la tablette de chocolat ?

– Non, non, ça, c'était rien… En fait, la vérité, c'est que je t'en voulais à mort parce que tu passais plus de temps avec ma mère qu'elle n'en passe avec moi. Même quand elle ne travaille pas, je ne la vois que les week-ends car je vais à l'école qui est à côté de chez mon père. Tandis que toi, tous les soirs en rentrant du lycée, tu pouvais discuter avec elle. Mais le pire, c'est quand tu me l'as prise même les week-ends, l'année passée, lorsqu'elle t'a aidée à réviser ton bac de français. Ça, ça m'est resté en travers de la gorge, et je me suis juré à ce moment-là que je te le ferais payer.

C'était au tour de Chiara d'être mal à l'aise. Elle n'avait rien vu, rien soupçonné. Dès le départ, elle avait étiqueté Nolan « sale gosse », et elle n'avait pas imaginé une seconde qu'il puisse avoir une sensibilité.

– Je… je ne savais pas… Je ne pensais pas… Bon, enfin, je suis désolée, quoi ! Mais c'était pas fait exprès !

– Je sais, le psy me l'a dit.

– Tu vois un psy ?

– Ouais, il est plutôt cool pour un vieux de son âge. Il m'aide à comprendre des trucs. Je… je crois que je suis moins… enfin plus…

– T'inquiète, je vois !

Il y eut une pause pendant laquelle Nolan continua à se tortiller. Le prenant en pitié, la jeune fille proposa :

– Alors on fait la paix ?

– OK !

– *Give me five*[1] *!* dit-elle en présentant les cinq doigts de sa main ouverte.

Nolan hésita, puis, avec un sourire embarrassé et timide, il fit claquer sa paume contre la sienne.

– Et voilà, conclut Chiara avec satisfaction, les parents n'ont plus qu'à en faire autant !

Lily avala son verre de jus de fruit. Même si elle soutenait le contraire, elle se sentait faible.

– Ça va un peu mieux ?

– Oui, merci. Je suis désolée de vous déranger comme ça. Chiara a insisté.

– Elle a eu raison. Et tu ne déranges pas du tout, je n'avais rien de prévu !

– C'est la chaleur, tenta d'expliquer la jeune fille, et puis le vent.

Valérie sourit d'un air entendu.

– Et puis peut-être quelques carences…

Lily dévisagea la mère de Nolan avec méfiance.

– Chiara m'a raconté que tu avais beaucoup maigri et que tu ne mangeais presque rien ces derniers temps.

– Elle n'aurait pas dû, soupira Lily en se rallongeant et en fixant le plafond.

– Ne lui en veux pas. Elle est inquiète. Et puis tu sais, je suis infirmière, et les gens sous-alimentés, c'est ma spécialité ; j'aurais deviné.

1. Tope là !

– Je n'y comprends rien : les autres ont le droit d'être minces sans que personne n'y trouve à redire. Moi, dès que je perds quelques kilos, on en fait tout un drame !

– Peut-être que les autres ne s'évanouissent pas dans la rue…

Lily haussa les épaules sans répondre. Si elle s'était sentie en meilleure forme, elle se serait levée et serait partie le plus vite possible. Elle devait déjà jongler avec l'inquiétude de ses parents, elle n'avait aucune envie de rendre des comptes à une inconnue, si sympathique soit-elle !

– Tu sais, je n'ai pas été totalement sincère avec toi, confia soudain Valérie.

Surprise, la jeune fille lui lança un coup d'œil. L'ex-amie de M. Palermo s'était assise sur le bord du lit et regardait le verre vide qu'elle faisait tourner entre ses mains.

– Je n'aurais pas seulement deviné à cause de mon métier. Quand on a vécu certaines choses, on sait en reconnaître les signes chez les autres.

Elle fit une courte pause avant de continuer.

– Ce n'est pas moi qui ai pris la décision de divorcer. J'aimais toujours mon mari, mais il avait rencontré quelqu'un d'autre. Quand j'ai appris la nouvelle, j'ai été dévastée. Je passais mes journées à pleurer et à dormir, et je ne mangeais plus rien. Je n'avais même plus l'énergie de m'occuper de Nolan, et son père en a profité pour en obtenir la garde. J'ai plongé encore davantage, me traitant de mère indigne, et bien vite je n'ai plus eu que la peau sur les os. Je pense que j'aurais dérivé encore longtemps si un de mes amis médecins ne m'avait pas, presque contre mon gré, enrôlée dans une mission qu'il dirigeait pour un organisme humanitaire. Le matin suivant mon arrivée, quand je me suis réveillée, la salle d'attente était déjà pleine de patients. Ils avaient fait des kilomètres à pied pour venir se faire soigner. Certains étaient dans un état terrible. Ils n'avaient pas le temps, eux, de déprimer, car toute leur énergie était consacrée à survivre. Je savais que je pouvais les aider. Je l'ai fait, et petit à petit j'ai surmonté ma souffrance.

Lily l'avait écoutée avec une attention grandissante. Quand elle s'arrêta de parler, Lily se sentit envahie par le besoin de se livrer à son tour. Hésitant sur les mots, elle raconta tant bien que mal les hauts et les bas de sa relation avec Adrien. Puis elle continua :

– Il y a aussi cette boule qui se forme dans ma gorge toutes les fois que l'on parle de mon avenir. Je ne sais pas ce que je veux faire. Le monde des adultes me fait peur. Toutes ces décisions à prendre, c'est angoissant. Tout était tellement plus simple avant... Mais je sais bien que c'est moi qui suis bizarre. Les autres, eux, s'en sortent bien. Ils sont forts.

– Mais toi aussi tu es forte ! Combien de fois ai-je entendu Chiara proclamer que sans toi elle n'aurait jamais survécu, que sans toi votre quatuor aurait explosé depuis longtemps ? Il faut sacrément de force pour entretenir de telles relations. Mais il faut de la sensibilité également, et parfois c'est celle-ci qui prend le pas. Il faut que tu apprennes à protéger ton cœur.

– Protéger mon cœur ? Avec une armure ?

Valérie se mit à rire.

– Avec une armure d'un genre un peu particulier quand même !

– C'est ce que vous avez réussi à faire, vous ?

La jeune femme bougea la tête.

– Avec le temps, oui, je crois que j'ai fait des progrès, même si je ne suis pas une « superwoman » dans ce domaine. Dans les autres non plus, d'ailleurs, ajouta-t-elle en souriant.

– Et... vous pourriez m'apprendre ?

– Avec plaisir. Je suis certaine qu'on fera une bonne équipe !

Lily lui retourna son sourire avec timidité et demanda en rougissant légèrement :

– Vous pourriez aussi m'expliquer un peu plus en quoi consiste votre métier ?

Le sourire de Valérie s'accentua.

Une demi-heure plus tard, lorsque Chiara, lasse d'attendre, vint toquer à la porte, elles en discutaient encore…

27

Rosa-Rosa-Rosam... Bacus-Bace-Bacum...

Mardi 4 juin, 15 h 10

– Je propose qu'on porte un toast ! lança Maëlle en levant son verre de jus de fruit.

Du regard, elle s'assura que ses trois amies avaient les yeux braqués sur elle. Installées à la terrasse du café des Anges, elles s'étaient retrouvées pour faire une coupure dans leurs semaines de révision.

– *Ave Bacus ! Morituri te salutant !* déclama tragiquement Chiara en lui coupant l'herbe sous le pied.

– Bacchus ? s'étonna Mélisande. Je ne savais pas que tu vouais une telle vénération au dieu du vin !

– T'as rien compris ! Il s'agit de *bacus* sans *h*, corrigea la brunette. C'est une latinisation du mot « bac » ! Rien à voir avec ton dévergondé de Bacchus !

– Et avec ou sans *h*, on peut avoir une traduction du reste de la phrase pour ceux qui ne parlent pas latin couramment ? demanda Lily.

– Tu ne lis pas assez d'*Astérix*, la gronda la jolie rousse en agitant un doigt sous son nez, sinon tu saurais que cela veut plus ou moins dire : « Ceux qui vont mourir te saluent ! »

C'était la phrase que prononçaient les gladiateurs en saluant l'empereur romain avant d'aller combattre dans les arènes.

– Ah ! Je comprends...

– Super, mais bien morbide quand même, remarqua Maëlle, vexée de s'être fait doubler. J'avais en tête quelque chose de plus gai !

– C'est parce que toi, tu espères y survivre, à ce fichu bac, expliqua Chiara d'une voix sinistre. Moi, je me sens très proche des martyrs qu'on envoyait se faire boulotter par les lions.

– Allons, allons, la reprit joyeusement Mélisande, ce n'est qu'un long et douloureux moment à passer !

– Bouhouhou ! geignit son amie en faisant mine de s'effondrer de désespoir sur la table.

Lily la regarda faire sans pouvoir retenir un sourire puis se tourna vers Maëlle.

– Et toi, c'était quoi, ton toast ?

– Mon toast ? Ah, heu... ben je ne m'en souviens plus avec tout ce cirque !

Les pleurs de Chiara redoublèrent. La jeune comédienne releva la tête et supplia :

– Ne parle pas de cirque, par pitié ! Ça me rappelle les jeux du cirque de Rome avec...

– ... les martyrs, les gladiateurs, les lions, etc. Oui, oui, on sait ! l'interrompit Mélisande en riant. À part ça, d'autres nouvelles ? Bon, allez, je commence, dit-elle sans laisser à quiconque une chance de parler. D'abord, je remercie Maëlle, qui a fait taire sa jalousie maladive et m'a prêté Florian assez longtemps pour qu'il me peaufine un site internet génial ! Chaque semaine, le nombre de connexions augmente, et je pense que mes affaires sont drôlement bien parties ! Mais ce n'est que le début, j'ai bien l'intention de développer...

– Trop bien ! s'enthousiasma Chiara, qui avait oublié ses larmes. Quand je serai une star, je te commanderai une parure !

– C'est génial, dit Lily, tu es une vraie battante !

– Même la jalouse maladive se réjouit, ajouta Maëlle en faisant une grimace. Et la future star, a-t-elle eu des nouvelles de son casting ?

Chiara haussa les épaules :

– Le projet a été retardé. La chanteuse qui devait avoir le premier rôle s'est fâchée avec le producteur. Alors tout est à revoir. Il paraît qu'ils visionnent les vidéos de nos prestations pour prendre leur décision…

– Peut-être que tu auras le premier rôle, alors ?

La jeune fille secoua la tête.

– Aucune chance ! C'est trop orienté sur le chant et la danse. Et dans ces domaines, ce sont des pros de dingue là-bas. Mais ce qu'il y a de chouette, déclara-t-elle en levant son verre en direction de Lily, c'est de te voir en meilleure forme !

Lily rougit et porta son thé glacé à ses lèvres pour se donner une contenance.

– Effectivement, avoua-t-elle, il y a du mieux. Je commence à avoir des projets… mais je vous en parlerai quand j'en saurai plus moi-même. En tout cas, je me suis remise à bosser et mes parents sont contents.

– Et à manger aussi ?

Le rougissement de Lily s'intensifia.

– Tu penses vraiment qu'à me faire reprendre des kilos !

– Non ! je veux juste que tu sois suffisamment en forme pour faire une fête de fous pour nos anniversaires !

– Lâche-lui les baskets, intervint Maëlle, je suis sûre que tout ira bien !

Chiara leva les yeux au ciel et eut un petit geste qui signifiait : « Si tu le dis… »

– Et toi, Maëlle, demanda Lily trop contente de détourner l'attention sur quelqu'un d'autre, tu files toujours le parfait amour avec Florian ?

La jeune fille eut un petit sourire.

– J'ai pas à me plaindre. Notre seul point d'accrochage est notre différence de point de vue concernant nos études. Je trouve qu'il manque d'ambition. Il a vraiment beaucoup de potentiel, et je suis sûre qu'il pourrait entrer dans une grande école, mais lui ne jure que par la fac. Je suis sûre qu'il va perdre son temps et qu'il le regrettera un jour…

– Et c'est toi qui dis à Chiara de lâcher les baskets à Lily ? demanda Mélisande. Franchement, tu manques pas d'air ! Laisse-le donc décider ! C'est un grand garçon maintenant. La dernière fois que j'ai discuté avec lui, il avait l'air d'en avoir un peu assez que tu lui mettes la pression. Pourquoi ne le laisses-tu pas prendre ses décisions tranquille ? À force, tu vas tout gâcher.

Pendant que son amie parlait, des émotions diverses se succédèrent sur le visage de la jeune athlète. Exaspération, colère, étonnement, et pour finir le doute et la crainte.

Plongeant le nez dans son jus de fruit, elle murmura :

– Je crois que j'ai peur de le perdre…

– Comment ça ? interrogea Lily en fronçant les sourcils.

– S'il va à la fac, il restera à Lyon. Moi, il faut que j'aille à Paris.

– Et c'est ça qui te fait peur ? s'exclama Chiara. Lyon-Paris, c'est rien ! Pense un peu à Kieran et moi ! Si on survit, vous survivrez aussi.

Maëlle releva la tête tout en se mordillant la lèvre.

– Je suis nulle, hein ?

En découvrant son air penaud, les trois autres filles éclatèrent de rire. Puis Chiara leva son verre et claironna :

– À Maëlle, la plus génialement nulle de nous toutes !

Mercredi 12 juin, 7 h 53

La porte de la salle s'ouvrit enfin et un surveillant leur annonça qu'ils pouvaient entrer. Lily suivit le flot des élèves qui attendaient avec elle dans le couloir et, comme tous les autres, elle se mit à chercher son numéro de candidat et son nom sur les bureaux alignés en file indienne. Certains s'étaient déjà assis et sortaient leurs affaires. La jeune fille avait le cœur qui battait de plus en plus vite à mesure que les minutes s'écoulaient et que les places se raréfiaient. Quand elle se retrouva la dernière debout au milieu de la salle, le seul bureau disponible était au nom de « Berri Liliana ». Elle crut un instant qu'il y avait eu erreur sur son nom, mais le numéro ne correspondait pas à celui qui figurait sur sa convocation. La panique la gagna et l'envie folle de partir en courant s'empara d'elle. En voyant son air perdu, un des surveillants s'approcha et lui demanda quel était son problème. Sans un mot, elle lui tendit sa convocation. Saisissant rapidement de quoi il retournait, il appela :

– Liliana Berri ?

Une jeune fille brune dont les immenses lunettes mangeaient le visage leva la main.

– Vous vous êtes trompée de place.

– Oh ! fit-elle en rougissant. Elle relut l'étiquette collée à l'angle du bureau et constata que le surveillant avait raison.

– Dépêchez-vous, la pressa-t-il, il est l'heure d'ouvrir l'enveloppe des sujets !

Rassemblant en vrac ses affaires sous son bras, elle se précipita vers la place inoccupée. Avec soulagement, Lily découvrit alors son nom sur la table qu'elle venait de libérer. Le cœur toujours palpitant, elle s'installa tandis qu'un professeur entrait dans la salle pour apporter une grande enveloppe en papier kraft.

– Il est 8 heures, annonça-t-il comme s'il s'agissait d'une sentence de mort.

Il fit alors sauter les scellés qui fermaient l'enveloppe et en sortit une liasse de feuilles qu'il partagea en deux. Puis, avec l'aide d'un surveillant, il se mit à distribuer les sujets et les feuilles de brouillon colorées. Quand ils eurent fini, il déclara :

– Vous avez quatre heures. Bon courage à tous.

Mais les élèves, déjà plongés dans la lecture des sujets d'histoire et géographie qui leur étaient proposés, l'entendirent à peine.

Jeudi 13 juin, 10 h 40

La copie se remplissait à vive allure d'une grande écriture un peu alambiquée. Les phrases en anglais se suivaient avec aisance, et le vocabulaire était riche et varié. Chiara était au maximum de sa concentration. Elle savait qu'elle jouait sur cette épreuve son va-tout. Grâce à son niveau dans la langue de Shakespeare, désormais bien supérieur à la moyenne, il fallait qu'elle arrache une note fabuleuse. Un 18 ou un 17 au moins. La catastrophe de l'épreuve de philosophie pèserait terriblement lourd dans la balance quand il s'agirait de faire le bilan des points permettant de décrocher ce maudit bac ! Pendant quelques instants, le cauchemar qui s'était déroulé le lundi précédent lui revint à l'esprit. Après avoir lu et relu les trois sujets proposés, elle avait, en désespoir de cause, choisi de disserter sur « L'homme est-il condamné à se faire des illusions sur lui-même ? ». Cherchant désespérément dans sa mémoire des souvenirs de cours qui auraient pu l'aider à échafauder un plan, elle n'était finalement parvenue qu'à se remémorer des photos de son manuel qui l'avaient amusée. Ces portraits de vieux barbons à l'air renfrogné avaient de quoi démotiver les plus enthousiastes. Si seulement les philosophes avaient été dotés d'un look plus sexy et engageant, nul doute qu'elle leur aurait trouvé plus d'intérêt ! Alors elle avait tué le temps en les affublant de moustaches, de chapeaux colorés ou de belles anglaises. Et au moment de l'épreuve, c'était la seule chose dont elle s'était souvenue ! Suant et soupirant, elle avait donc sans illusion passé des heures à griffonner son brouillon avant de recopier (en catastrophe quand le surveillant annonça qu'il ne restait plus que trente minutes) une série de phrases plates et décousues. Bref, cela aurait difficilement pu être pire. Chassant ces réminiscences désagréables, elle se replongea dans son devoir d'anglais. Ce n'était pas le moment de se laisser déstabiliser…

Vendredi 14 juin, 9 h 10

Mélisande n'avait pas hésité une seconde entre tous les sujets proposés pour l'épreuve d'économie. Dès qu'elle avait lu son sujet de dissertation, elle avait failli crier de joie et avait su que la partie était gagnée. « Comment l'accumulation du capital peut-elle être source de croissance économique ? » leur demandait-on. L'accumulation de capital, elle connaissait bien, grâce à ses parents. Quant à la croissance économique, c'était un phénomène qu'elle avait étudié de près quand elle avait voulu lancer sa petite entreprise. Elle n'avait eu aucun mal à lier les deux, et les idées et les exemples concrets se bousculaient dans sa tête. Son stylo volait sur le papier, ce qui lui attirait des regards jaloux de la part d'autres candidats moins inspirés. Mais elle n'en avait cure. Elle avait des théories à avancer, des points de vue à défendre. Elle était dans son élément et entendait bien en profiter…

Vendredi 14 juin, 9 h 20

Au fur et à mesure que le temps s'écoulait, l'assurance de Maëlle se délitait. Comment une telle chose pouvait-elle lui arriver, à *elle* qui avait étudié comme personne le programme de mathématiques de terminale S ? Plus tôt dans la semaine, elle avait passé avec facilité les épreuves de sciences physiques et de SVT, et voilà que maintenant elle séchait lamentablement dans son domaine de prédilection. D'habitude, elle finissait les contrôles de maths une heure avant les autres, mais aujourd'hui, alors que c'était le jour J, elle voyait les minutes s'égrener sans pouvoir résoudre la question 3 de l'exercice I. En fait, c'était encore plus perturbant que cela : elle savait faire ce qu'on lui demandait, mais le résultat obtenu était en totale contradiction avec ce qu'elle avait démontré aux questions précédentes. Et elle ne pouvait continuer le problème tant que cette incohérence persistait. Elle s'agita sur sa chaise, tentée de jeter un coup d'œil sur les feuilles de ses voisins, mais elle n'osa pas. Le risque était trop élevé de se faire surprendre. Elle transpirait de plus en plus, et, même s'il faisait chaud dans la salle, elle savait bien que cela n'en était pas la cause principale. Elle s'apprêtait à reprendre son calcul pour la quatrième fois quand un élève demanda à ce qu'on ouvre une fenêtre. Alors qu'un surveillant obtempérait, un fort coup de vent fit voltiger quelques papiers. Maëlle vit alors une feuille de brouillon jaune se poser près d'elle. Le candidat qui se trouvait à sa suite dans la rangée, se leva pour la récupérer. Serviable, la jeune fille se pencha pour l'attraper et lui éviter de se baisser. Quand elle lui tendit son brouillon, il la remercia d'un sourire. Mais celui que lui retourna Maëlle était encore plus éclatant. Le temps d'un clin d'œil, elle avait vu le tracé de sa courbe sur son brouillon. Et d'un coup, tout s'était éclairci ! Une erreur de signe ! Une simple erreur de signe en recopiant la fonction avait inversé tous ses résultats. Soudain dopée, la jeune fille reprit ses calculs à toute allure. Une fois la faute corrigée, un soulagement intense l'envahit. Tout rentrait dans l'ordre. Désormais, il fallait rester vigilante et rattraper le retard. Mais Maëlle était gonflée à bloc : la machine de guerre Tadier était lancée.

28

Miroir, miroir...

Dimanche 23 juin, 16 h 30

La chambre de Lily était dans un désordre indescriptible. Chaque élément du mobilier semblait avoir été repeint aux couleurs de l'arc-en-ciel et offrait à l'œil le chatoiement de mille et un tissus. Des coffrets de bijoux, des plumes de tailles diverses et variées ainsi que d'innombrables boîtes de chaussures et de chapeaux venaient compléter l'ensemble.

– Eh, les filles ! visez un peu ce châle ! s'écria Chiara en s'enveloppant dans un immense coupon de soie rouge. J'ai toujours rêvé de m'envelopper dans un truc comme ça après avoir déclamé une réplique bien sentie à un affreux tyran, avant de sortir de scène la tête haute !

– Oh oui ! s'enthousiasma Lily, ça flatte ton teint mat.

Pendant que la grande fille brune se pavanait en prenant des poses, Mélisande intervint :

– Sauf que si tu ne veux pas qu'on te confonde avec Carmen ou Esmeralda, il va falloir faire quelque chose avec tes cheveux. Personne ne portait les cheveux longs, dans les années vingt !

– Un bon coup de ciseaux, et l'affaire sera réglée, lança Maëlle.

– Ça va pas la tête ? s'indigna Chiara. Kieran adore mes cheveux !

– Heureusement qu'il n'est pas indien, se moqua la jeune fille blonde, parce que sinon je craindrais pour ton scalp !

– Elles portaient aussi des chignons sur la nuque, tempéra Lily quand elle parvint, juste avant les autres, à s'arrêter de pouffer.

Mais Chiara, vexée, continuait à fixer ses amies d'un air outragé.

– Bon, si on cessait les enfantillages et qu'on s'y mettait sérieusement ? intervint Mélisande. Je vous rappelle que c'est demain le grand soir et qu'on n'a toujours rien choisi ! Sans compter que Pauline et Lola attendent en trépignant d'impatience que je rapporte ce que nous n'utiliserons pas pour faire leur choix. Ce ne serait pas sympa de les faire trop languir.

– Quelle considération ! s'étonna Maëlle. Depuis quand tu te soucies de ta sœur et de sa copine ?

– Depuis qu'elle les fait travailler comme des esclaves, persifla Chiara pour se venger. Il faut qu'elle prenne soin de sa main-d'œuvre.

– Quelle idée horrible ! s'insurgea la jeune chef d'entreprise. À vous entendre, je ne ferais les choses que par intérêt !

– Ben ouais ! confirma son amie d'un air toujours aussi revanchard.

Outrée, Mélisande la fusilla du regard.

– Attends, intervint Maëlle, ne me dis pas que tu es devenue… *gentille* ?

Le teint de nacre de la jolie rousse se colora de pourpre.

– Tu prononces ça comme s'il s'agissait d'un gros mot, intervint Lily avec force. Je ne vois pas pourquoi. Moi, je préfère les gens gentils aux autres. Je crois qu'on se porterait tous beaucoup mieux s'il y avait plus de gentillesse dans ce monde !

J'en ai un peu marre que lorsqu'on dit « gentil » les gens comprennent « idiot ». Imaginez ce que deviendrait votre vie si on enlevait tout ce qu'il y a de « gentil » autour de vous. Pas sûr que ça donne tant envie que ça !

Elle s'arrêta, un peu essoufflée, surprise elle-même d'avoir tant parlé.

– Non, pas taper ! Pas taper Maëlle ! geignit la jeune athlète en se protégeant la tête.

Les trois autres filles se mirent à rire.

– Heu… Et si je dis que je m'excuse, auras-tu la *gentillesse* de me pardonner ? poursuivit la jeune fille en battant des cils.

– Pour cette fois, ça ira, accorda Lily, magnanime.

– Chouette ! lança Chiara. Alors maintenant, on peut essayer ces vêtements ?

– Bien sûr, c'est fait pour ça, confirma Mélisande. Il faut juste qu'on en prenne soin, je vous rappelle que ce sont des vêtements de marque !

– C'est génial, quand même, que ta mère ait pu obtenir de sa boss qu'elle nous les prête !

– Oui, ça ne s'est pas fait tout seul, mais je savais qu'ils avaient fait un shooting sur les années vingt dans son studio, et j'ai décidé de ne plus me laisser impressionner par son air hautain. Et puis… j'ai des arguments !

– Ont-ils un rapport avec les innombrables cartons qui envahissent toujours l'atelier de ma mère ? demanda Lily avec un sourire.

– Oh, si peu ! répondit Mélisande avec un clin d'œil complice.

– Tu n'as pas honte ? fit Maëlle en agitant un doigt répro-bateur dans sa direction.

– Absolument pas, répliqua son amie avec sérénité, elle me doit bien ça ! C'est mes dix-huit ans, quand même ! Et puis, cela n'a pas été si difficile à obtenir : je crois qu'elle devait vaguement culpabiliser d'avoir oublié la date de mon anniversaire…

– Bon, assez discuté ! déclara Chiara en se saisissant d'une robe. Moi, je veux celle-là !

Devant la psyché que Lily était allée emprunter dans la chambre de ses parents, la brunette plaqua le corsage en soie rouge contre sa poitrine. Les fines bretelles scintillantes mettraient ses épaules en valeur, et la courte jupe dont le plissé commençait à hauteur des hanches ferait paraître encore plus longues ses jambes de mannequin.

– Moi, je craque complètement pour la bleue ! s'exclama Maëlle en caressant une magnifique robe en crêpe de Chine.

– Tu as raison, confirma Lily, elle fait ressortir la couleur de tes yeux. Et toi, Mélisande, je suis sûre que tu sais déjà laquelle t'ira comme un gant ?

Son amie fronça le nez et les surprit en hésitant.

– Eh bien, ce n'est pas si évident. Je ne veux pas incarner la parfaite gravure de mode. J'aimerais quelque chose qui me donne un petit côté nonchalant…

Chiara éclata de rire.

– Un côté nonchalant, toi ? Tu me fais penser à la reine Marie-Antoinette quand elle jouait à la bergère.

Vexée, Mélisande lui décocha un regard noir, ce qui, avec ses yeux verts, n'était pas une mince affaire.

– Moi, j'ai besoin d'aide, s'empressa de lancer Lily. Je n'ai pas vos silhouettes interminables, qu'est-ce que je dois faire pour ne pas avoir l'air trop boulotte ?

De hauts cris lui répondirent.

– Boulotte ? N'importe quoi ! Maintenant que tu as repris du poids, tu es juste comme il faut ! s'insurgea Chiara.

– Et puis avec un bandeau orné d'une plume dans tes cheveux bouclés, tu seras magnifique. Avec les miens, je suis sûre que ça ne tiendra jamais, protesta Maëlle en essayant de faire bouffer ses mèches blondes trop fines.

– Quant à ta silhouette, on va l'allonger, fais-moi confiance, assura Mélisande.

Tout en parlant, elle sortit une magnifique paire de sandales noires avec des talons qui n'en finissaient plus.

– Tu rigoles ! pouffa Lily, je ne porte jamais de talons !

– Tu as dix-huit ans maintenant, ma chérie, il est plus que temps de t'y mettre !

– Même si je le voulais, jamais je ne pourrais tenir sur des échasses pareilles !

– Ha ha ! Tu as prononcé le mot fatidique ! rétorqua son amie. Tu sais bien qu'il ne faut jamais me dire jamais ! Je le prends comme une provocation ! Fais-moi confiance, d'ici demain non seulement tu tiendras sur ces talons, mais en plus tu danseras avec !

29

Bouquet final

Lundi 24 juin, 20 h 45

La salle du *Blue Note* se prêtait merveilleusement à une soirée années vingt. Tables et chaises avaient été repoussées contre un mur, laissant un vaste espace de danse disponible. Avec ses murs tendus d'un riche velours noir comme la nuit, il offrait un cadre parfait aux tenues de couleurs vives des invitées. Les garçons, affichant le look des gangsters de l'époque, riaient en se découvrant les uns les autres en costume rayé et le Borsalino fièrement incliné sur le front. Les boissons étaient servies au bar par Florian et plusieurs de ses amis du club d'informatique qui n'étaient pas des passionnés du *dance floor.* Pour les affamés, des plateaux de gâteaux salés, pizzas et mini-quiches étaient disposés à différents endroits de la salle. La musique diffusée par les enceintes était, elle, résolument XXIe siècle.

Adossée à un mur, un verre de punch à la main, Mélisande observait discrètement le DJ, qui, comme dans bon nombre de soirées organisées par des élèves du lycée, se trouvait être Farouk. Un écouteur de casque plaqué contre l'oreille et la main sur la platine, il s'éclatait avec une bonne humeur exaspérante. Il avait déjà tombé la veste et, la chemise à demi ouverte, il ondulait en rythme tout en proposant à tous un excellent programme musical. La jeune fille avala une gorgée de sa boisson avant de la reposer sur une petite table. Sans quitter le garçon des yeux, elle fit tourner l'anneau qu'elle portait à l'index de sa main droite. Sur le chaton était monté un cœur couronné entouré de deux mains. Le cœur pointait vers l'extrémité de son doigt, indiquant ainsi que le sien était à prendre, mais Farouk n'avait fait aucun commentaire, à supposer même qu'il l'ait noté ! Sa tenue non plus ne lui avait valu aucune remarque, et elle se demandait bien pourquoi elle s'était donné tant de mal pour la choisir. Pourtant, quand elle avait fini par se décider pour cette simple robe de mousseline couleur ivoire, elle avait été convaincue d'avoir fait le bon choix. Sa coupe, épurée et féminine, était dynamisée par un large liseré de satin d'un ton plus sombre, et l'ensemble donnait à celle qui la portait une fraîcheur tout innocente. Ses cheveux aux éclats de feu étaient retenus par un bandeau assorti et des ballerines sages complétaient le tout. À moins de venir en salopette en jean et chaussée de sabots, elle n'aurait pas pu faire mieux ! Mélisande sentait une colère mêlée de désarroi monter en elle. À chaque minute qui passait, elle regrettait un peu plus de ne pas avoir enfilé une robe-fourreau noire avec des gants montant jusqu'à mi-bras et un maquillage outrancier. Ainsi vêtue, au moins lui aurait-elle arraché un long regard. Désapprobateur, peut-être, mais long ! Sans parler de toute une série de remarques ironiques et désobligeantes qu'elle se serait fait un plaisir de contrer avec morgue et suffisance !

« Fichu anniversaire, pensa-t-elle, heureusement que la fin de l'année est proche ! »

À quelques mètres de là, Maëlle, ensorcelante dans sa superbe robe bleue, se dirigeait vers le bar. Retirant un de ses longs gants de satin, elle s'accouda au comptoir et l'utilisa pour frapper légèrement un gangster aux épaules musclées.

– Eh, beau brun ! sers-moi donc une coupe de champagne !

Le beau brun se retourna et lui décocha un sourire en coin.

– Salut, poupée, répondit-il en imitant l'accent américain, pas de champagne en stock, désolé, mais si tu aimes les bulles, j'ai d'autres boissons pour te satisfaire : Pepsi, panaché, eau pétillante… et même un peu de liquide vaisselle !

Florian agita le flacon vert sous le nez de sa petite amie avec un plaisir évident.

– Y a pas à dire, toi, tu sais parler aux femmes ! commenta-t-elle, imperturbable. Puis, le saisissant par sa cravate, elle l'attira à elle et déposa un baiser sonore sur sa bouche. Sans le lâcher, elle murmura :

– Voyons voir si tu fais autant le malin sur une piste de danse…

Le garçon fit la grimace et tenta de prétexter :

– C'est que là, je suis débordé, ils sont tous terriblement assoiffés !

Avec un sourire carnassier, Maëlle fit celle qui n'entendait rien et, le tenant toujours par la cravate, lui fit faire le tour du bar et l'entraîna parmi les danseurs. En soupirant, il commença à se déhancher maladroitement pendant que Maëlle étouffait un rire. Elle adorait son côté un peu pataud qui lui donnait envie de le prendre sous son aile.

Comme ils évoluaient sur la musique, ils se retrouvèrent soudain face à face avec Lily. Perchée sur ses talons immenses, sa silhouette mise en valeur par une robe fluide aux reflets mordorés, elle captait le regard de beaucoup de garçons. Sa jupe courte sur le devant et plus longue à l'arrière faisait paraître ses jambes plus grandes et virevoltait comme un papillon. Amusée, Maëlle remarqua qu'elle suivait à la lettre les conseils de Mélisande : soulevant à peine les pieds, elle glissait prudemment en dansant surtout avec le haut du corps.

– C'est qui, ce type, demanda soudain Florian en désignant un grand blond qui la suivait comme son ombre.

– Un gars de son orchestre. Elle en a invité plusieurs. Pourquoi, t'es jaloux ?

Maëlle ne pouvait s'empêcher de se crisper chaque fois que son petit ami portait un intérêt particulier à Lily. Florian, qui en avait pris conscience, ne put s'empêcher de la taquiner.

– C'est vrai qu'elle est canon, ce soir !

Mais dès qu'il vit la fière Maëlle laisser percevoir des signes de jalousie, il la rassura :

– Mais en ce qui me concerne, c'est toi la plus belle.

Il se pencha pour lui déposer un léger baiser sur les lèvres et lui caresser la joue. En retour, la jeune fille se suspendit à son cou et l'embrassa longuement. Comme les gens autour d'eux commençaient à siffler, ils finirent par se détacher l'un de l'autre, Florian rougissant, Maëlle tirant la langue à tous ceux qui riaient. Quand l'agitation se fut un peu calmée, le garçon regarda à nouveau Lily, qui s'éloignait, et demanda à l'oreille de sa partenaire :

– Au fait, vous lui avez dit ?

Maëlle secoua la tête.

– On ne savait pas comment s'y prendre. Et puis peut-être que nous sommes trop lâches…

– Quand même, ça aurait été plus juste de la prévenir !

Maëlle planta ses deux poings sur ses hanches et déclara :

– Tu sais quoi ? Tu me fais trop penser à elle ! Tu peux remercier le ciel qu'on soit tombés amoureux, tous les deux, parce qu'avec Lily tu aurais formé le couple le plus culpabilisé de la terre !

– Peut-être bien, reconnut-il. N'empêche, vous auriez dû lui dire !

Lundi 24 juin, 21 heures

Chiara n'avait jamais été aussi belle. Habillée, maquillée et coiffée par Mélisande, elle resplendissait tel un rubis dans son écrin contre les murs de velours noir. Quand elle s'était vue dans le miroir, un sentiment d'excitation s'était emparé d'elle. C'était fou ce qu'une touche d'ombre à paupières, de mascara et de blush pouvait faire. Même elle qui se trouvait généralement une tonne de défauts était impressionnée par le résultat. Et c'était tellement agréable de se trouver… si séduisante ! Mais il n'avait pas fallu longtemps avant que son enthousiasme retombe. À quoi bon être si jolie si les seuls yeux qu'elle voulait voir briller ne pouvaient se poser sur elle ? Parfois, elle en voulait au monde d'être si grand. Pourquoi ne pouvait-on pas tous vivre dans le même village ? Le mot « kilomètre » lui donnait désormais des boutons…

Elle regardait les autres qui s'amusaient et faisaient les fous. L'ambiance était excellente. On pouvait dire sans hésiter que leur fête était une réussite. Pourtant, elle n'arrivait pas à y participer. Elle repensa soudain à un vers de Lamartine qui l'avait bien fait rire quand elle était en seconde. *Un seul être vous manque, et tout est dépeuplé…* disait-il. Elle avait trouvé qu'il en faisait des tonnes. Oui, mais ça, c'était avant. Avant qu'elle ne tombe follement amoureuse. Elle sentait sa gorge se serrer quand son téléphone se mit à vibrer. Elle le sortit de l'aumônière brodée assortie à sa tenue qu'elle portait croisée en bandoulière.

– *Hi ! beauty ! How's the party going*[1] ?

Chiara faillit fondre en larmes en entendant la voix chaude et grave de Kieran.

– Tu me manques ! répondit-elle en anglais.

– Toi aussi, tu me manques ! Mais t'inquiète, dès qu'on sera des stars, on aura notre jet privé pour ne plus être séparés lors d'occasions de ce genre.

La jeune fille ne put s'empêcher de rire.

– Quand on sera des stars, j'espère qu'on sera *ensemble* dans le jet privé !

– Tu as raison. Mais tu sais, habillée ainsi, tu es tellement belle que pour moi, tu es déjà une star !

Chiara sursauta et se mit à chercher Kieran du regard.

– Tu me vois ? Tu es là ?

– Non, ce n'est pas l'envie qui m'en manquait, mais non ! Les caisses sont plutôt vides, en ce moment.

– Mais alors, comment…

À ce moment-là, Mélisande, Lily et Maëlle surgirent en hurlant :

– *Surprise !*

Son smartphone braqué sur la brunette, Maëlle arborait son sourire victorieux, celui qu'elle affichait quand elle remportait une course, recevait un 20 en maths ou qu'un de ses innombrables plans potentiellement « foireux » réussissait.

– Connexion Skype !

Sur le petit écran, Chiara découvrit Kieran qui lui faisait un signe de la main. Avant qu'elle ait pu se remettre de son étonnement, Lily s'approcha.

1. Coucou, ma beauté ! Comment se passe la fête ?

– Et re-surprise de la part de ton Irlandais chéri, dit-elle joyeusement en dévoilant ce qu'elle tenait caché derrière son dos.

Elle tendait à Chiara un superbe bouquet de fleurs dans lequel se mêlaient roses rouges, roses blanches et l'aérien feuillage vert intense d'une fougère. Il s'accordait parfaitement avec sa tenue. Tout le monde se mit à applaudir et à siffler. Fourrant son téléphone dans la main de Chiara, éberluée, Maëlle la poussa vers une porte dérobée qui donnait sur un local d'entretien.

– Tu as cinq minutes ! annonça-t-elle, parce que ça coûte quand même la peau des… enfin tu sais quoi. Profites-en bien !

Puis elle referma doucement la porte derrière elle.

– Alors, le vert, c'est pour l'Irlande, évidemment, le rouge, c'est pour la passion, et le blanc… je te laisse deviner !

La jeune fille ne put retenir ses larmes.

– Ah non ! déluge interdit ! protesta Kieran. Je ne veux pas de fin du monde avant… avant… un certain temps !

Maintenant, Chiara riait et pleurait à la fois.

– Mais pourquoi, pourquoi quelqu'un comme toi aime quelqu'un comme moi ? finit-elle par demander.

– Oh ! fit Kieran un instant ébranlé.

Puis il retrouva le sourire et répondit :

– Il va être difficile de te répondre au vu du temps qui nous est accordé car il y a au moins mille et une raisons, mais si je devais n'en retenir qu'une, je pense que ce serait celle-ci…

Se rapprochant de la caméra, il chuchota :

– Tu es mon âme sœur.

Lundi 24 juin, 21 h 15

Lily ferma les yeux. Elle n'aurait su dire si les regards qui se braquaient sur elle étaient source de plaisir ou d'embarras. Un peu des deux, certainement. Pour la première fois, elle réalisait qu'il était très confortable de ne pas être remarquée : on n'avait pas alors à être parfaite à chaque instant, et on pouvait disparaître pour une pause toilettes sans que plusieurs voix ne vous demandent où vous alliez ! Tant pis aussi si on ne se mouvait pas comme une *dancing queen* ou si on manquait de perdre l'équilibre ! Quant aux œillades enflammées des soupirants indésirables et insistants, il n'était nul besoin de chercher à les éviter. La musique changea et se fit plus douce. C'était le premier slow de la soirée, et le moment attendu par toutes celles et tous ceux qui n'avaient pas l'intention de repartir célibataires ce soir-là.

« Oh non, pensa Lily en maudissant Farouk, on avait dit que les slows commenceraient après le mini-concert de Thomas ! » Elle avait prévu de se trouver alors un petit coin en retrait pour ne pas avoir à refuser d'invitations. Elle était très contente de s'amuser, mais elle n'avait pas envie de danser sur ce genre de tempo. Surtout avec ce pot de colle de Damien qui la suivait pas à pas depuis son arrivée. Malheureusement, elle n'eut pas le temps de s'esquiver avant que le grand garçon blond ne se plante devant elle en proposant très vite :

– Tu veux danser avec moi ?

Lily retint un soupir et, sans lui faire remarquer qu'ils n'avaient fait que danser ensemble depuis le début de la soirée, répondit gentiment :

– Non, pas cette fois. J'ai un peu mal aux pieds, il faut que je m'assoie.

Refusant de se laisser attendrir par l'air de chien battu que prenait son interlocuteur, elle lui tourna le dos pour quitter la piste de danse. Elle n'avait pas fait deux pas qu'elle sentit qu'il lui prenait la main pour la retenir. Elle sentit l'exaspération la gagner.

– Écoute, commença-t-elle d'une voix assez sèche, je suis…

Le mot « désolée » resta coincé dans sa gorge quand elle se retourna pour renouveler son refus.

– Adrien… murmura-t-elle.

Il était là, plus beau que jamais, le visage bronzé et quelques mèches de cheveux blondies par le soleil s'échappant de son Borsalino.

– Qu'est-ce que tu fais là ? souffla-t-elle.

Il lui sourit d'un air un peu hésitant, comme s'il n'était pas très sûr de l'accueil qu'elle lui réserverait.

– Je suis rentré en France pour passer le bac.

Dans son regard, il lut qu'elle ne se contenterait pas de cette réponse.

– Je passais par là, j'ai vu de la lumière et je suis entré ! tenta-t-il de plaisanter, mais devant l'air sérieux de Lily il dit calmement : Maëlle m'a invité.

Un air médusé se peignit sur le visage de la jeune fille. Adrien fit la moue.

– Oui, je sais, c'est difficile à croire…

Comme autour d'eux les couples leur lançaient des regards curieux, le garçon prit d'autorité Lily dans ses bras pour la faire danser. Sous le choc, elle ne lui opposa aucune résistance.

– Je n'y comprends rien, se plaignit-elle.

Elle avait sa tête contre son épaule et c'était très bien ainsi. Elle préférait ne pas croiser son regard.

Elle sentit la poitrine d'Adrien s'affaisser dans un soupir.

– Tes trois chères copines m'ont écrit une lettre…

Lily cessa de danser et cette fois planta ses yeux dans ceux du jeune homme.

– Une lettre ?

Il reprit le contrôle de la danse et expliqua :

– Elles m'ont demandé pardon à cause de tout ce qu'elles t'avaient dit de négatif sur moi. Elles sont convaincues que si elles n'avaient pas sans arrêt douté de moi, tu n'aurais pas rompu.

Pendant quelques secondes, aucun des deux ne prononça une parole. L'esprit de la jeune fille était en train d'essayer d'analyser ces informations toutes plus surprenantes les unes que les autres. À sa confusion s'ajoutait le trouble de sentir le corps ferme d'Adrien tout contre elle. Elle avait passé tellement d'heures à se convaincre que cela ne se reproduirait jamais…

Malgré l'agréable sensation procurée par les bras musclés qui l'entouraient, elle se força à repenser à ce qu'il venait de lui apprendre. Mélisande, Chiara et Maëlle avaient écrit à Adrien pour s'excuser ! Ça, c'était un scoop ! Mais avaient-elles eu raison d'endosser la responsabilité de leur rupture ? En toute honnêteté, la jeune fille devait reconnaître que c'était en grande partie vrai. Elle savait qu'elle était restée responsable de son choix, mais la crainte d'être moquée ainsi que les fréquentes remarques de ses trois amies sur Adrien avaient grandement influencé sa décision.

Comme s'il devinait ses pensées, ce dernier admit :

– Pas facile de rester neutre contre vents et marées.

Lily, étonnée à nouveau de sa compréhension, le fixa longuement. Il soutint son regard et elle put découvrir dans ses yeux une maturité nouvelle.

– Je leur ai pardonné, conclut-il, peut-être qu'on pourrait faire pareil l'un avec l'autre ?

Un lent sourire s'épanouit sur le visage de Lily, qui sortit de son mutisme pour dire dans un murmure :

– Je crois que c'est une bonne idée.

Sans répondre, il la serra fort contre lui.

Au même moment, le slow finissait. Lily le regrettait déjà quand un deuxième lui succéda. La jeune fille comprit alors qu'il ne s'agissait ni d'une erreur ni d'un hasard : Farouk avait été briefé !

Adrien ne lui laissa aucune chance de s'échapper. En posant son menton sur ses boucles douces, il murmura :

– Au fait, je n'ai pas eu le temps de te le dire… mais les années vingt te vont particulièrement bien.

– Merci. Quant à toi, on dirait que le look gangster a été inventé pour toi !

– La seule chose…

– Oui ?

– Je regrette un peu tes rondeurs.

– Tu plaisantes ? Tu te rappelles ce que tu disais avant qu'on sorte ensemble ?

– Avant, j'étais con. Par pitié, ne m'en reparle pas. Mais tu sais, rondeur rime avec douceur et chaleur. Et puis, après une année en Afrique, je me rends compte que les critères de beauté changent beaucoup d'un pays à l'autre. Là-bas, pour être belle, il faut avoir de sacrées formes !

Ces paroles firent chaud au cœur de Lily. Ainsi, même si elle reprenait du poids, il ne la trouverait pas affreuse. Au moment même où cette idée traversait son esprit, elle se figea. Emportée par l'émotion, elle avait complètement oublié qu'il avait une nouvelle petite amie en Afrique.

– Qu'y a-t-il ? demanda Adrien.

Avec une sincérité désarmante, Lily avoua :

– J'avais oublié que tu sortais avec quelqu'un là-bas.

Plongeant ses yeux dans les siens, Adrien protesta :

– Et tu crois que je danserais comme ça avec toi si c'était le cas ? Misère, ma réhabilitation n'est pas gagnée d'avance !

– Mais…

– … mais j'ai rompu dès que je suis rentré, après t'avoir revue dans ce bar. Même si j'étais très en colère, je n'arrivais pas à faire comme si tu n'existais pas !

– Alors… commença Lily en ouvrant de grands yeux.

– … alors je trouve qu'on a assez bavardé !

Et comme s'il était un noyé, et la bouche de Lily une bouffée d'air, il s'en empara.

Une salve d'applaudissements éclata dans la salle, mais ils n'y firent pas attention. Ils prolongeaient leur baiser encore et encore. Cela faisait trop longtemps qu'ils attendaient ça.

Et puis ils avaient payé assez cher pour apprendre que l'opinion des autres ne valait pas toujours la peine qu'on s'y attarde…

30

Paf sur le pif

Lundi 24 juin, 21 h 30

La fête battait son plein quand les portes du *Blue Note* s'ouvrirent à nouveau. Il avait été convenu que Thomas et son groupe arriveraient à 21 h 30, et le frère aîné de Lily, qui était la rigueur incarnée dès qu'il s'agissait d'un concert, même bénévole, était une fois de plus fidèle à sa réputation. Farouk, très pro lui aussi, mixa habilement au morceau qu'il était en train de passer un classique de Duke Ellington qu'il avait tenu prêt pour la circonstance. Baissant le volume, il annonça avec cérémonie :

– Mesdemoiselles, messieurs, je vous demande d'applaudir l'arrivée parmi nous du très bientôt mondialement célèbre Louis' Band !

Pendant que les applaudissements crépitaient, Farouk poursuivait :

– Nous avons ce soir l'immense honneur d'accueillir Dan, le contrebassiste qui fait vibrer les basses comme personne, Benjamin, le batteur fou, Alex, le pianiste aux doigts de fée, et le grand Thomas, qui vous éblouira avec son saxophone enchanté !

Comme les musiciens se dirigeaient vers la petite scène en forme de demi-lune, Farouk resta un instant perplexe. Il relut rapidement le mémo que Lily lui avait passé, pour vérifier qu'il n'avait oublié de présenter personne. Mais non, ils étaient bien quatre musiciens ! Qui donc était ce cinquième individu apparu dans leur sillage ? D'emblée, il élimina l'hypothèse qu'il soit un habile resquilleur. Visiblement, il connaissait bien les autres membres du quartet, puisqu'il les aidait même à s'installer. Ce devait donc être un de leurs amis, venu profiter du mini-concert. Farouk ne se serait pas posé davantage de questions s'il n'avait soudain vu Mélisande se figer en apercevant le nouvel arrivant. Depuis le début de la soirée, il avait toujours gardé la « duchesse » dans un coin de son champ visuel, se réjouissant chaque fois qu'elle refusait une invitation à danser. Alerté, il reporta son attention sur le beau brun qui abandonnait maintenant l'estrade aux musiciens. Il s'agissait d'un jeune homme de l'âge de Thomas et de ses amis. Il devait donc avoir une vingtaine d'années. Instinctivement, il chercha Pauline du regard. La jeune fille était une mine d'informations et elle se délectait en général de lui raconter des anecdotes croustillantes au sujet de sa sœur aînée. Si Mélisande avait connu la moitié des infos auxquelles il avait ainsi eu accès, elle aurait sans hésiter tordu le charmant et long cou de sa cadette ! Il fut surpris de ne pas la voir au milieu des danseurs, où elle avait sévi sans discontinuer depuis le début de la soirée. Il la découvrit enfin dans un recoin, la tête inclinée vers Lola, les deux filles visiblement plongées dans une conversation aussi secrète que passionnante. Cela conforta ses doutes : il y avait bien anguille sous roche. Et l'anguille devait avoir au moins la taille d'un boa constrictor !

Heureusement, l'arrivée du Louis' Band libérait Farouk de sa platine de mixage le temps du concert. Dès que le groupe entama l'incontournable *Summertime*, il rejoignit, tout en faisant mine de flâner, les deux jeunes filles.

– Tiens ! s'exclama Pauline en le voyant arriver, voilà Farouk !

– Salut, Farouk ! lança Lola avant de se mettre à glousser.

– On s'est déjà vus en début de soirée, lui rappela-t-il sobrement.

– Oh ! on dirait que notre plaisantin national a laissé son humour au vestiaire, aujourd'hui.

Pauline donna un coup de coude dans les côtes de son amie avant de s'emparer du bras du garçon et de l'entraîner dans un recoin encore plus éloigné.

– Tu voulais me demander quelque chose en particulier ? l'interrogea la cadette des filles Saint-Sevrin avec innocence.

Farouk haussa les épaules.

– J'ai vu un mec entrer avec les musiciens, je voudrais m'assurer que ce n'est pas un gars qui tape l'incruste, prétendit-il pour justifier sa curiosité. Et comme j'ai eu l'impression que tu le connaissais, je voulais confirmer…

– Bien sûr ! approuva Pauline avec un sourire de requin, on n'est jamais trop prudent ! En tout cas, ton impression est la bonne : je le connais, ce type. Il s'appelle Lisandro. C'est un Espagnol qui a fait verser beaucoup de larmes à ma sœur. Un peu par ma faute, un peu par la sienne. Elle lui avait menti sur son âge, et à cause d'une de mes gaffes il l'a découvert. Drame, tragédie, rupture. Tatam ! Si tu veux mon avis, elle ne s'en est jamais vraiment remise. Pour moi, c'est l'exemple type de tout le mal que peut faire une communication tordue dans une relation. Enfin, il semblerait qu'il lui ait pardonné…

Farouk tourna la tête et découvrit le fameux Lisandro qui serrait Mélisande dans ses bras. Pour le moment, il semblait s'en tenir à une embrassade amicale, mais comment savoir si les choses n'allaient pas évoluer ? En voyant le visage bouleversé de celle que l'on surnommait parfois la Reine des

Glaces, il y avait de fortes chances qu'il n'en reste pas là. Farouk repensa alors à l'anneau de Claddagh et à la façon dont Mélisande le portait ce soir. Si le bel Espagnol avait entendu parler de sa signification, il comprendrait que les portes de son cœur lui étaient grandes ouvertes !

– J'ai soif, dit-il, tu veux quelque chose à boire ?

– « J'ai soif ? » C'est tout ce que tu trouves à dire ? s'indigna Pauline.

– Ben quand j'ai soif, cela me paraît approprié…

– Non, mais j'hallucine, là ! Tu vois pas ce qui va se passer si tu ne te remues pas le popotin ?

– Je vois simplement que ta sœur a potentiellement retrouvé un copain sacrément chic et qu'ils feront un couple très classe et parfaitement assorti !

– Assorti ? Déconne pas, Farouk ! On ne parle pas de chaussettes ou de défilé de mode, là ! On parle de sentiments et d'êtres de chair et de sang !

Mais le garçon, de sa démarche nonchalante, s'éloignait déjà.

– Farouk ! Où tu vas comme ça ? s'énerva Pauline en tapant du pied.

– Me chercher à boire, répondit-il sans même se retourner.

La bière était fraîche et lui fit tellement de bien qu'il en prit une deuxième. Le punch aussi était délicieux. Doux et fruité, il se laissait boire comme un jus d'orange. Il n'avait cependant guère de vertus apaisantes car, lorsque Farouk laissa de nouveau son regard s'égarer en direction du couple formé par Mélisande et Lisandro, son sang se mit à bouillir. Pour lui qui ne buvait jamais, c'était une sensation étrange qu'il jugea fort déplaisante. C'était comme se pencher au-dessus du cratère d'un volcan. On sentait bien que le danger était là, tout près, et qu'on jouait avec le feu. L'Espagnol avait maintenant le bras autour de la taille de la jeune fille et la faisait danser sur le rythme lent d'un classique de jazz. Eh bien ! il ne perdait pas de temps ! Il aurait pu montrer un peu de retenue, après l'avoir larguée sans plus de manières ! Dégoûté, Farouk se retourna en direction de la buvette. Décidément, ce punch avait un incroyable petit goût de revenez-y !

– C'est ça ! bois ! fit une voix ironique tout près de lui. Bientôt, tu seras incapable de distinguer un CD d'un vinyle !

Farouk leva les yeux et croisa ceux de Pauline.

– Pas grave, grommela-t-il, c'est Thibault qui fait la seconde partie, après le concert.

– En voilà, une bonne nouvelle ! Dans ce cas-là, je n'ai plus rien à dire, tu peux te saouler tant et plus !

Le garçon ne réagit pas. Pauline sentait la moutarde lui monter au nez. À ce moment-là, le mini-concert se termina dans un tonnerre d'applaudissements. De nombreux couples s'étaient formés pendant que le Louis' Band jouait. Avant qu'ils ne quittent la piste, le nouveau DJ lança un slow pour faire la transition. Comme Farouk tournait résolument le dos à la piste de danse, Pauline commença à lui décrire ce qu'elle voyait. Elle n'allait pas le laisser s'en sortir si facilement !

– Elle n'a même pas eu le temps de dire ouf, figure-toi ! Il la tient tellement serrée que même si elle l'avait voulu, elle n'aurait pas pu changer de cavalier.

– C'est pas cool, commenta Farouk.

– Oh ! ses mains sont encore descendues de quelques centimètres. Ses mains à lui, bien sûr, Mélisande n'oserait jamais placer les siennes sur cette partie de son anatomie en public. Ce serait loin d'être convenable… Parce que là, franchement, elles sont bien au-dessous de sa taille… Ah ! elles ont encore glissé un peu. Franchement, je ne suis pas une experte, mais je pense que maintenant on peut dire qu'elles sont carrément sur ses f...

– C'est bon ! Je ne veux rien savoir ! coupa son ami en levant une main. Pourquoi crois-tu que je ne regarde pas ?

– Oui, oui, je comprends... mais tu vois, il faut que je surveille ma sœur. Ce garçon lui a déjà brisé le cœur une fois, je ne veux pas qu'en plus il abuse d'elle !

– Parce que tu crois qu'il est du genre à faire ça ? demanda-t-il sans pouvoir masquer une note d'inquiétude dans sa voix.

– Ben, tu sais, je le connais pas vraiment, mais ma mère me dit que dans ces cas-là il faut toujours se méfier...

L'esprit trop embrumé pour remarquer que ce genre de commentaire paraissait totalement incongru dans la bouche de la si peu maternelle Camille de Saint-Sevrin, Farouk renchérit avec conviction :

– Elle a raison, on n'est jamais assez prudent avec ses filles !

Dissimulant un sourire, Pauline en rajouta une couche.

– Et puis Mélisande est si vulnérable avec lui !

Le slow se termina et Thibault enchaîna avec un bon vieux rock.

– Et rebelote ! Il ne lui a pas laissé une seule chance de lui échapper ! C'est dingue ! Pour qui il se prend, enfin ? Ma pauvre sœurette, elle est encore obligée de danser avec lui ! Bon, il faut dire à sa décharge qu'il danse drôlement bien.

– Moi aussi, je danse drôlement bien ! s'offusqua Farouk comme s'il prenait le dernier commentaire de Pauline pour une offense personnelle.

– Oh mais oui ! Je sais bien ! Dommage que Lisandro ne laisse personne d'autre approcher Mélisande... Oh ! là, il exagère ! Elle a essayé de s'en aller et il l'a ramenée de force tout contre lui. Oh non ! Il recommence encore ! C'est inacceptable !

Pourquoi personne ne dit rien ? Les gens sont vraiment trop lâches !

– Moi, je ne suis pas lâche ! protesta Farouk en carrant les épaules.

– Quoi ? Maintenant il la prend sous son bras et l'envoie en l'air comme un vulgaire sac de patates ! gémit Pauline avec des larmes dans la voix. Il va la tuer, c'est sûr !

– Non ! ça ne se passera pas comme ça ! balbutia l'apprenti DJ, qui, dans un même mouvement, pivota sur ses talons et fonça vers la piste de danse.

Il repéra immédiatement le malotru et, sans hésiter, lui décocha un magistral crochet du droit dans la figure. Aussitôt, le nez de Lisandro se mit à saigner pendant que son propriétaire étouffait un cri de douleur. Sans lui accorder la moindre attention, Farouk se tourna vers Mélisande et lui dit, solennel :

– Maintenant, il ne t'empêchera plus de partir !

Abasourdie, celle-ci lui rétorqua :

– Mais il ne m'empêchait pas de partir ! On dansait un rock acrobatique, c'est tout !

Cette déclaration, associée aux cris des autres invités, eut pour effet de dégriser complètement Farouk. Réalisant soudain ce qu'il venait de faire, il bredouilla à l'intention de Lisandro :

– Je… je suis désolé… heu… pardon. Vraiment… désolé, vieux ! Sans rancune, hein ?

Et, la mine penaude, il se précipita vers la sortie du *Blue Note*.

Dehors, l'air de la nuit était tiède. C'était une belle soirée de juin et, si les circonstances avaient été autres, il aurait été le premier à l'apprécier. Il commença à marcher au hasard en se jurant de ne plus jamais boire une goutte d'alcool.

– Farouk ! Attends !

Il se figea en entendant la voix féminine, alors même que son esprit lui intimait de partir en courant à toutes jambes. Des pas légers se rapprochèrent et, comme il avait baissé la tête, il vit une paire de charmantes ballerines couleur ivoire apparaître dans son champ de vision.

– Ça va ? demanda une voix inquiète. Tu n'avais pas l'air dans ton état normal...

– Si par là tu veux dire que je ne suis pas dans mon état normal quand je me ridiculise en frappant un pauvre gars innocent, j'achète ! C'est toujours mieux de passer pour un déjanté que pour un débile...

– Tu n'étais ni l'un ni l'autre ! Un peu excessif, peut-être, et tu t'es emballé un peu vite, mais tes intentions étaient très chevaleresques.

– Je suis pas sûr que ton petit copain serait aussi magnanime !

– Ce n'est pas mon petit copain ! corrigea Mélisande avec feu. Il l'a été, mais il ne l'est plus ! Ça m'a fait tout drôle de le revoir après tout ce temps, mais c'était bien. J'avais fantasmé à fond notre relation et je l'avais placé sur un piédestal. En parlant et en dansant avec lui, je me suis rendu compte que c'était juste un gars normal.

– Et bien sûr, un gars normal, même plutôt beau gosse et diplômé, ce n'est pas suffisant pour une duchesse.

– Bien sûr que non ! Je ne vais pas m'abaisser si bas tout de même ! fit la demoiselle de Saint-Sevrin avec un accent pointu.

– Bien sûr que non... répéta Farouk.

– Le minimum acceptable, si on s'en réfère à la hiérarchie de la noblesse, c'est un prince.

Farouk hocha la tête, qu'il avait conservée baissée pendant toute la conversation.

– Un prince de cœur, bien sûr, reprit Mélisande, genre « prince qui vole au secours de sa duchesse quand il la croit en danger », même s'il n'est pas à l'abri de quelques erreurs d'appréciation.

Le garçon resta silencieux quelques instants. Il n'était pas sûr d'avoir les idées parfaitement claires et de bien comprendre ce qu'il entendait.

Une délicate ballerine ivoire vint taper légèrement dans l'extrémité de ses Doc Martens (il n'avait pas pu trouver de souliers vernis pour jouer les parfaits gangsters !) et il eut l'impression qu'une onde de choc (de force 7 au moins sur l'échelle de Richter[1]) le parcourait des orteils à l'extrémité de ses dreadlocks.

Il releva lentement les yeux et rencontra ceux de Mélisande, qui reflétaient la lumière des lampadaires. Ils étaient beaucoup plus sombres qu'en plein soleil et paraissaient plus mystérieux encore. Totalement indéchiffrables.

– Mince, je parle de toi, là, Farouk ! lança-t-elle, excédée. Il faut vraiment te mettre les points sur les *i* ou je te déplais à ce point que tu prends un plaisir sadique à me faire languir ? La robe, la bague, les cheveux… même mon business, ce sont des signaux que j'envoie ! Mais franchement, tu n'es pas réceptif ! On dirait un ermite dans sa cabane !

Soudain, elle mit ses deux mains devant sa bouche et s'exclama :

– Oh non ! C'est ça, hein ? Tu as fait vœu de chasteté ?

– Non ! l'interrompit Farouk en levant les deux mains et en retrouvant son sourire moqueur, tu délires ! Et t'inquiète, je

---

1. Échelle permettant d'évaluer l'intensité des secousses sismiques.

ne suis pas non plus un clone, un vampire ou un loup-garou. Et certainement pas un ange ! Pour le côté démon, je te laisserai apprécier…

Un sourire apparut et disparut aussi vite qu'il était venu sur le visage de Mélisande.

– Alors c'est juste que tu ne m'aimes pas…

– C'est plutôt que je t'aime trop, corrigea Farouk avec une fêlure dans la voix.

– Trop !?

– Je ne veux pas être un poids dans ta vie. Tu es appelée à réussir de grandes choses. Moi, je serais un frein qui t'empêcherait d'avancer.

– N'importe quoi ! s'insurgea Mélisande en mettant ses mains sur ses hanches, ce que tu peux être idiot quand tu t'y mets ! Tu ne comprends donc pas que ces choses ne m'intéressent pas si tu n'es pas avec moi ? Je m'ennuierais à périr si tu m'abandonnais ! Et qui me sortirait de ma superficialité arrogante ? Même moi, je ne me supporterais pas sans toi !

Ses yeux lançaient des éclairs, puis elle se calma et ajouta tout bas.

– Tu fais de moi une personne meilleure.

– Oh ! Mél… tu… tu es sûre ?

– Eh ! ce n'est pas parce que je viens de te dire tout ça que ça t'autorise à m'appeler ainsi, hein !

Farouk éclata de rire.

– Ouf, pendant un instant j'ai cru que je ne parlais plus à la fille que je connaissais !

Insensiblement, au fil de la discussion, ils s'étaient rapprochés. Désormais, ils n'étaient plus qu'à quelques centimètres l'un de l'autre. Mélisande, sans talons, devait incliner la tête en arrière pour le regarder.

– Bon, et maintenant qu'on s'est plus ou moins mis d'accord, qu'est-ce qu'on fait ? susurra-t-elle.

– Une partie de Monopoly ? proposa-t-il.

– Embrasse-moi, idiot ! souffla-t-elle.

Du rire plein les yeux, il approcha doucement son visage du sien. Leurs bouches se frôlaient quand Mélisande dit encore, avec un frémissement :

– J'ai vraiment a-do-ré quand tu as volé à mon secours. Je rêvais de ça depuis que je suis toute petite. Merci, mon prince !

– On remet ça quand tu veux, Duchesse !

Il effleura ses lèvres et ajouta :

– Mais pas sûr que Lisandro soit d'accord !

La seconde suivante, il étouffait son rire avec un baiser format XXL.

Pendant ce temps, sur la piste transformée en ring, Pauline avait pris les choses en main. Après avoir fourni des mouchoirs en papier pour éponger le sang, elle expliqua à Lisandro comment faire un point de compression pour stopper l'hémorragie. Elle paraissait si compétente que tout le monde la laissa faire. Lisandro la remercia puis demanda :

– C'est qui ce type ?

– Le petit ami de Mélisande.

– Ah bon ? Elle ne m'a pas dit qu'elle avait un petit ami !

– Elle n'en avait pas. Mais grâce à toi, ce doit maintenant être le cas !

Le jeune homme la regarda, l'air dubitatif. Il devait se demander s'il n'avait pas encore quelques petites choses à apprendre en français. Sans chercher davantage à comprendre, il marmonna :

– En tout cas, *Celos a veces despiertan a quien duerme*, comme on dit en espagnol.

– Ce qui signifie ?

– La jalousie réveille celui qui dort.

Pauline lui sourit de toutes ses dents.

– Olé ! Là, je dis bravo l'Espagne ! Sauf qu'en France aussi on a des proverbes. L'un des plus connus, c'est : « Qui va à la chasse perd sa place. » Mais, hélas pour toi, je ne le connais pas en espagnol !

31

Tout ce qu'il faut encore savoir...

Vendredi 5 juillet, 8 h 10

– Allez, Maëlle ! debout ! C'est le grand jour !

– Oh, par pitié ! Laissez-moi dormir ! On a tchatché jusqu'à 3 heures du mat' et ensuite Mélisande a ronflé comme une Ferrari au départ de la course !

Lily se mit à rire.

– T'as de la chance qu'elle soit dans la salle de bains, sinon elle t'aurait fait payer ces paroles très, très cher !

Maëlle grommela quelque chose d'incompréhensible et tira son drap par-dessus sa tête tout en se retournant vers le mur.

– Pas de ça ! protesta Lily en essayant de lui attraper les pieds. Chiara, qui mourait de faim après avoir englouti seulement deux pizzas hier soir, est déjà descendue pour supplier ta mère de lui donner au moins un quignon rassis à ronger. Bref, on est toutes en train de t'attendre !

La réponse de la blondinette lui parvint à moitié étouffée :

– Allez-y, ch' vous rechoindrai plus tard.

– Ah non ! Je te connais, tu vas te rendormir.

Seul un vague grognement lui répondit.

N'entendant pas Lily rétorquer, Maëlle se félicita d'être tombée sur elle. Si ç'avait été l'une des deux autres, elle ne s'en serait pas aussi bien sortie ! Mais alors qu'une douce torpeur l'envahissait à nouveau une main sauvage arracha le drap qui la protégeait et une cascade d'eau froide se répandit sur sa tête. Elle poussa un hurlement à réveiller un mort et bondit hors de son lit.

– Et voilà, ma petite Lily, dit Mélisande de sa voix de pédagogue, cela prouve, s'il en était encore besoin, qu'un bon verre d'eau vaut mieux qu'un long discours !

– Ça va pas, non ? T'es malade ou quoi ? s'écria Maëlle en cherchant à éponger l'eau qui ruisselait de ses cheveux.

– Non, je crois que je vais plutôt bien, merci ! L'ouïe tout particulièrement, d'ailleurs. Ce qui, grâce aussi à la finesse de la cloison qui sépare la salle de bains de ta chambre, m'a permis d'entendre les monstrueuses médisances dont j'étais l'objet.

– Ce n'étaient pas des médisances ! Tu ronflais vraiment comme…

– Oui, oui, je sais ! Mais tu te trompes de coupable !

Elle se baissa et attrapa Flamme, qui se frottait contre ses jambes. Elle avait insisté pour l'emmener avec elle lorsque Maëlle les avait invitées à passer une soirée entre filles juste avant que les résultats du bac soient communiqués. La jolie rousse avait prétexté qu'il dormait toujours avec elle et qu'il serait traumatisé à vie si elle l'abandonnait. Lorsqu'elle se mit à caresser le chaton, il démarra au quart de tour un ronronnement sonore dont la régularité aurait rendu jaloux un mécanicien des Vingt-Quatre Heures du Mans.

– Et, tu vois, quand je m'endors, il est tellement heureux qu'il gagne encore quelques décibels !

Maëlle leva les yeux au ciel et marmotta :

– Vivement que je sois en orbite autour de la Terre, loin de ce monde de folles !

Mélisande allait répliquer quand la porte s'ouvrit et que la tête de Chiara apparut :

– Bon, vous rappliquez ? J'ai faim, moi !

– Et puis les résultats seront bientôt affichés au lycée ! renchérit Lily.

– On aurait pu les avoir par Internet sans bouger d'ici, râla Maëlle.

– Oui, sauf que ça aurait été moins drôle. Et puis on doit rejoindre les garçons, rappela son amie.

– OK, OK ! fit Maëlle en levant les mains en signe de reddition. Je passe à la douche et j'arrive !

– La douche ? répéta Chiara. Tiens, c'est drôle, j'aurais juré que tu en sortais !

En entendant les trois autres filles éclater de rire, Chiara se dit qu'elle avait dû manquer un épisode, mais elle ne s'en préoccupa guère. D'alléchantes odeurs de pain grillé arrivaient jusqu'à elle et lui faisaient monter l'eau à la bouche. Il serait bien temps, lorsqu'elle aurait l'estomac plein, d'obtenir quelques explications…

Vendredi 5 juillet, 9 h 05

Il était à peine plus de 9 heures quand elles arrivèrent au lycée Balzac, mais un attroupement était déjà formé devant le panneau d'affichage extérieur.

– Vous croyez que c'est déjà… murmura Lily.

Elle n'eut pas l'occasion de terminer sa phrase. La voix de Farouk leur parvint par-dessus le brouhaha.

– Grouillez, les filles ! C'était vraiment pas le jour de perdre du temps à vous faire une beauté !

Maëlle poussa Mélisande du coude et lui chuchota à l'oreille :

– Et tu acceptes que ton petit copain te parle de cette manière ?

– T'occupe ! Je vais le mater !

– Si tu le dis ! répliqua-t-elle d'un ton dubitatif.

Mélisande lui décocha un regard menaçant, mais Maëlle ne se laissa pas impressionner. La jeune athlète connaissait assez le garçon en question pour savoir qu'il avait de quoi tenir tête à l'aînée de la famille Saint-Sevrin.

Lily était déjà dans les bras d'Adrien, sa tête cachée dans sa poitrine. Elle tremblait, n'osant pas s'approcher des listes qui venaient d'être affichées.

– On vous a attendues, annonça Florian en enlaçant Maëlle. De toute façon c'était la ruée…

– Tu parles, marmonna Chiara. Pour vous, c'est dans la poche ! Pas d'inquiétude à avoir.

– Sauf qu'on ne connaît pas notre mention, dit Maëlle. Si je ne décroche pas la « très bien », je serai la risée à Louis-le-Grand !

– Oh la la ! quelle catastrophe ce serait, en effet ! se moqua Chiara. Tandis que moi, je risque seulement de ne pas l'avoir !

– Je croyais que c'était le dernier de tes soucis ! s'étonna Mélisande.

– C'était, mais ça ne l'est plus ! En fait, il faut absolument que je le décroche, ce maudit bac.

– Et pourquoi donc ? demanda Lily, heureuse d'être distraite de ses angoisses par cette nouvelle inattendue. Et pourquoi tu ne nous en as pas parlé plus tôt ?

– Parce que… parce que ça me stressait trop d'en parler. Et ça me stresse encore ! On peut changer de sujet, là, *please* ?

Adrien intervint avec un parfait à-propos :

– Eh ! il y a une éclaircie ! C'est le moment d'en profiter ! Vous bavasserez plus tard…

Sans s'offusquer, les amies se turent et, à la suite d'Adrien, Farouk et Florian, elles s'avancèrent côte à côte vers le tableau d'affichage. Au moins elles étaient sûres d'une chose : quels que soient les résultats, elles les affronteraient ensemble !

Maëlle poussa la porte d'entrée de la maison et fut pétrifiée par la surprise.

– Félicitations ! crièrent dans un ensemble parfait son père, sa mère, son oncle, sa tante et sa cousine Julie.

Une banderole sur laquelle « mention T bien » était écrit en lettres majuscules dorées traversait le salon de part en part, et la table de la salle à manger était couverte de petits gâteaux et de flûtes à champagne. Une bouteille d'un grand cru trônait au centre, attendant d'être sabrée en grande pompe.

– Mais comment vous savez ? demanda la jeune fille. Je voulais vous faire la surprise !

– Je n'ai jamais douté de tes capacités ! déclara le colonel en venant la serrer dans ses bras.

Sa mère l'embrassa à son tour, les yeux brillants de fierté. Puis son oncle et sa tante vinrent la féliciter en expliquant :

– On a avancé notre arrivée d'un jour juste pour toi !

– Et pour le champagne que j'avais promis d'ouvrir, plaisanta le colonel Tadier.

Tout le monde rit et Julie en profita pour s'approcher de sa cousine. Comme toujours habillée de couleurs vives, la jeune femme lui déposa deux bises sonores sur les joues avant de lui confier :

– T'en fais pas, la banderole, c'est moi qui l'ai fabriquée. Si tu la regardes de près, tu verras que la lettre T devant le « bien » est amovible. On était parés à toutes les éventualités. Ton père surveillait ton arrivée par la fenêtre. Si tu avais fait la tronche, la lettre en trop aurait viré rapidos.

Maëlle éclata de rire en imaginant la scène.

– Merci pour la confiance ! dit-elle en faisant mine d'être vexée.

– Oh, mais ton père avait totalement confiance en toi, la rassura Julie, c'est des correcteurs qu'il se méfiait ! Et ton Florian, comment ça s'est passé pour lui ?

– Mention bien. Il aurait pu avoir plus, mais tu le connais, il préfère passer des heures sur son ordi plutôt que de bachoter. Enfin, dans sa famille, ils sont ravis. Ils fêtent ça de leur côté.

À ce moment-là, le colonel demanda le silence. La bouteille à la main, son sabre de l'autre, il déclara :

– À Maëlle, qui comble mon cœur de père !

S'ensuivit un coup sec, et le champagne se mit à couler à flots…

En découvrant son nom sur la liste, suivi de « Admise, mention assez bien », Lily avait immédiatement téléphoné à sa famille, qui l'avait chaleureusement félicitée, heureuse pour elle et soulagée qu'après cette fin d'année un peu chaotique elle n'ait pas à faire face à de lourdes conséquences. Adrien aussi était admis, ce qui n'était pas gagné d'avance compte tenu de son peu de goût pour les études, et Mme Berry avait suggéré que le jeune couple vienne fêter ces heureux événements à la maison. Mais Lily avait décliné. Elle savait ses parents un peu inquiets à l'idée de la reprise de sa relation avec Adrien, et elle ne voulait pas qu'il se sente mal à l'aise. Ce bac, ils le fêteraient en tête à tête ! Elle voulait lui parler de sa décision de faire une classe préparatoire au concours de l'école d'infirmières, de son désir d'aider les plus démunis et peut-être un jour de partir pour l'Afrique. Qu'en penserait-il ? Quels étaient ses projets à lui ? Elle n'en savait rien. Ils avaient tant à rattraper…

– Alors comme ça, en plus d'avoir une jolie tête, tu veux me prouver qu'elle n'est pas complètement vide ?

Mélisande tira sur une des dreadlocks de son petit ami et la relâcha pour agiter son doigt sous son nez.

– Oh ! c'est pas beau d'être jaloux, commenta-t-elle sur le ton d'une mère grondant son enfant.

– Mélisande de Saint-Sevrin, reçue au baccalauréat série économique et sociale avec la mention bien, ça en jette, il faut reconnaître.

– Et ce n'est que le début ! J'ai bien l'intention de faire des étincelles, en école de commerce !

– Pauvre d'eux ! soupira Farouk, je ne voudrais pas être à leur place !

– Et c'est toi qui dis ça ? Toi qui vas bousculer les rangs de Sciences po avec ton look improbable et ton humour révolutionnaire ?

– Chaque génération a besoin d'une égérie, je proposerai mes services, voilà tout !

Mélisande éclata de rire. Même si l'avenir leur réservait des surprises, elle était au moins sûre d'une chose : avec le tempérament qu'ils avaient, ils n'allaient pas s'ennuyer !

Lorsque Chiara était rentrée chez elle, elle savait qu'il n'y aurait personne. Cela lui convenait très bien. Elle avait des coups de téléphone à passer, des décisions à prendre et des arguments à préparer. Elle se rendit dans le bureau de son père et alluma l'ordinateur. Pour la centième fois, elle relut le mail du théâtre de Londres qu'elle avait reçu l'avant-veille. Il lui annonçait qu'elle était finalement retenue pour participer aux chœurs, mais également en tant que doublure d'un des rôles secondaires. Certes, ce n'était pas la gloire planétaire, mais il s'agissait d'une comédie musicale promise à un grand avenir. À Londres, ce genre de spectacle tournait pendant des années, et une fois que l'on avait pénétré dans ce monde d'autres portes s'ouvraient beaucoup plus facilement. Entre discussions téléphoniques agitées et profondes réflexions, l'après-midi s'écoula terriblement vite. Mais quand l'horloge de la cuisine marqua 19 heures, Chiara avait les idées claires. Elle était prête à affronter son père.

Avec sa ponctualité habituelle, il arriva la minute suivante. Il posa son attaché-case sous le portemanteau et avança de deux pas pour se retrouver dans l'encadrement de la porte du salon. Chiara était assise dans le fauteuil qui faisait face à l'entrée de la pièce.

– J'ai attendu des réponses à mes messages toute la journée, commença son père, le visage fermé.

– Je sais, mais je ne voulais pas parler de ça par téléphone.

– Te fatigue pas. Dans ce cas précis, je sais très bien que « pas de nouvelles » ne se traduit pas par « bonnes nouvelles ».

– Ça dépend de ce que tu appelles une bonne nouvelle.

M. Palermo émit un petit rire désillusionné.

– Que ma fille ait décroché son bac me paraît être un bon exemple, mais je suis un peu vieux pour croire encore au Père Noël.

Chiara poussa un profond soupir.

– Quand donc comprendras-tu qu'il n'y a pas que le bac dans la vie ?

– Écoute, je suis las de ces discussions qui tournent en rond. Si, comme j'en suis certain, tu as raté ton bac, tu en reprends pour un an, ce qui n'est pas très malin. De toute façon, tu ne peux rien faire sans !

Chiara se raidit. Bien qu'elle ait décidé de faire des efforts, certains mots la faisaient toujours réagir.

– Excuse-moi, mais tu as tort. Je n'ai nul besoin du bac pour accepter le contrat que me propose l'un des plus grands théâtres de Londres.

Devant l'air stupéfait de son père, elle se fit un devoir de lui raconter en détail tout ce qu'elle lui avait caché. Trop choqué pour l'interrompre, il s'assit lentement sur le canapé sans la lâcher du regard.

– Et, bien que cela ne te regarde pas, précisa-t-elle, il ne s'est rien passé de… comment dire ?… compromettant – j'imagine que c'est le mot juste pour les gens de ta génération – entre Kieran et moi. Tout ça pour te dire que je n'ai pas besoin d'être surveillée comme le lait sur le feu pour me comporter comme tu le désires… Ah, et puis encore autre chose. Tu as raison sur un point : j'ai bien raté mon bac.

Elle se tut et M. Palermo plongea son visage dans ses mains. Pendant de longues minutes, le silence régna dans la pièce. Quand il releva la tête, il avait l'air dévasté.

– Je ne sais pas quoi dire… D'ailleurs, qu'importe ce que je peux dire… Je voulais que tu aies une vraie chance dans la vie, et maintenant, à cause de ce fichu rôle, tu vas laisser tomber les études.

Chiara prit une profonde inspiration. Elle aurait aimé qu'il exprime un peu de joie en apprenant qu'elle s'était comportée comme il l'aurait souhaité en présence de Kieran. Après tout, elle avait fait preuve de plus de force morale que lui et sa mère ! Mais non, il ne retenait toujours que l'aspect négatif des choses. Elle se força à ne pas laisser la déception l'envahir. Elle devait aller jusqu'au bout de la mission qu'elle s'était fixée. Qui sait ? Peut-être un jour cela aurait-il un impact ?

– Pas forcément, dit-elle d'une voix atone. En fait, je prévois de laisser tomber Londres et de repiquer l'année prochaine, mais il y a une condition.

Pour la deuxième fois de la soirée, son père reçut un choc.

– C'est… c'est vrai ? Ce n'est pas une plaisanterie ?

– Tu trouves que j'ai l'air de plaisanter ?

– Alors, je t'écoute, quelle est cette fameuse condition ?

Chiara se redressa et, avec une fermeté nouvelle, elle répondit :

– C'est très simple, je vais te l'expliquer…

Épilogue

– Tes parents sont vraiment trop sympas d'avoir proposé que ça se passe dans leur jardin. Chez nous, on aurait été beaucoup trop à l'étroit ! déclara joyeusement Chiara en étalant une grande nappe jaune d'or sur la table d'extérieur.

– Bah, c'est avec plaisir ! Tu sais, mes parents adorent les histoires qui se finissent bien.

– Moi aussi ! La tragédie, ça va sur scène, mais dans la vie réelle, je préfère les *happy ends* !

Lily posa les dernières assiettes qu'elle tenait dans la main et fixa son amie.

– Quand même, cette fête a un petit goût de tragédie : tu as dû sacrifier une belle opportunité de carrière et accepter de redoubler pour qu'elle ait lieu.

Chiara se pencha en avant et, sur le ton de la confidence, chuchota :

– Le rôle, ce n'est qu'un demi-sacrifice. Je ne suis pas passionnée tant que ça par la comédie musicale. Quant au redoublement, je ne l'accepte pas que pour faire plaisir à mon père. William et Mme Docile m'ont convaincue : avant tout, c'est pour moi que je dois décrocher ce fichu bac. Mais surtout n'en parle pas, cela gâcherait mon image.

Elle lui fit un clin d'œil, puis à voix haute elle reprit avec emphase :

– Cela en valait la peine : c'est quand même grâce à ma grandeur d'âme et à mon sens profond du devoir que nous allons pouvoir célébrer ces fiançailles !

Lily éclata de rire.

– C'est vrai. Au fait, quand Kieran doit-il arriver ?

Chiara jeta un coup d'œil à sa montre et répondit :

– Bientôt. Il est avec Florian. Ils devaient récupérer un bouquet chez la fleuriste. Et Adrien, comment ça va avec tes parents ?

Lily regarda le jeune homme, qui aidait M. Berry à allumer le barbecue.

– Beaucoup mieux, dit-elle. Passer du temps avec son père en Afrique lui a fait du bien. Mais je reste vigilante… Tiens, voilà Maëlle qui arrive avec Farouk et Mélisande ! C'est trop chouette que ton père ait accepté de tous nous inviter !

– C'était bien la moindre des choses ! s'exclama Chiara avant d'ajouter avec un sourire de connivence : après tous les sacrifices que j'ai consentis !

– Ouf ! s'écria la blondinette en s'affalant sur une chaise longue installée près de la table, je suis contente d'être arrivée ! Ils sont affreux, ces deux-là : ils ont passé le trajet à se disputer !

– Même pas vrai, nia Mélisande avec le sourire. On a des conversations stimulantes, c'est tout !

– Je dirais plutôt des échanges de points de vue musclés, corrigea Farouk en passant un bras autour de la taille de la jolie rousse.

Cette dernière ouvrait la bouche pour répliquer quand il déposa un baiser sur ses lèvres.

– Et voilà, soupira Maëlle, ça a été ça tout du long. Ils n'arrivent à se faire taire mutuellement qu'en s'embrassant. Autant vous dire qu'ils se sont beaucoup embrassés !

Pendant que ses amies pouffaient, Maëlle demanda :

– Vous avez besoin d'un coup de main ?

– Oui, dit Lily quand elle eut repris son sérieux. Il faudrait accrocher la banderole entre les arbres.

– C'est comme si c'était fait ! assura Maëlle en bondissant hors de la chaise. Au passage, elle agrippa le bras de Farouk et l'entraîna à sa suite en intimant :

– Allez, j'ai besoin d'aide ! Et arrêtez de vous donner en spectacle. Ce ne sont pas vos fiançailles, je vous le rappelle !

– Très jolie déco ! commenta Mélisande en admirant le travail de Lily et Chiara. C'est cool, ce petit côté champêtre...

– Merci ! dit Lily bien qu'un peu surprise, heureuse que ça te plaise.

– *Hello !* lança alors une voix grave, *flowers delivery*[1] *!*

Chiara se retourna aussitôt et courut sauter dans les bras de Kieran.

– Heureusement que ce n'est pas lui qui portait le bouquet, fit remarquer Florian avec un sourire en coin.

Il déposa les fleurs sur la table et fit la bise à Lily. Il n'eut pas le temps de lui demander où était Maëlle. Un cri provenant du cerisier l'alerta.

– Tire plus ! Sinon ce ne sera pas tendu !

– Je fais ce que je peux, se défendit Farouk tout en attachant à bout de bras l'extrémité de la banderole au pommier d'en face.

– Nous avons un escabeau, proposa M. Berry.

1. Bonjour ! livraison de fleurs !

– Non merci, refusa Maëlle à califourchon sur une branche, on est jeunes, nous on peut monter aux arbres !

Le père de Lily eut une grimace comique qui montrait qu'il avait bien compris ce que cette remarque impliquait. Sa grimace se transforma en un franc éclat de rire quand un craquement retentit et que le cri de Maëlle lui fit écho. Mais heureusement Florian, qui s'était approché, la récupéra au vol.

– Les cerises sont plutôt grosses, cette année, commenta-t-il.

Maëlle, qui s'était sentie vexée dans un premier temps, ne put se retenir de joindre son rire à celui des autres en entendant cette remarque. Puis elle passa ses bras autour du cou de Florian et soupira avec exagération.

– Mon héros !

Un moteur de voiture se fit entendre et attira l'attention de tous. La Clio s'arrêta devant le portail et M. Palermo en sortit. Il fit le tour du véhicule puis ouvrit la porte côté passager. Il tendit la main, et Valérie parut à son tour, suivie de Nolan et du grand-père de Chiara. Pendant un instant, le couple parut intimidé, mais Mme Berry, qui était jusqu'alors dans sa cuisine, avança vers eux et s'exclama avec entrain :

– Bienvenue aux fiancés !

Ils pénétrèrent alors dans le jardin, et Chiara alla à son tour les accueillir. En faisant la bise à Valérie, elle lui glissa à l'oreille :

– Tu es magnifique.

La jeune femme rayonnait effectivement.

– Merci, Chiara, souffla-t-elle, pour ça… et tout le reste !

La jeune fille sourit.

– Tu le mérites bien.

Oui, Valérie méritait bien sa part de bonheur, et si Chiara avait pu contribuer à ce qu'elle l'obtienne, elle en était heureuse. Elle repensa à la tête qu'avait faite son père lorsqu'il l'avait entendue poser sa condition. L'ahurissement s'était peint sur son visage et, si la situation n'avait pas été si sérieuse, elle aurait eu envie de rire.

« Je veux que tu ailles demander pardon à Valérie pour l'avoir traitée injustement, avait-elle déclaré. Tu disais qu'à cause d'elle je ferais n'importe quoi et que je me comporterais de manière irresponsable. Je te prouve justement le contraire. C'est vrai, elle le reconnaît d'ailleurs elle-même, elle est trop permissive avec Nolan, mais toi, tu tombes dans l'excès inverse, ce qui n'est pas mieux. Si elle n'avait pas été là, je serais partie à Londres. J'étouffe ici avec toi. Au moins, quand elle était là, j'avais quelques bouffées d'air. »

Ces paroles avaient eu l'effet d'un électrochoc sur M. Palermo. Avec humilité, il avait reconnu ses torts et accepté de présenter ses excuses à Valérie. Cette dernière, qui n'attendait que ça, les avait acceptées de bon cœur et s'était engagée à son tour à être plus vigilante. Il y aurait du travail, ce ne serait pas facile, mais, comme Valérie l'avait confié à Chiara, les relations humaines fonctionnaient ainsi. Et, elle l'avait assuré, cela en valait la peine !

Le couple avait eu tant de bonheur à se retrouver après cette séparation, aussi douloureuse pour l'un que pour l'autre, qu'ils avaient décidé de donner une tournure plus officielle à leur engagement. Des fiançailles leur avaient paru représenter la solution idéale. Si, comme ils l'espéraient tous deux, la situation continuait à évoluer ainsi, ils envisageaient de se marier au cours de l'hiver. Leurs enfants, quand ils en avaient été informés, leur avaient chacun donné leur bénédiction.

– Salut, p'tit frère ! fit Chiara en tendant la main à plat à Nolan.

– Salut, grande perche ! répliqua-t-il en faisant claquer sa paume contre la sienne.

La jeune fille haussa les épaules en le regardant rejoindre Hugo, qui avait sensiblement son âge… et sa façon de voir les choses ! La perfection n'était pas de ce monde…

La fête fut une belle réussite. On rit, on but, on mangea et on parla beaucoup. Le soleil se coucha, mais l'air était doux et les invités ne se décidaient pas à partir. Les parents discutaient sous la tonnelle, à la lumière des photophores, et la plupart des jeunes gens étaient autour de la télé, se lançant des défis à la Wii.

– Ha, ha ! s'écria Maëlle en remportant une course contre Farouk, alors, c'est qui la meilleure ?

– Je ne veux pas t'ôter tes illusions, fit le garçon en prenant un air compatissant, mais il faut quand même que je t'avoue que ma galanterie naturelle m'a poussé à te laisser gagner !

Le fou rire de Mélisande entraîna celui des autres, et Farouk eut beau protester avec vigueur, personne ne le crut. Maëlle passa ensuite la manette à Adrien, qui attendait son tour, et chercha Lily des yeux. Ne la voyant pas dans le salon, elle sortit dans le jardin. À la lumière de la lune, elle la repéra vite. Assise sur une balancelle, la jeune fille oscillait lentement.

– Coucou ! lança la blondinette quand elle l'eut rejointe.

Son amie lui répondit par un doux sourire.

– Qu'est-ce que tu fais là toute seule ? Tu rêves ?

– J'espère que non, répondit Lily. La réalité est trop belle.

Maëlle s'assit auprès d'elle.

– Je suis heureuse pour toi et Adrien. Il a été super aujourd'hui.

– Oui, c'est vrai, acquiesça Lily en repensant à la façon dont il l'avait regardée tout au long de la journée. Merci encore d'avoir écrit cette lettre.

– C'était le moins qu'on puisse faire. À cause de nous, tu as passé une année horrible.

– Ne te culpabilise pas trop. Je crois que ça nous a aussi permis d'avancer, chacun de notre côté.

– Hé, ho ! lança Chiara, qui était sortie de la maison en compagnie de Mélisande.

Les deux autres filles leur firent signe, et bientôt les quatre amies se retrouvèrent côte à côte sur la balancelle.

– On a abandonné les garçons ! Ils sont trop mauvais joueurs ! expliqua Mélisande en riant. Et vous, qu'est-ce que vous racontez ?

Lily prit la parole pour lui répondre.

– En fait, quand Maëlle est arrivée, je me remémorais la nuit où ses parents nous ont surprises en train de faire le mur, quelques jours avant notre entrée en seconde.

– Ne m'en parle pas, intervint Chiara en riant, tu avais massacré le sacro-saint rosier de la mère de Maëlle.

– Et bousillé une jupe toute neuve !

– Et la trouille que j'ai eue quand les lumières se sont allumées et que mes parents sont apparus !

– Oui, sur le moment, c'était assez horrible, confirma Lily, j'aurais voulu disparaître sous terre. Pourtant, maintenant, j'en garde un super souvenir. Mais seulement parce que je le partage avec vous. C'est drôle comme les choses changent quand on les voit avec du recul. Je me souviens aussi du jour où Mélisande est entrée dans la classe. Je m'étais dit qu'une fille comme elle ne voudrait jamais être amie avec quelqu'un comme moi…

– Et pourtant, c'est la meilleure chose qui me soit arrivée ! commenta la jolie rousse avec conviction.

– Il s'est passé tant de choses depuis ce temps-là ! J'ai l'impression que c'était il y a une éternité… dit rêveusement Chiara.

– Oui, il y en a eu des bonnes, et des moins bonnes, constata Maëlle. Mais même après les tempêtes, on a toujours réussi à se retrouver au port, ensemble.

– Unies envers et contre tout, renchérit Mélisande.

– Fidèles à notre amitié, ajouta encore Chiara.

Il y eut un court silence pendant lequel elles se balancèrent paisiblement, puis Lily déclara :

– Et vous savez quoi ? À l'avenir, tout continuera…

FIN

Composition et mise en pages : Facompo, Lisieux
N° d'édition : 14257-03
Achevé d'imprimer en novembre 2014 en Italie par L.E.G.O. S.p.A.
Dépot légal : septembre 2013